光文社文庫

The Raven In The Foregate

修道士カドフェル⑫

門前通りのカラス

エリス・ピーターズ
岡 達子 訳

光 文 社

門前通りのカラス

Brother
CADFAEL

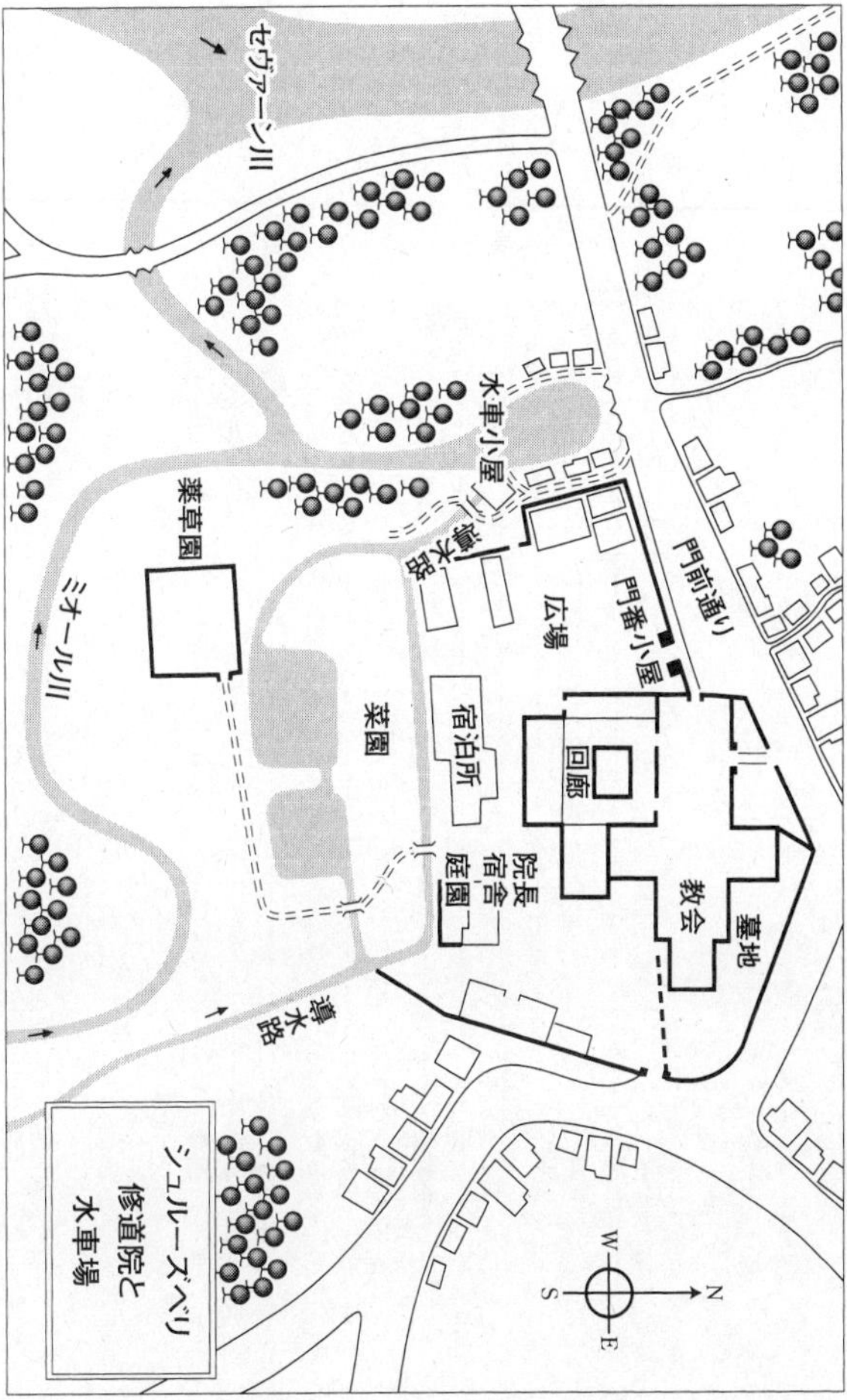
シュルーズベリ
修道院と
水車場
セヴァーン川
ミオール川
導水路
薬草園
菜園
宿泊所
回廊
教会
墓地
院長宿舎庭園
広場
門番小屋
門前通り
水車小屋
排水路
W
N
S
E

〈主要登場人物〉

カドフェル……………………………修道士
ラドルファス…………………………修道院長
ジェローム……………………………修道士
エイルノス……………………………教区司祭
ダイオタ・ハメット…………………司祭の家政婦
ベネット………………………………ダイオタの甥
シンリック……………………………聖堂番
アーウォルド…………………………車大工
アルガー………………………………教会の小作人
アーシャー……………………………パン屋
ラルフ・ジファード…………………貴族
サナン・ベルニエール………………ラルフの継娘
ヒュー・ベリンガー…………………執行長官

1

ラドルファス院長はこの日、一二月一日、何か気にかかることがあるらしく、浮かぬ顔で修士会にやって来た。そして役僧たちの持ち出すさまざまな些細《ささい》な問題を手早く片づけた。日ごろから口数の少ない院長は、多くの場合、要求や提案をくどくどと述べたてるおしゃべりな連中にたっぷり時間を与えることにしていたが、この日は明らかに、何か差し迫った問題を抱えているらしかった。

「実は」と彼は、最後の些事《さじ》を的確に処理したあとで切り出した。「これから何日間か、諸君を副院長の監督に委《ゆだ》ねねばならぬのだ。その間、諸君が彼に対しても、わたしに対するのと同様に従順かつ協力的であることを望み、また期待する。わたしは、教皇の遣外《けんがい》使節でウィンチェスターの司教であるブロワのヘンリーどのから、今月七日にウェストミンスターで開かれる公会議への出席を命じられたのだ。できるだけ早く帰って来るつもりだが、諸君もわたしの留守中、この高位聖職者会議がこの国の平和のために、分別と和解の精神を失わぬよう祈ってもらいたい」

彼の口調は淡々として穏やかであり、ほとんど諦《あきら》めにも似た響きが感じられた。イングランドではこの四年間というもの、王位をめぐって敵対する二人の間に和解の兆《きざし》はいっこうに見えず、双方ともこれといった分別ある行動を示してこなかった。とはいえつねに努力を怠らず、できる限り希望を持ち続けるのが教会の責務である。たとえこの国が、内乱が始まった時とまったく同じ情況に逆戻りし、またもやあの無益な闘争を繰り返そうとしておるかに見えようとも。

「ここにも早急に考慮せねばならぬ問題があることは、わたしも重々承知しておる。しかしそれらのことは、わたしが帰るまで待たねばならぬ。とりわけ、最近までこの聖十字架《ホーリー・クロス》教区の司祭をつとめておったアダム神父の後任の件は重要である。彼の死はいまなお我々にとって深い悲しみであり、後任の推挙権は本修道院にあるのだ。アダム神父は長年にわたり、我々の貴重な仲間として、当地で神の礼拝と魂の救済に当たって来た。彼の後継者選びには熟慮と祈りとが必要である。わたしが帰るまでは、教区ミサも副院長が適宜《てきぎ》執り行なうであろうから、諸君はすべて彼の命令に従うように」

院長は真剣な目つきで修士会会議場をゆっくりと見わたし、全員の沈黙を理解と承認と見なして席を立った。

「まあ、院長も明日出発すれば、少なくとも晴天に恵まれた馬の旅ができるだろう」薬草園にあるカドフェル修道士の作業小屋で、開け放した戸口から庭のほうへ目をやりながらヒュー・ベリンガーが言った。芝生にはまだ緑が残り、ひょろ長く伸びたバラが数本、勇敢にもまだ蕾《つぼみ》を付けている。だが今年、キリスト紀元一一四一年もすでに一二月の声を聞いていた。微風とうっすら霞《かす》んだ空とともに冬が忍び足で近づいて来ていたのだ。「女帝が得意の絶頂にあった時には彼女の側に寝返り、いま再度寝返りを打つところを人に見られまいと苦労しているような、日和見《ひよりみ》の連中がいまはたくさんいるにちがいない。皆息を殺して小さくなっているのだ」

「遣外使節にとっては不運なことだな」カドフェルが言った。「小さくなっていようにも、やることなすことすべて人に見られてしまうのだから。寝返りを打つのも公衆の面前で、衆人環視の中でやらねばならぬ。それにたった一年の間に二度というのは、さすがの彼も辛かろう」

「ああ、しかし教会の名においてだろう、カドフェル、教会の名において！　彼自身が寝返りを打つわけではないのだ。教皇と教会の代表として、いかなる犠牲を払っても、その両方の不可謬性《ふかびゅうせい》を守り通さねばならぬというわけだ」

確かに、一年間に二度、ブロワのヘンリーは教皇使節公会議に司教や大修道院長を召集した。最初は四月七日にウィンチェスターで。当時、女帝モードは日の出の勢いにあり、敵対者のスティーブン王を捕虜としてブリストルの牢に閉じ込めていた。ヘンリーの目的は、モードを主権者の座に据えることを公会議で正当化することだった。そして今回は一二月七日にウェストミンスターで、再度スティーブン側に寝返ることを正当化しようとしているのだ。いまスティーブンはふたたび自由の身になっており、首都に乗り込んでいまにも王冠を手にしようとしていたモードの企ては、ロンドン市民によって完全に覆されてしまったのだから。

「すでに頭が混乱しておるのでなければな」カドフェルは白髪まじりの茶色の剃髪《トンスラ》を振りながら、賞賛とも軽蔑ともつかない調子で言った。「彼の寝返りはいったい何度目かな？　まず最初は女帝に忠誠を誓った。父王が男子の世継ぎを持たずに亡くなった時に。そのあと、兄のスティーブン王の王権掌握を女帝の不在中に認めてしまった。そして三度目は、スティーブンの運が傾いたとみるや女帝と和解し――まあ和解したといってよかろうな、ともかくも！――スティーブンは神聖なる教会を侮辱し悩ませた、といって己れの行為を正当化した……今回もまた、同じ論法を使って女帝を責める気か、あるいは、何か新しい材料を合財袋《がっさい》の中に用意しておるか」

「いったいどんな新しい口実が思いつけるだろう？」ヒューが肩をすくめて言った。「いや、彼は聖なる教会の僕《しもべ》として、思いつく限りのことを並べたて、自分の地位を最大限に利用するだろう。おそらく出席者は、四月に聞いたばかりのことをそっくりもう一度聞かされることになろう。そしてスティーブンは、あの時のモードと同じように、納得はしなくとも軽い文句を一つ二つ並べるだけで我慢するだろう。彼も全盛期のモードと同様、ブロワのヘンリーの支援を拒絶するわけにはいかないのだから。当のヘンリーはぐっと歯を食いしばって聖職者たちの目を見据え、みずからの苦悩をその鉄面皮《てつめんぴ》で覆い隠すにちがいない」

「彼が寝返りを打つはめになるのも今回限りであろうな」カドフェルはそう言って、火鉢の火に泥炭《でいたん》の塊《かたまり》をいくつか足し、ゆっくりと燃え続けるようにうまく重ね合わせた。「女帝はいわば、最後のチャンスを棒に振ったわけだから」

ヘンリー一世の王女である女帝モードは、じつに奇妙な女性であった。幼くして神聖ローマ皇帝ハインリヒ五世と結婚した彼女は、夫の国ドイツでは民衆のご機嫌とりに励んだため、夫の死後イングランドに呼び戻された時には、驚き嘆き悲しんだ民衆に、ぜひドイツに留まってほしいと懇願されたという。しかし、母国イングランドでは、幸運にも敵が我が手に落ち、王冠が頭上にぶら下がった時、彼女は執念ぶかく尊大な態度で、支持に回った者たちの過去の無礼を厳しく非難した。そのため首都の市民は憤慨して立ち上がり、彼女を王として歓迎するどころか市外に放逐《ほうちく》して、彼らの統治者たらんとする女帝の希望を武力で打ち砕いたのである。だが彼女が最高の味方にも毒舌を浴びせる一方で、主だった諸侯の愛と忠誠を保持する力を備えていたことは、万人の知るところであった。モードの異母兄であるグロスター伯ロバートや、彼女の戦士で愛人ともいわれ、ウォリンフォードの要塞を守る最東端の英雄ブライアン・フィッツカウントに匹敵するような第一級の人間は、スティーブン側にはいなかった。とはいえ彼女がふたたび勢力を盛り返すには、二人や三人の英雄では足りなかった。したがってこの異母兄と引き替えに、捕虜にしていた王を引き渡さねばならなかったのだ。彼なしには、いかなる目的の達成も望めなかったからである。こうしてイングランドは振り出しに戻り、最初からもう一度やり直すことになった。なぜなら彼女は、今回勝利が得られなかったからといって、それで諦めるような女ではなかったからである。

「現在のわしの立場からみると、そうしたことは奇妙に遠く、非現実的な問題に思えるなあ」カドフェルが考えぶかげに言った。「もしわし自身に、四〇年に及ぶ俗界での生活と軍隊生活の経験がなかったら、いまわしらの生きているこの時代は一夜の悪夢にすぎぬとしか思えなかったろう」

「ラドルファス院長にとっては、そうではなかろう」ヒューはいつになく真面目な口調で言った。そして静かな冬の眠りに就きかけている、しっとりと落ち着いた庭の眺めに背を向けて室内に戻ると、木の壁ぎわに置かれたベンチに腰を下ろした。火鉢の泥炭の下でちょろちょろと燃える小さな炎が、彼の頰《ほお》から顎にかけてのきりっと引き締まった骨格と眉とを照らし、暗がりの中に浮かび上がらせた。彼は黒い瞳を一瞬きらりと光らせたが、その輝きはすぐに瞼と黒い睫毛《まつげ》の陰に消えた。「あの人は、スティーブンが自由の身になったからといって群がってくるような奴らよりは、王たちにとってずっと良き助言者になれるだろう。ただし聞きたくないこともずけずけ言うだろうから、皆耳に蓋《ふた》をしてしまうだろうが」

「スティーブン王の消息は何か聞いておるか？　この一年の獄中生活を彼はどうやって耐え

て来たのだろうか？　闘志を燃やして出獄したらしいか、それとも獄にいる間に情熱は消え失せたか。これから彼は何をする気でおるのだろう？」

「そうしたことについては、クリスマス以後のほうがもっと良い答えができるだろうが」ヒューが言った。「伝え聞いたところでは健康状態はいいらしい。しかし女帝によって獄舎につながれたのだから、彼といえどもそう簡単には許すまい。入獄した時より痩《や》せて飢えているという話だが、飢餓感は往々にして精神を集中するには効果的なものだ。これまでの彼は、ある日夢中で戦闘や包囲を開始し、勝ち目がないとみれば三日で嫌になり、五日目にはまた別の獲物を捜す、といった男だった。しかし今回は、一つの的をしっかりと見据え、それを射落とすまでは気を変えてはならぬということを学んだにちがいない。時々わたしは、どうして我々は脇目もふらずに彼に忠誠が尽くせるのかと不思議に思うことがある。ところがリンカーンの戦いにおけるような、鬨《とき》の声を上げながら突撃する王の姿を見て、その理由が分かるのだ。女帝が初めてアランデルに上陸した時のように、彼女が我が手に落ちたも同然の時でさえ、彼はこれ幸いと女帝を捕らえたりはせず、彼女の兄の要塞まで送り届けさせた。そんな時わたしは、なんて馬鹿な奴だと罵《ののし》るが、罵りながらも彼に愛着を感じているのだ。彼があの愚かな騎士道精神ゆえに、次はどんな途方もないへまをやらかすかは、神のみぞ知るだがね。とにかくまた彼に会えるのは嬉しい。彼の心の内を読むように努力してみよう。というのは、カドフェル、わたしも王に呼ばれているのだ。院長が司教に呼ばれているようにね。スティーブン王は、このクリスマスはカンタベリーに留まって、ふたたび王冠を戴き、二人のどちらが聖別された国王であるかを全国民に示すつもりでいる。そして州執行長官を全員召集して、担当の州についての説明をさせるつもりなのだ。この州には正式に任命された執行長官がいないから、わたしが代理を仰せつかったというわけさ」

彼は曖昧《あいまい》な微笑を浮かべて顔を上げ、熱心に耳を傾けているカドフェルの顔を横目で窺《うかが》った。「非常に賢明なやり方だ。彼は一年ちかくもの獄中生活のあとで、頼りにできる忠臣がどれくらい残っているかを知る必要があるのだ。しかし、わたしが左遷《させん》される可能性は否定できないよ」

カドフェルにとって、それは思いがけないショックであった。ヒューが執行長官の地位に就いたのは、上司のギルバート・プレストコートが戦場で死にもの狂いの一撃を食らって致命傷を負った時、王はすでにブリストル城に幽閉されていて、州執行長官の任命権も解任権も持たなかったための、必然的な成行きであった。そしてヒューは王への忠誠を守り、正式の権限はないにせよ、この州の治安を維持して来たのだから、王に対しては十分に功績があったのだ。だがふたたび任命権と解任権を手にした時、はたしてスティーブンは、これほど若い一介の小貴族の就任を承認するであろうか？　あるいは辺境地方の他の豪族を任命して、その男の歓心と忠誠心を買おうとするのではなかろうか？

「そんな愚かなことが！」カドフェルが断固として言った。「あの男が愚かなのは、自分自身に対してだけだ。彼は無名の君の気概を見抜いて、執行副長官に任命したのだからな。アラインはそれについてなんと言っておる？」

妻の名が口にされるのを聞くたびに、ヒューの厳しく気むずかしい表情がとたんに和らぎ、みるみる暖かみを帯びるのがつねだった。そしてカドフェルも、真面目くさった顔をほころばせずに彼女の名前を口にすることはできなかった。ヒューとは、彼女との馴《な》れ初《そ》めから結婚までを見とどけた間柄だし、今度のクリスマスごろには満二歳になる彼らの息子の名付け親でもあった。アラインの少女のように初々《ういうい》しい上品さは、いまや女盛りの円熟した落ち着きに変わり、夫にとっても息子にとってもこのうえない頼り甲斐となっていた。

「王たちの感謝の気持ちなどあまり当てにならない、とアラインは言っている。それにスティーブンには、そのやり方が賢明であろうとなかろうと、部下を選ぶ権利があるとね」

「それで君の考えは？」カドフェルが尋ねた。

「そうだな、もし彼がわたしを認めて執行長官に任命すれば、むろんこれまでどおり彼のために国境地方を守り続ける。そうでなければ、マイスベリに帰って北部を守るよ。もしまたチェスター伯が領地を拡大しようとしたら、少なくともそれを阻止するために。そしてスティーブン王の新しい執行長官は、西と東と南の三方を担当せねばならぬ、というわけだ。ところでカドフェル、わたしの留守中、つまりクリスマスの終わるころまでに、一、二度はアラインを訪ねてやってくれないかな？」

「ということは、こんどのクリスマスには、わしは仲間うちで一番の果報者になれるというわけだな。では院長どのと君がそれぞれに、首尾よく使命を果たして帰るよう祈るとしよう。わし自身の喜びは保証されたのだから」

年老いたアダム神父の葬儀が行なわれたのは、ラドルファス院長がウェストミンスターの教皇使節公会議に呼ばれる一週間ばかり前のことだった。アダム神父はシュルーズベリの門前通りを含む聖十字架教区の司祭を一七年間つとめた人であり、後任の推挙権はこの修道院に与えられていた。この聖ペテロ聖パウロ大修道院付属教会は、聖十字架教区の教区教会も兼ねており、身廊《ネイブ》は城門外のしだいに広がる郊外の住民にも開かれていたのである。そして住民たちは、門前通りを含めたこの一帯を、城門内の町と同等の独立した自治区と見なしていた。門前通りの顔役である車大工のアーウォルドは、非公式ながら町長をもって自認しており、修道院も教会も町当局も、彼の無害な虚栄心には目をつぶっていた。というのも、修道院の門前通りは比較的よく法律を守る節度ある地区で、正式の権限をもつ町当局に面倒をかけるようなことはほとんどなかったからである。時たま起こる住民と修道院とのいさかいや、門前通りや町の血気さかんな若者たちのつまらぬ衝突などにも、二日と頭を悩ませる者はいなかったろう。

アダム神父は長年にわたってこの土地の住人だったから、若者は皆彼の気楽な庇護《ひご》のもとに成長し、年寄り連中は彼の地位などほとんど意識もせず、仲間の一人と見なしていた。彼は教会の向かいの細い路地の奥にある小さな家に一人で住み、身の回りのことも自分でやっていた。そして町はずれにある教区教会領の畑地と自分の小さな畑の世話をさせるために、年輩の自由民を一人だけ雇っていた。聖十字架教区は門前通りと周辺地域を含む広大な教区であったから、教区民にも郊外の職人や商人から田園地帯の農夫まで、さまざまな人間がいた。アダム神父の後任にどんな司祭がやって来るかは、これらの教区民全員にとって重大問題であった。きっと老司祭自身も、現在どんな穏やかな煉獄《れんごく》にいるにせよ、そこから心配そうに成行きを見守っていることだろう。

アダム神父の葬儀では、ラドルファス院長が司式をし、長身のロバート副院長が威厳と貴族的な物腰とを誇示しながら、哀調をただよわせて朗々と故人への賛辞を述べた。だがおそらく、そこにはいささかの軽蔑が込められていた。なぜならアダム神父は学問もあまりなく、生まれも卑しく、何の自負もない人間だったからだ。しかし故人の人柄をもっとも的確に表現したのは、神父の在任中のほとんどを共に過ごしたシンリックという、聖十字架教区の聖堂番であった。教区祭壇の蠟燭《ろうそく》の芯を切り揃えていた彼が、たまたまそばを通りかかったカドフェル修道士に、巧《たく》まずして述べた言葉ではあったが。その時カドフェルは、神父の死をもっとも深く悼《いた》んでいるであろうこの男に、個人的な悔みを述べたのだった。

「悲しく、親切な人だった」シンリックは、落ち窪んだ目を細めて蠟燭の芯を摘み取りながら、いかにも気が進まぬように、低い声でぼそぼそと言った。「罪を犯した者には寛容で、身も心も疲れ果てていた」

暗記している応答文をミサで唱える時以外に、シンリックがこんなに続けてしゃべることはめったになかった。彼自身の心から出たこれらの言葉には、神のお告げにも似た力があった。悲しい男、それは神父が一七年もの間、人間が絶えまなく犯す罪に辛抱づよく耳を傾けて来たからである。疲れた男。それは人を慰め、優しく叱り、そして許す、という行為を絶えず繰り返していれば、どんな人間でも六〇歳までには疲れ果ててしまうからである。そして親切な男。それは彼が、誤りを犯し易いという人間の本性を乗り超えて、何とか同情と希望を持ち続けたからである。確かにシンリックは、誰よりもよく神父のことを知っていた。そして彼自身、長年にわたって神父に仕えているうちに、神父の特質のいくつかを自然に吸収してしまったかのようだった。

「彼がいなくなって寂しかろう」カドフェルが言った。「わしらもみな寂しがっておる」

「彼はそう遠くへは行っておらんでしょう」シンリックは、蠟燭の芯の焦《こ》げた部分を親指と人差し指でつまみ取りながら言った。

この聖堂番が五〇を過ぎていることは明らかだったが、実際にいくつなのかを知っている者は一人もいなかった。というのは彼自身、誕生日は知っているものの、生まれた年を正確には知らなかったからである。髪と目は黒くて肌は黄色っぽく、長年着古して裾や袖口は擦り切れ、赤サビ色になった黒のガウンを着て働いていた。そして北側の袖廊《ポーチ》の二階の小部屋に寝起きしていたが、そこはアダム神父が祭服に着替えたり、教会の備品を置いたりする場所でもあった。彼は無口で真面目な、忍耐づよい男だった。骨格はしっかりとしていたが、極端に痩せているのは貧しさのせいばかりでなく、世捨て人の無関心さもその一因であろう。田舎の自由民の出で、町の北部のどこかに大家族を抱える兄が一人いて、以前は祭りや休日などにはたまに訪ねることもあったが、いまではそれもごくまれになっていた。彼の全生活が、この大教会と二階の小部屋を中心に動いていたからである。これほど痩せて、無口で、陰鬱《いんうつ》な感じの人物は、人に畏怖《いふ》され、敬遠されがちなものだが、彼はそうではなかった。彼の無口と暗さの奥にあるものを、門前通りの腕白どもをも含めて、すべての者が見抜いていたからだ。彼に対して恐れや嫌悪を抱く者は一人もいなかった。独自の好みを持ち、一風変わったところはあったが、善人で、無口とはいえ必要とあればどこへでも駆けつけていた。そして主人である神父と同様、人を空しく帰すことは決してなかった。

ろくに口もきかずに一緒にいるのは気づまりだという者も、少なくとも彼を尊敬はしていたし、彼の無口さが平気な者の中には、もっとも無邪気で純真な連中が含まれていた。天気のよい夏の日など、北の袖廊の階段に近所の子供や犬までがシンリックと並んで座っていたものである。そして彼は、ぺちゃくちゃと騒々しいおしゃべりをじっと聞いていた。門前通りの多くの母親たちは、我が子が立派な人格の聖堂番とそのように親しくしているのを喜びながら、なぜ彼は結婚して自分の子供を持たなかったのかと不思議がっていた。彼には明らかに子供を引きつける力があったからである。聖堂番という職業が、結婚をしない原因であるはずはなかった。なぜなら当時はまだ、州のあちこちに妻帯者の司祭もいて、それを不都合と思う者はいなかったからだ。この辺では女人禁制の新しい聖職者制度がようやく導入されたばかりで、まだ誰もが、司祭でさえも、それに従わない古い宗派の人を不審の目で見ることはなかったのである。もちろん修道士は別だ。それはみずから選んだ道である。しかし、教区司祭が非難を受けずに俗人の生活を送ることができたのは確かであった。

「神父の親戚で存命中の者は一人もおらぬのか?」カドフェルは尋ねてみた。もしいれば、シンリックが知らぬはずはないからだ。

「ええ、一人も」

「わしがヘリバート院長と——当時はまだヘリバート副院長だった、ゴードフリッド院長がまだ健在だったのだから——ウッドストックから初めてこの地に来た時、彼は司祭としてここに赴任して来たばかりだった」カドフェルは言った。「そしてあんたは、わしの記憶では、その一、二年後に来た。あんたはわしより若いが、わしらは二人とも、この門前通りの聖職者と修道士の歴史を長年にわたって見守って来た。その歴史はアダム神父にとってこのうえなく美しい記念となろう。衝突もなければ、離反もなかった。彼のもとへは告解者《こっかい》が引きも切らずに訪れたが、それは彼の人柄によるものだ。彼らは何度でもやって来た。誰もが彼なしには生きられなかったのだ。また彼のほうでも、糸をたぐっては、彼らにその気があろうとなかろうと、自分のもとに引き戻しておったのだが」

「確かに」シンリックはそう言って、最後の一本の黒くなった芯を指先でつまみ取った。そして教区祭壇の燭台を所定の場所に置くと、一歩下がって目を細め、すべての蠟燭が衛兵のように真っ直ぐ立っていることを確かめた。

「誰か後任の心当たりはあるんですか?」彼がしゃがれ声で尋ねた。珍しくたくさんしゃべったので、喉《のど》の筋肉が抵抗していたのだろう。

「いや」カドフェルが答えた。「もしあれば、院長どのがあんたに話したはずだ。彼は急に呼ばれて、あす馬で南部に向かうことになった。ウェストミンスターで開かれる教皇使節公会議に出席するためにな。だから後任の決定は彼が戻るまで待たねばならぬが、院長は急いで決めると約束された。必要は重々承知しておられるのだから。院長の留守中はジェローム修道士がちょくちょく口出しをするかもしれぬが、ラドルファス院長が教区の問題に心を砕いておられることは間違いない」

シンリックは無言でうなずいて同意を示した。アダム神父の在任中、修道院長は二度替わったが、どの院長の時代にも、修道院と教区は良好な関係を保って来たからである。このように共同で使われている教会では、往々にして両者の間に摩擦が生じるのはよく知られたことだった。修道院側は、敷地内に一般人が入り込んで来て大切な建物を使うのをいやがり、教区司祭のほうは、押しのけられてはたいへんとさかんに権利を主張するのだ。だがここではそうではなかった。おそらくそれは、謙虚で善意に満ちたアダム神父が修道院側に多くを譲って、平和な友好関係を保って来たからであろう。

「彼は時々わしと一杯やるのが好きだった」カドフェルが懐かしそうに言った。「彼のお気に入りの酒がまだ少し残っておる——何種類もの薬草を入れて蒸留したもので、血管や心臓によい酒だ。いつか午後にでも薬草園に来て、一緒に一杯やらぬかな、シンリック？　二人で彼のために乾杯しようではないか」

「そうしましょう」シンリックはそう答えると、一瞬、めったに見せない優しい笑顔になった。この笑顔によってこそ、子供も犬も彼の人柄を見抜き、安心して近づいて来るのだった。

二人は身廊《ネイブ》の冷たいタイルのうえを並んで歩いて行き、シンリックは北側の袖廊《ポーチ》から出て、自分の暗い小部屋に上がって行った。カドフェルは、彼が扉を閉めるまでその後ろ姿を見送っていた。二人はこんなにも長い間、腕を伸ばせば届くほどの距離で寝起きし、きわめて良好な間柄にありながら、親しみを感じ合ったことはこれまで一度もなかった。だがいったい、シンリックと心の底から親しくなった人などこれまでにいたのだろうか？　どこのどんな家庭に生まれ育ったにせよ、母親との絆《きずな》が緩《ゆる》み、家に背を向けて以来、彼にとってあれほど近い存在になったのは、おそらくアダム神父一人だったにちがいない。二人の孤独な人間が出会うと独特な一対が出来上がるものだ。二人の心が一つになって。アダム神父の死を悼《いた》む者はもちろん大勢いたが、彼に先立たれてもっとも深く悲しんでいるのがシンリックであることは疑いもなかった。

一二月の訪れとともに、暖房室の暖炉にも初めて火が焚《た》かれていた。夜の軽食と就寝前の祈り《コンプライン》の間の三〇分間は、誰の舌にも大幅な特権が与えられるもっともくつろいだ時間である。その晩の話題はもっぱら教区司祭の件に集中し、さまざまな臆測が飛び交って、ウェストミンスターでの教皇使節公会議など二の次といった感じだった。ラドルファス院長がそのために、今日出発したというのに。院長が留守の間代理をつとめるロバート副院長は、すでに院長宿舎に引き上げており、おしゃべりな連中にとってはなおさら気楽であった。しかし彼の書記で腰巾着《こしぎんちゃく》のジェローム修道士が、副院長の義務と特権を引き継いでいた。副院長補佐のリチャード修道士が、怠惰とはいわぬまでも呑気《のんき》者で、積極的に権利を主張しなかったからである。

ジェローム修道士は痩せこけていて、肉体の貧弱さを熱意で補っているような男だった。だが中には、その熱意はあまりに狭量で、人間本来の寛容さを欠いていると感じている者もあった。それを思えば、彼がアダム神父のことを寛容に過ぎたと評するのも無理からぬことである。

「確かに彼本人は立派な人だった」ジェロームは言った。「それを否定するつもりは毛頭ない。彼が献身的に務めを行なっていたことは、皆の知るところだ。しかし、罪を犯した者に対する態度がいい加減だった。彼の懲罰はあまりにずさんで、罪びとに課する苦行は軽すぎ、甘すぎた。罪びとを赦《ゆる》すことは、すなわち罪を赦すことだ」

「ここの教区は彼の存命中ずっと、よく秩序が保たれ、隣人同士仲むつまじく暮らしていた」慈善係のアンブローズ修道士が言った。彼は役目上、門前通りの貧乏人の中でもとりわけ貧しい者たちに接する機会が多かったのだ。「教区民が彼のことをどう言っていたか、わしはよく知っておる。彼は来《きた》る者すべてを拒まぬあの寛容さで、この教区を後任にとっても仕事のしやすい状態にして死んだ。もっとも、その寛容さが彼の死を早めることにもなったのだが」

「子供はつねに、決して鞭《むち》を振るわぬ教師を好むものだ」ジェローム修道士がもっともらしく言った。「そして悪者は軽い罰で放免してくれる裁判官を好む。だがあとになって、かならず恐ろしいつけが回ってくる。先へ行って罪の報いを受けぬよう、初めから厳しく育てて、将来の魂の安全を確保してやるべきなのだ」

見習い修道士と生徒の監督官であるポール修道士は、よほどのことがない限り彼らに手を挙げるようなことはなかったが、今は意見を述べずにただ微笑しながら聴いていた。

「過度の情けは決して親切ではない」ジェロームはみずからの雄弁さと、説教者としての評判とを意識しながら言った。「我が修道会の宗規にも記されているように、罪を犯した子供は打たねばならぬのだ。門前通りの連中など、まさに子供と同じではないか」

そこで折よく就寝前の祈り《コンプラインン》を告げる鐘が鳴った。だがいずれにせよ、ジェロームに敢《あ》えて反論しようとする者はいなかったろう。声ばかり大きくて中身の乏しい彼の話は、初めからほとんど無視されていたのだから。割り当てられた二日間の教区ミサでも、きっと彼は厳しい説教をするにちがいない。だが、日ごろはきちんと出席する人びともその日はあまり来ないだろうし、たとえ出席しても、どうせ数日間のことだからと、彼の説教を一方の耳からもう一方の耳へと素通りさせることだろう。

しかしカドフェルはその夜、物思いにふけりながら僧坊に引き上げた。そしてひそひそ話が交わされるのを何度か耳にしたが、一日の祈りを完結させる就寝前の祈りのあとは、「祈り」から心を逸《そ》らさぬために口を開くなという宗規に従って、自分は沈黙を守った。もちろん彼の心は祈りから逸らされてはいなかった。夢現《ゆめうつつ》のうちに、同じ言葉がそっと繰り返し戻って来て、頭から離れなかったのである。たまたまそれは詩篇第六の一節で、眠りに落ちたのちも彼はそれを唱え続けていた。

「ドミネ、ネ、イン、フローレ――おお、主よ、願わくは憤《いきどお》りをもて我を責め烈《はげ》しき怒りもて我をこらしめたもうなかれ……おお、主よ、我を憐れみたまえ、我萎《しぼ》み衰うるなり……」

2

一二月の一〇日、ラドルファス院長が門番小屋から馬を乗り入れたのはちょうど日の暮れかかるころで、修道士たちは皆、夕べの祈り《ヴェスパー》に出席していた。したがって、院長が見知らぬ人間を何人も引き連れて帰って来たのを実際に見たのは門番の修道士だけだった。ほかの修道士たちは、翌日の修士会で初めて院長から説明を聞いたのだが、その説明も、当修道院に直接関係のある部分に限られていた。しかし、必要な時には思慮分別を発揮する門番の修道士は、とくに親しい友人に対しては修道院きっての情報源でもあったから、カドフェルはその夜のうちにかなりの知識を得てしまっていた。夕べの祈りが終わるとすぐ、回廊の小部屋の一つで話を聞かされたのである。

「院長どのは司祭を一人連れて帰られたんですよ。上背のある立派な男でね――まあ、わしの想像では、せいぜい三五歳といったところでしょうな。いまごろはもう宿泊所で休んでおるでしょう。一行は日暮れ前に着こうとかなり馬を急がせたらしいから。わしは院長どのから、今夜泊まり客があることをデニス修道士に伝えてから、あとの二人の面倒をみるようにと言われただけで、そのほかはなにも聞いてませんがね。司祭には女の人が一人付いて来ましたよ。もう若くはない、態度の控え目な、品のよいご婦人でね。たぶん司祭の遠い親戚か、さもなければ家政婦でしょうな。院長どのが、平《ひら》信徒の召使いにアダム神父の家へ案内させるようにと言われたところをみると。すぐにそうさせましたが、そのほかに、使い走りの召使いみたいな若者がもう一人いましたよ。どうも見たところ、どこかの後家さんとその息子といった感じで、二人して司祭に雇われてるんでしょうな。いつものようにヴァイタリス修道士だけを連れて出かけた院長が、あと三人と、馬を二頭も余計に連れて帰るとはねえ。その婦人は、若者がうしろに添え鞍を置いて乗せて来たんです。いったいどういうことだと思います？」

「そうさな、こうとしか考えられぬな」カドフェルはそれについて真剣に考えてから言った。「院長どのが南部から聖十字架《ホーリー・クロス》教区の司祭とその使用人を連れてこられたのだろう。今夜は、司祭にはゆっくり休んでもらい、その間に召使いたちが空き家になっておった家の準備をする。暖炉には火を入れ、食糧を買い込み、家じゅうを住み心地よくしてな。きっと明日の修士会で院長どのから、彼と出会ったいきさつや、集まった司教たちの誰に推薦されたかなどの説明があるにちがいない」

「わしもそう思ってはいましたが」門番が同意した。「ただし地元の誰かがアダム神父の後任に昇進したなら、住民はもっと喜んだでしょうがね。ま、しかし、大切なのは名前や出身地ではなくて、人柄ですからね。そうしたことは院長どのが一番よくご存じのはずだ」彼はそう言って足早に歩み去った。おそらく就寝前の祈り《コンプライン》までに、信用できそうな耳をもう一つ二つ見つけて、このニュースを吹き込むつもりなのだろう。案の定、翌朝の修士会では、数人の修道士がすでにこの件について知っており、まず院長の説明があってから後任候補が紹介されるものと期待していた。ラドルファス院長が選んだ人物に誰かが異議を唱えることはまずありえなかったが、後任司祭の推挙権は修士会の全員にあり、ラドルファスは彼らの権利を侵害するような人物ではなかったからである。

「わたしはできるだけ急いで諸君のもとに帰って来た」日常の諸問題を手ばやく片づけたあと、院長はこう切り出した。「まずウェストミンスターで開かれた教皇使節公会議について、手短に説明せねばならぬ。討議の結果、教会はふたたびスティーブン王に対し、心からなる忠誠を誓うことになった。王自身も会議に出席され、この関係を確認された。そして遣外使節はこう宣言した。すなわち、王は教皇座の支持のもとに祝福された。女帝の支持者は、もし頑強に抵抗を続けるならば、王と教会の敵とみなす、と。今はこれ以上の詳しい説明は不要だと思う」院長は少しぶっきらぼうにこう結んだ。

それはもっともだ、とカドフェルは、柱の陰のいつもの席で熱心に耳を傾けながら考えた。そこは議題がつまらない時居眠りするには好都合な場所なのだ。遣外使節が困難な立場から脱却するのに用いた螺旋《らせん》仕掛けのような巧妙な操作について、今わしらが聞く必要はない。

だがヒューは、必ず院長からすべてについての詳しい説明を聞くはずである。

「本修道院にもっと直接に関係のあることについて、わたしはウィンチェスターのヘンリー司教と二人だけで相談したのだが」次にラドルファスは言った。「聖十字架《ホーリー・クロス》教区の司祭が不在であることを知った司教は、たまたま聖職録の口を待っていた配下の司祭を推薦してくれたのだ。その人物とはわたしもじかに話をして、あらゆる面で有能であり、学識もあって、教区司祭に抜擢《ばってき》されるにふさわしいと感じた。個人生活は厳しく質素であり、学識についてはわたしが直接に試してみた」

確かにそれは、アダム神父の学問のなさとは対照的な、大きな強みではあった。とはいえそれも、当院の修道士たちにこそ意味のあることで、門前通りの連中にはべつにどうでもよいことだった。

「エイルノス神父は三六歳で、教区司祭になるのは遅いほうだが、それはヘンリー司教の忠実かつ有能な書記として四年間つとめていたからだ。それで司教は、彼を教区司祭に推薦して、その勤勉さに報いたいと思ったのだ。わたしとしても、彼がその任にふさわしく、かつそれに値することを嬉しく思っておる。だが諸君、もしここまでのわたしの話に異論がなければ、いま彼をここに呼び入れて自己紹介をさせ、なんなりと諸君の質問に答えてもらおうと思う」

興味と同意と好奇のざわめきが修士会会議場に広がった。ロバート副院長は、期待に輝くすべての顔が、院長の眼差しに応えてうなずいているのを確かめると、候補者を呼びに出て行った。

エイルノスというのはサクソン系の名前だな、とカドフェルは考えた。それに長身の、立派な男だということだ。まあ、宮廷の周りをうろついているような、ノルマン人の食客《しょっかく》よりはましだろう。そして彼は、生き生きと血色のよい肌に金髪の、大柄な若者の姿を心に描いたが、その期待は一瞬にして裏切られた。ロバート副院長に案内されたエイルノス神父は、修士会会議場に入ってくると、中央の皆からよく見える位置に立った。その態度は落ち着いていて、気品があった。

確かに彼は、長身の、立派な男だった。肩幅は広くて筋骨たくましく、足取りは優美できびきびとしていた。そして背筋をぴんと伸ばし、不動の姿勢でそこに立ったのである。癖はあるが、じつに立派な顔だ。しかしサクソン系の白い肌とはほど遠く、髪や目の色は、ヒュー・ベリンガーよりもっと黒いくらいだった。面長《おもなが》の貴族的な顔は冷たいオリーヴ色で、きれいに髭を剃った頰にも赤みはちらともさしていない。剃髪《トンスラ》の周りの黒々とした豊かな髪は針金のように真っ直ぐで、あまりにきちんと切り揃えてあるため、黒いペンキを塗ったように見える。彼は院長に格式ばったお辞儀をしてから、大きな力強い両手を黒いガウンのウエストのあたりで組み合わせ、四方から放たれるであろう質問の矢に対して身構えた。

「エイルノス神父をご紹介する」ラドルファスが言った。「これから聖十字架《ホーリー・クロス》教区の司祭になってもらおうと思うのだが、諸君もそれについての本人の意向を確認するように。また彼の学識や経歴についても、遠慮せずに尋ねれば率直に答えてくれるであろう」

事実、彼の答え方は率直だった。まず最初、明らかに彼の風貌に好感をもったロバート副院長が丁寧な歓迎の辞を述べ、続いて彼が、てきぱきと淀みなく質問に答えて言った。その口調からは、自信の欠如など経験したこともなければこれから先も無縁であり、そのうえつねに無駄な時間は使いたくないと考えているらしいことが見てとれた。カドフェルは、こんなに胸板の厚い大柄な男の声は低かろうと想像していたのだが、音程は意外に高く、そこには絶対的権威の響きが感じられた。彼は積極的に自分について語り、課せられた義務を精力的に、誠意をもって果たす意志があると宣言した。そして揺るぎない自信をもって、判断が下されるのを待った。彼はラテン語に堪能《たんのう》で、ギリシア語もある程度はでき、会計学に精通していた。会計学に詳しいことは、教会の運営にとっても大きな強みであった。彼は適任であった。

「ひとつお願いがあるのですが、院長どの」最後に彼が言った。「と申すのは、わたしと一緒にまいったあの若者を、平信徒の召使いとしてここで働かせていただければ、これほどありがたいことはありません。彼はわたしの家政婦であるハメット夫人の甥《おい》に当たり、ただ一人の親戚です。わたしは彼女から、あの青年を一緒にここに連れて来て、地元で何か仕事を見つけてやってほしいと懇願されたのです。彼には土地も財産もありません。院長どの、彼が健康でたくましく、辛い仕事もいとわず、道中も進んで皆の役に立っていたことは、あなたもよくご存じでしょう。それに彼には、修道士になりたいという願望もあるのです。もちろん、まだ決心はついていませんが。しばらくここで働かせていただければ、彼の心も決まるかもしれません」

「ああ、そうそう、あのベネットと申す青年だな」院長が言った。「確かに彼は健康そうな青年だ。もちろん見習いとして来るならば差し支えない。仕事はいくらでもあるだろう。付属農園にもやらねばならぬことは山ほどあるにちがいない。それに菜園にも……」

「ありますとも、院長どの」カドフェルが熱を込めて大声で言った。「二本の若い手があれば、使い道はいくらでもあります。冬の準備のための畑の荒起こしもまだやらねばなりません。菜園の一角はきれいに片付けただけで、まだ耕してないのです。それに果樹園の剪定《せんてい》もあります——これはたいへんな労働です。冬はもうそこまで来ておりますし、日は短いし、オズウィン修道士はセント・ジャイルズの施療院に行ってしまったことですし、どうしても手助けが必要なのです。いずれ近いうちに、例年のようにわたくしのところで働く修道士を一人、よこしていただこうと考えておったところでした。夏の間はわたくし一人でも、まあなんとかやれましたが」

「確かにそうだ！　ゲイエの荒起こしもまだ残っておるだろう。それにクリスマスごろかその直後には、丘の付属農園では羊が子を産み始める。だからここに青年の仕事がなくなれば、そちらへ行ってもらえばよい。そう、いずれにしてもベネットはここによこしなさい。そのうちもっと割のよい仕事が見つかったら、喜んで送り出してやろう。それまでここで労働をするのは彼にとっても悪くはあるまい」

「では彼にそう申します」エイルノスが言った。「彼もわたしと同様、感謝することでしょう。彼の叔母は、たった一人の親戚でよく尽くしてくれるあの青年を置いてくるには忍びなかったのです。では今日、早速伺わせてよろしいでしょうか？」

「良いとも。門番小屋でカドフェル修道士の名を告げるように言いなさい。ではエイルノス神父、我々が協議をする間席をはずして、回廊で待っておってほしい。副院長が我々の決定を知らせにまいるから」

エイルノスは適度の敬意を示して一礼し、院長のほうを向いたまま、一、二歩うしろへ引き下がった。それから形のよい黒い頭を自信ありげにきっと立てて、大またに修士会会議場から出て行った。勢いのよい歩調につれて、黒いガウンが開きかけた翼のように揺れ動いた。彼はすでに、出席者の全員がそうであったように、聖十字架《ホーリー・クロス》教区の司祭の座は彼のものであることを確信していたのである。

「今回の成行きについては、あなたもほぼ想像がついておったと思うが」その日の午後、院長宿舎の応接室で、ラドルファス院長はヒュー・ベリンガーに言った。二人は心地よく燃える暖炉の火を挟んで、向かい合って座っていた。院長の顔にはまだ旅の疲れが残っており、少しやつれて血色が悪く、もともと窪んだ目はさらに落ち窪んでいた。二人はすでにたがいの人柄をよく知っていた。そして世の趨勢《すうせい》や出来事について仕入れた知識を、意見が同じかどうかは問題にせずに腹蔵なく分かち合う習慣になっていたのだ。社会の秩序とイングランドのために。それぞれの守るべき規律は別物で、まったく異質のものだったが、奉仕の精神は一つで、たがいにそれを認めていたのである。

「司教にはほとんど、いや、まったく、選択の余地がなかったのですよ」ヒューが淡々と言った。「王がふたたび自由の身になって、女帝はまた西方に追われ、イングランドのほかの部分にはほとんど足掛かりがないのですからね。わたしだったら絶対に彼のような立場になるのはごめんだし、あれほどの困難を切り抜ける方法さえ分からないでしょう。まあ、自分の重要性を確信している司教には、ああして責任転嫁をやらせておくほかありませんね。わたしにはできないことですが」

「わたしにもできぬことだ。だがなんと言い訳をしようと、あの態度は感心できるものではない。運が向いてきた時も、逆境にある時も、つねに気を変えなかった連中がおるというのに。だが司教が教皇から手紙を受け取ったというのは事実で、彼は会議でその手紙を我々に読んで聞かせた。司教が王の釈放を強く主張しなかったことを叱責し、早急に王の釈放を求めるよう勧告したものだった。司教がこれ幸いとそれを利用したのは疑う余地もない。そのうえ、王自身も会議に出席しておったのだ。王は会議に入ってくるなり、彼に忠誠を誓っておきながら獄中の彼をないがしろにしたばかりでなく、殺害さえしかねなかった連中を公然と非難した」

「しかしそのあとは悠然とかまえて、弟がなんとか非難を逃れようと雄弁をふるうのを黙認していたのでしょう」ヒューが笑いながら言った。「王はライバルの従妹《いとこ》よりは上手《うわて》ですからね。彼は折れるべき時、許すべき時を心得ています。女帝は恨みを忘れることも、許すことも、絶対にしませんが」

「ああ、確かに。しかしあれは聞いていて不愉快だった。ヘンリーはこう言って自己弁護をしたのだ。あの時自分としては、ふりかかってきた運命を受け入れて、女帝を迎えるほかに選択の余地はなかったのだ、とね。また自分のほうは最善かつ唯一の方法と思われることをしたのに、彼女はすべての誓約を破り、すべての臣下を侮辱して、彼の命までも脅《おびや》かしたのだとも言った。そして終わりに臨んで、ふたたび教会にスティーブン王への忠誠を誓わせ、重要な地位にある者や善意の者すべてに対して、王に仕えるよう勧告した。しかも彼は」ラドルファス院長は悲しげにゆっくりと続けた。「王の釈放を自分の手柄にしたのだ。そして王に抵抗を続ける者すべてを教会から追放した」

「そして女帝のことをアンジュー伯夫人と呼んだとか」ヒューが冷やかに言った。それは彼女の高貴な生まれと、最初の結婚によって得た地位とを軽視するものとして、女帝がもっとも嫌った称号であった。つまりそれは、王の娘で皇帝の未亡人という高い地位から、愛しも愛されもしなかった二番目の夫、アンジュー伯ジェフロワの妻という立場に格下げされることだったからである。アンジュー伯は才能、常識、実力はあるものの、身分は彼女より低く、彼がモードのためにしたことといえば、息子を一人授けてくれただけだった。息子のヘンリーに対する彼女の愛については、疑う余地はなかった。

「司教の言ったことに異議を唱える者は誰もいなかった」院長は半ばうわの空で言った。「女帝の使い以外には。彼も前回のスティーブン王妃の使いと同様、成果は得られなかった。ただし今回の使いは、街頭で刺客に襲われはしなかったがね」

この年の四月と一二月に開かれた二つの教皇使節公会議は、必然的に、寸分たがわぬ冷たい鏡像のようなものであった。運命の女神は最初は一方の党派に、次はもう一方に笑顔を向け、右手で与えたものを左手で取り返したのである。いよいよ結末が見えてくるまでには、まだいくつもの逆転があるかもしれぬ。

「また振り出しに戻ってしまったのだ」院長が言った。「そしてこの苦悩の数カ月間に得たものは何もない。ところで王はこれからどうするつもりだろう?」

「クリスマスにはそれが分かることを望んでいるのです」いとま乞いをするために立ちあがりながら、ヒューが言った。「というのは、院長どの、わたしも呼ばれているのです——あなたのように。スティーブン王は、このクリスマスを過ごされるカンタベリーの宮廷に執行長官を全員召集して、州の管理状態を報告させるつもりなのです。それでわたしも、ほかに該当者がいないために、この州の執行長官として彼らの仲間入りをするわけです。ふたたび自由を手にした王が何をするつもりかは、もう少し経ってみなければわかりません。健康状態も良く、やる気満々だとは聞いていますが、それが何を意味するのかも。わたしの処遇についての王の腹づもりも——まあ、それも時が来ればかならず分かることですが」

「息子《マイ・サン》よ、彼にも現状に手を触れないだけの分別はあるとわたしは信じておる」ラドルファスは言った。「というのは、我々はともかくもできるだけの努力をして、この不幸な王国の現在の基準からみれば、この州をかなり良好な状態に保って来た。王がまた戦争をすれば、イングランドをさらなる不幸に陥《おとしい》れるだけであることは目に見えておる。そしてあなたもわたしも、それを防ぐことはできぬのだ」

「まあ、イングランドに平和をもたらすことはできないとしても」ヒューがかすかな苦笑を浮かべて言った。「少なくともシュルーズベリのために、あなたとわたしでどれだけのことができるか、試してみようではありませんか」

カドフェル修道士は食堂で昼食をすませたあと、広場を横切り、黒々と厚く茂ったツゲの生け垣を回って、しっとりと湿気を帯びた花壇に入って行った。ツゲはだらしなく枝を伸ばし、寒さで成育が止まる前の最後の剪定《せんてい》を待っていた。バラの茎も人の背丈ほどに伸び、葉も落ちかけているというのに、てっぺんにはまだ、生き生きと輝くばかりの美しい花が揺れていた。その向こうには、生け垣に囲まれた彼の薬草園がひっそりと静まり返っており、小さな方形の床《とこ》は皆、すでに冬の眠りに就いている。葉の落ちたミントの茎だけがつんつんと針金のように突っ立っており、タイムは残り少ない葉を守るために地を這《は》って、クッションのように地表を覆っている。しかしまだ、あたり一面に夏の薬草のかすかな香りがたちこめていた。あるいは夏の記憶が残っているだけかもしれないし、作業場の軒《のき》や梁《はり》に下がっている乾燥ハーブの香りが、開け放した戸口から流れ出て来るのかもしれない。しかしこれらの小さな、神の創造物が、未だに甘い香りを発散していることもまた事実であった。今は老い、疲れて、うつらうつらと眠っているが、春の訪れとともにまた若返って、盛んな活動を再開するのだから。

薬草園の中は心地よく、静かで、この聖域内の避難所のようだった。カドフェルは作業場のベンチに開いた扉のほうを向いて座り、与えられたこの三〇分の休憩時間を睡眠よりは思索に当てようと、ゆっくり心を落ち着けた。この日はとくに考えるべきことがたくさんあった。彼はこの小さな自分の王国で、それらの問題をできるだけよく考えてみようと思った。

聖十字架《ホーリー・クロス》教区の新任司祭はああいう人物だったのか。しかしまた、ヘンリー司教はなぜ、わざわざ自分の教会の書記の一人をよこしたのだろう？　しかもお気に入りの部下を。どうやらあの男は見たところ、司教と同じような特質を備えた人物であるらしい。それが生まれ付きのものか、主人を尊敬するあまり見習ったものかは分からぬが。とすると、気位が高く、自信過剰で尊大な人間が二人一緒にいては気が休まらぬから、ヘンリーがこれ幸いと彼を手放した、ということか？　また一年のうちに二度までも、恥を忍んで前言をひるがえした遣外使節が、みずからの威信を相当に傷つけたのは明らかだから、彼はこの機会を利用して、すべての司教や修道院長の必要に父親的関心を示すことによって、彼らのご機嫌をとろうとしているのだろうか？　目をかけることで彼らを喜ばせ、ぐらついた忠誠心を立て直そうとしているのか？　それもありうることだろう。そしてラドルファスのような人物の歓心を買うためなら、貴重な書記の一人ぐらいは進んで犠牲にしたのかもしれぬ。だが一つだけ確かなのは、とカドフェルは考えた。我が修道院長が、あの人物が適任だという確信なしに彼の任命を承知するはずはない、ということだ。

彼はさらによく考えるために目を閉じ、木の壁に寄りかかって身体《からだ》を楽にした。そしてサンダルを履いた両足を重ねて投げ出し、両手を僧衣の袖の中で組み合わせた。その姿勢で身動きひとつしなかったので、ちょうどその時砂利の小道をやって来た青年には、彼が眠っているように見えた。カドフェル修道士についてはそれまでにも、目覚めている人間がこれほど完全に静止できるものとは知らぬ者たちが、時折り同じ間違いをしたものである。近づいて来た足音はとても用心ぶかく静かだったが、カドフェルにはちゃんと聞こえていた。修道士ではないらしい。また平信徒の召使いは何人もいないし、ここまでやって来ることもめったにない。それに何か用事があって来るなら、こんなに用心ぶかく歩いて来ることはなかろう。履き物はサンダルではなくて、擦り切れた古靴のようだ。本人はまったく足音を立てていないつもりらしく、事実それに近かったが、カドフェルは野生動物のような耳の持ち主だ。足音は開け放した戸口のそとで止まり、完全な静寂がかなり長く続いた。わしを観察しておるな、とカドフェルは考えた。よかろう、彼の見ておるものならわしもよく知っておる。彼がどう思うかは別として。六〇を過ぎた丈夫で元気な男。時折り関節がこわばることはあっても、この年なら当然だろう。がっしりとした体格、丸っこい顔、そして白髪まじりの茶色い針金のような髪が――そういえば、そろそろ散髪が必要なころだ！――長い間照る日も降る日も外気にさらされてきた剃髪《トンスラ》を取り巻いている。ためつすがめつ、じっくりと品定めをしておるな。

彼は目を開いて、優しく言った。「わしはマスティフ犬のような顔をしておるかもしれぬが、もう何年来人に嚙みついた覚えはないからな。遠慮せずにお入り」

思いもかけず突然にこう言われて、訪問者は驚きのあまり一瞬立ちすくみ、それから逆に一歩退いた。そのためカドフェルは、午後の柔らかな陽に全身を照らし出された若者の姿をはっきりと見ることができた。それは中背だがよく均整のとれた身体つきの、二〇歳を越えてはいないと思われる青年だった。くすんだ茶色のしわだらけの布のズボンに、すっかり踵《かかと》の磨り減った古い革靴を履き、焦げ茶の上着は袖で擦れる脇腹のあたりがすでに色あせている。ほつれかけた組紐《くみひも》のベルトを締め、短いケープ付きの頭巾はかぶらずに背中に垂らしてあり、胸もとには粗い亜麻布のシャツの、紐を結んでない襟《えり》がのぞいている。上着の袖が短すぎるために、陽焼けした甲のうえの白い手首が少し見えている。引き締まった体格のたくましい青年が、値踏みするにはもってこいの直立不動の姿勢で立っていた。そして彼は、カドフェルがすばやく観察をすませてからもしばらく無言で眺めていたことに、不安よりはむしろ安堵《あんど》を覚えたらしかった。青年の目が明らかに輝き、口もとが自然にほころんだ。彼は丁重に言った。

「門番小屋でこちらに伺うようにと言われたのですが、カドフェルという修道士さまにお会いしたいのです」

音程は快い低さで、素晴らしく陽気な響きを持つ、気持ちのよい声だった。そしてへり下った話しぶりをしようと懸命に努力しているものの、その口調はまったく板についていない感じだった。カドフェルは急に興味をそそられて、さらに観察を続けた。しなやかな首から続く形のよい頭は、薄茶色のもしゃもしゃの巻き毛に覆われている。目上の前ではにかむ田舎者の若者を演じようと、一心に努力しているその顔は、頬や顎は若々しく丸みを帯びているものの、骨格は十分に出来上がっている。だがきれいに髭が剃ってあるので、少年に見せかけようとの狙いは一応成功していた。純真そうな顔ではある。しかしその大きなハシバミ色の目には、生来の茶目っ気が出口を求めて渦巻いているかのようだった。その目は、緑と枯れ色の入り混じった美しい秋の湿原の、陽に照らされた小石のうえを流れる水のように、くるくると表情を変えた。その陽気なきらめきを包み隠す手だては彼にもなかったのである。眠ってでもいれば、天真爛漫な子供で通ったかもしれないが、この目が開いている限り、それは無理な注文だった。

「ならば、ここにおるのがその男だ」カドフェルが言った。「それはわしの名だよ。では君が、司祭と一緒に当地に来て、しばらくここで働きたがっておるという、その青年なのか」カドフェルがゆっくりと立ちあがると、二人の目の高さはほとんど同じになった。さざ波の立つ小川の水のような青年の目が、冬の太陽の光にきらきらと輝いている。「君の名前はなんというのか、若いの？」

「ニ……名前ですか？」意外なことに青年は口ごもり、急に神経質そうにまばたきをした。陽気な目の輝きは、一瞬、長い茶色の睫毛《まつげ》の下に消えた。それは、カドフェルが初めて青年のうちに認めた不安の影だった。「ベネット——ぼくの名前はベネットと言います。叔母のダイオタの亡夫は、ジョン・ハメットという真面目な人でした。従僕としてヘンリー司教にお仕えしていたので、彼が亡くなった時、司教さまは叔母をエイルノス神父のところに家政婦としてお世話くださいました。ぼくたちがここへ来たのはそういうわけなのです。叔母は三年以上も神父さまのところで働いていましたから。それで、ぼくも彼女のそばで仕事が見つかればと思って、一緒に連れて来てほしいとお願いした次第です。特技は何もありませんけど、知らないことは覚えればいいんですからね」

彼はすっかり饒舌《じょうぜつ》になっていて、もう口ごもったりはしなかった。そして快活に振舞い過ぎている自分を隠そうとでもするように、真昼の光の中から屋内の日陰に一歩踏み込んでいた。「あなたがここで使ってくださるだろうと神父さまが言われました」慎重に抑えたよく響く声が言った。「やることを教えてくだされば、ぼく、すぐにやります」

「ほう、なかなか立派な心構えだな」カドフェルは言った。「君はここでわしらとともに暮らす予定だと聞いているが、宿所はどこを割り当てられた？　平信徒の召使いたちと一緒かな？」

「まだ決まっていませんが」青年は言った。その声にはまた本来の張りと陽気さが戻っていた。「この修道院のどこかに泊めてもらえることにはなっています。司祭の家からはもうすぐ出なければならないので。あそこには教会の付属農園の世話をする教区の人が一人いるから、ぼくは必要ないと言われたんです」

「そうか、ここでは大いに必要だ」カドフェルは愉快そうに言った。「あれやこれやで、霜が降りる前にやらねばならぬ荒起こしがまだ残っておるし、小果樹園にもクリスマスごろに剪定せねばならぬ果樹が半ダースもある。それにバーナード修道士も、ゲイエを耕す手伝いに君を借りたがるだろうしな。ゲイエというのはこの修道院の主農園のあるところだ――君はまだこの辺の地形には不案内だろうが、慣れるのはわけもなかろう。それよりここで十分に役立ってもらうまでは、君を横取りされぬよう気を付けねば。さあ、それでは、これからこの塀の中でやってもらうことを見てもらうとするか」

ベネットはすでにもう何歩か小屋の中に踏み込んでいて、棚を埋めているカドフェル修道士のさまざまな瓶や壺やかめなどを、好奇心と畏怖《いふ》の入り混じった目で見回していた。頭上には、乾燥ハーブの束が開いた戸口から流れこむ微風に揺れて、溜め息のようなかすかな音を立てている。そして周囲には、真鍮《しんちゅう》の小秤《こばかり》、三箇の乳鉢《にゅうばち》、静かに泡立っている薬用酒の不思議な大瓶、薬草の根の入ったいくつもの木の小鉢などが所狭しと並び、大理石の板のうえには乾燥中の白い小さなトローチ剤が広げてある。彼のまん丸い目と開いた口が心の内を物語っていた。カドフェルは、ベネットがこの不気味で不可解な情況を目にして魔除けの十字を切るのではないかと半ば予期していたのだが、彼はそこまではしなかった。それどころか、警戒しながらも面白がっているな、とカドフェルは感じた。わしだって、いきなりこんな物を見せられたら不安になっただろうに、と。

「こういう物のことも、もし君が本気で打ちこめば覚えることはできる」カドフェルは少し冷たく言った。「だがそれには何年もかかるだろう。これらはみな、正真正銘の薬品だ――どの材料も神が造られたもので、それ以外の魔法はなにもない。しかし今は、もっとも必要なことから始めてもらうとしよう。たっぷり一エーカーはある野菜畑の荒起こしがまだ残っておるし、小山ほどもある熟成した厩肥《うまやごえ》を荷車で運んで来て、主菜園とバラ園に撒《ま》かねばならぬ。早く取りかかれば、それだけ早く済ませることができる。さあ、来て見ておくれ！」

青年は陽気な生き生きとした目ですべてのものを興味ぶかげに見回しながら、いそいそとついて来た。養魚池の向こうには、二つのエンドウ豆畑が、修道院敷地の西の境界線であるミオール川まで傾斜してつづいている。豆の茎はかなり前に刈り取って、厩の敷き藁《わら》用に干してあり、根も畑に返すためすでに鋤《す》き込んであった。しかしまだ、厩や牛舎から熟成した厩肥を大量に運んできて畑に撒くという、たいへんな大仕事が残っていた。小果樹園には数本の果樹が剪定を待っていたが、一二月初旬の穏やかな天候の中でまだ伸び続けている下草は、この春生まれた二頭の子羊がきれいに食べてくれていた。花壇は例年のごとく、秋特有の荒れた感じになっているが、寒さですべての生長が止まる前にもう一度、最後の草取りをすればよかろう。ただし時間があればの話だが。取り入れの済んだ菜園は踏みつけられ、草ぼうぼうになって、耕されるのを待っていた。ふつうの人間なら怖《お》じ気《け》づくほどの広さなのに、ベネットを怖じ気づかせるものはこの世に存在しないかのようだった。

「へえ、広いんだなあ」長い主菜園を見て、彼は圧倒された様子もなく、陽気に言った。

「道具はどこにあるんですか？」

カドフェルは、農具のしまってある屋根の低い納屋に青年を連れて行き、どうするかと興味をもって見守っていた。青年はちょっと思案顔であれこれ物色していたが、やがて与えられた仕事に最適の、刃先に鉄をかぶせた木の鋤《すき》を選び出した。そして畑の長さを目算してから、決然と精力的に最初の列を掘り起こし始めた。出来映えは上々というわけにはいかなかったが。

「ちょっと待て！」カドフェルは青年の履いている磨り減った靴に気づいて言った。「そんな履き物で鋤を踏みつけておったら、たちまち足が腫《は》れあがってしまう。わしの小屋に木の靴台があるから、あれを靴の下にくくりつければ、いくら踏みつけても大丈夫だ。しかしこの仕事は急ぐ必要はないぞ。さもないと、一〇列もやらぬうちに汗びっしょりになってしまうから。大切なのは、一定の速度でリズムに乗ってやることだ。そうすれば一日じゅうでも続けられる。鋤が拍子を取ってくれるのだ。もし息が続けば鋤に合わせて歌うがよい。息が切れるようなら鼻歌でもよいし。知らぬ間に列が増えて、びっくりすること受け合いだ」彼はそこで、はっとして言葉を切った。観察したことをあまり性急にしゃべりすぎたと、遅まきながら気づいたのだった。「君の仕事はおもに馬を扱うことだった、と聞いておるが」彼は穏やかに言った。「どんな仕事にもこつというものがある」彼はそう言うと、ベネットが言葉を返すひまもなく、木の靴台を取りに行った。それは畑の荒起こしをしたり、ぬかるみを歩いたりする時のために、カドフェルが自分用につくったものだった。

こうして靴台をつけ、助言を与えられたベネットは、きわめて慎重に作業に取りかかった。カドフェルは青年の動作が正しく安定したのを見とどけると、作業小屋に引っ込んで日課の薬づくりに取りかかった。この日は何種類かの新鮮な薬草を擂《す》り潰《つぶ》し、独自の調合によって、ひびやあかぎれによく効く軟膏《なんこう》をつくっていた。一月になると、写本室の写字係や写本装飾係が決まって手の荒れに悩み始めるからだ。咳や風邪も早晩かならず始まるし、冬の間十分に足りるだけの薬を今のうちに準備しておかねばならぬのである。

そろそろやりかけの仕事を片づけて、夕べの祈り《ヴェスパー》の支度をする時刻になったので、カドフェルは、新米の助手はどうしているかと様子を見にいった。仕事をしているところをじっと見ていられるのは、誰にとっても気持ちのよいものではない。とくに未経験者や、自分の能力や経験の不足を意識している者にとっては。カドフェルは、青年が広い畑のかなりの部分をすでに掘り起こしたのを見て感心した。起こしたあとが大波のように連なり、列は真っ直ぐで、青年がよい目の持ち主であることを物語っていた。掘り返した土が黒々と盛り上がっているところを見ると、深さも十分であるらしい。勢いあまって、畑のへりの小道にまで土をはね飛ばしてしまったらしいが、小枝を束ねた箒《ほうき》を納屋から探し出してきて、飛ばした土をせっせと掃きもどしているところだった。彼は顔を上げ、そばに置いた鋤にちらりと目をやってから、カドフェルの顔をちょっと心配そうに見た。

「石に当てて、鉄の刃先を曲げてしまったんです」彼はそう言うと箒を投げ出し、鋤を拾い上げて逆さに立て、木部にかぶせた鉄の刃先をそっと指先で撫《な》でてみた。「でも槌《つち》で打ち出して、きれいに直せると思います。納屋に槌があるし、導水路の縁石《ふちいし》はたっぷり幅があるから、あそこを砥石《といし》がわりにして。暗くなるまでにあと二列はやれると思ったのになあ」

「若いの」カドフェルが優しく言った。「君はすでに、わしが予想したよりずっとたくさんやっておる。それにその鋤は、つくられて以来少なくとも三度は刃をつけ替えたもので、そろそろまたつけ替えねばと思っておったところだ。だが、もしもうしばらくは、この仕事を終えるまででも、使えると思うならば、もう一度打ち出してくれるのはありがたい。では終わったら納屋にしまい、手と顔を洗って、夕べの祈り《ヴェスパー》に来るがよい」

ベネットは曲がった刃を見つめていた目を上げて、仕事ぶりを褒《ほ》められたことにはじめて気づいたかのように顔をほころばせた。それは彼が初めて見せた屈託《くったく》のない、自然な笑顔であった。そしてニジマスの泳ぐ清流のように表情豊かな彼の目は、いっそうきらきらと輝いた。

「ではやってみますね」彼はいかにも嬉しそうに頰を染め、張り切って、いくぶん生意気に言ってから、まったく警戒心を捨てて正直に付け加えた。「鋤というものを手にしたのは、たぶんきょうが生まれて初めてでしょうけど」

「そうか」カドフェルは、短すぎる袖から突き出ている青年の手の形や造りを興味ぶかく眺めながら、真面目くさって言った。「そんなこと、言われなければ想像もつかぬだろうな」

「ぼくの仕事はおもに……」ベネットがちょっと急いで言いかけた。

「……馬を扱うことだった。それは聞いておる！　さあ、きょうの努力は明日結果が表われる。明日の努力はあさってに。そうとも、そうやって腕が上がってゆくのだ」

カドフェルは夕べの祈りに出かけて行った。曲げた鋤の刃先を打ち出すために大またに歩み去った新米助手の若々しい姿が脳裏にちらつき、彼の吹いていた口笛の、祈りとはおよそ無関係なメロディーがまだ耳に残っていた。擦り切れた古靴に借り物の靴台をつけたベネットの若い大きな両足は、そのリズムに乗って元気よく遠ざかって行ったのだった。


「エイルノス神父は今朝、教区司祭に就任した」二日目の朝、カドフェルは就任式から戻って来るなり言った。「君は出席したくなかったのか？」

「ぼくが？」ベネットは鋤の手を休めて身を起こし、率直な驚きを示して言った。「いいえ、べつに。何のために？　ぼくはここに仕事があるのだし、神父さまはぼくが手伝わなくたって自分のことはできるんだから。それにぼくは、ここに来るまであの人のことはほとんど知らなかったんですからね。ところで就任式は無事にすんだんでしょう？」

「ああ――すんだとも、無事にな。ただ彼の説教は、哀れな罪びとたちに対しては、ちょっと厳し過ぎたと思うが」カドフェルは考えこむように言った。「きっと、厳しいところを示すのは最初が肝腎だと思ったのだろう。あとで手綱を緩めることはいくらでもできるからな。司祭と信者が互いによく知り合って、それぞれの立場を認識するようになれば。まだ若く、しかもほかの土地から来た人間が、年輩の経験者のやり方を受け継ぐのは決して容易なことではない。古い靴は履き心地がよいが、新しい靴はきつい。だがやがては新しい靴も古くなって、足に馴染むようになる」

すでにベネットは、言外の意味を汲《く》み取って新しい主人の関心事を察するのがかなりうまくなっているらしかった。彼は巻き毛におおわれた頭をかしげ、陽に焼けたなめらかな額にしわを寄せて、熱心にカドフェルの顔を見つめていた。ちょっと眉を潜めたいつになく真面目なその顔は、意外な質問に対する警戒心などまったくなしにこれまで育ってきたかのようだった。だが突然、もっと早く気づくべきだったがつい自分のことに心を奪われていたものだから、といった調子で話し始めた。

「叔母のダイオタはもう三年以上も彼のところにいますが、ぼくの知るかぎり、彼について不満を漏らしたことは一度もありません」青年は慎重に言った。「ぼくはここに来る途中で言葉を交わしただけですが、ぼくを連れて来てくれたことについてはとても感謝しています。確かに彼は、ぼくみたいな召使いが気安くできるような人ではありません。でもぼくは口を慎んで、言われたことを素直にやっていましたから、一応はちゃんとした扱いをしてくれましたけど」ベネットの快活さが一陣の西風のように戻って来て、不安を吹き飛ばした。「そう、彼がここでの新しい仕事に不慣れなのは、ぼくと同じですよね。でも、彼は遮二無二《しゃにむに》自分の考えを押し通すけど、ぼくには徐々に方法を身につけてゆくだけの分別があります。まあ、彼もしばらくそっとしておけば、そのうち地に足がついてくるでしょう」

彼の言うとおりだ。予備知識もなく、不安を抱いて未知の土地に乗りこんでくる新任者にとっては、ひと息ついて他人の息づかいに耳を傾ける時間が必要なのだ。しかしカドフェルは自分の仕事に戻ってからも、エイルノスの雄弁な説教を思い出して不快な気分になっていた。司祭はまず最初に、多くの者が近づくことさえできない天国の清澄《せいちょう》な空気について語ったが、それは彼の狂信的な夢のようなものだった。そして次に、最後の審判について語り、地獄の構造をあまりにもどぎつく、生々しく描いてみせたのだった。

「……地獄とは、周囲を四つの海に囲まれ、罪びとを監視する竜がずらりと並んでいる島であります。怨恨《えんこん》の海。その波の一つひとつは、地獄の火そのものよりさらに赤く燃えさかっています。謀反《むほん》の海。そこは逃亡者がどんなに水を掻《か》こうと、櫂《かい》を漕ごうと、たちまち地獄の火へと押し戻されてしまいます。絶望の海。そこでは船という船は沈没し、どんなに泳ぎがうまい人でも石のように海底に沈んでしまいます。そして最後に贖罪《しょくざい》の海。その水は地獄に落ちた亡者たちの涙から成り、そこからのみ、ごく少数とはいえ、脱出が可能であります。それはかつて、わが主キリストの、罪びとを哀れむひと雫《しずく》の涙が炎の海に落ち、しだいに広がってその熱をさまし、海全体を静めて、心からの悔悛《かいしゅん》が認められた者だけは……」

なんと心の狭い、恐るべき慈悲であろうか、とカドフェルは、施療院にいる欠点だらけの老人たちの胸に塗る鎮痛剤を調合しながら考えた。彼らもこのわしと同様に誤りを犯しやすい人間で、この世の命はもう長くはないのだ。いや、あれは断じて慈悲などではない。

3

門前通りの晴れわたった空に最初のかげりがさしたのは、教会の付属農園と教区所有の牛や豚の世話を長年してきたアルガーが、門前通りの自称町長で車大工のアーウォルドに苦情を持ちこんだ時だった。新しい主人が召使いである自分のことを、自由民か農奴か疑わしいと言った、というのである。しかし彼の様子は憤慨しているというよりは、むしろ心配そうに見えた。実はアダム神父が死去するころ、遠方の畑地の一枚をめぐってちょっとした争いがあり、保有権について神父と召使いの間で合意が得られぬまま、アダムが他界してしまったのだった。もしアダムが生きていれば、穏やかな話し合いで解決できたにちがいない。アダムは欲のかけらもないような人だったし、アルガーの側には母親の証言による正当な言い分があったからだ。しかし頭の固いエイルノス神父は、この件を法廷に持ち出すべきだと主張した。しかもそればかりか、アルガーは自由民ではなくて農奴らしいから、王の法廷における原告適格はないはずだ、とあからさまに言ったというのである。

「でも誰だって知っていますよ」アルガーは悔しそうに言った。「わしが自由民の生まれで、いまもそうだってことは。なのにあの神父ときたら、わしには農奴の親戚がいる、わしの叔父といとこはワージンの荘園に何がしかの土地を持っていて、それを賦役《ふえき》労働によって保有している、それが証拠だ、と言うんだ。確かに彼の言うとおり、わしの父親の弟は土地を持っていないから、その一ヤードランド（四分の一エーカー）が空地になった時喜んで引き受けて、そのための労働を提供することを承知した。しかしだからといって、その叔父がほかの親戚同様自由民の生まれであることにかわりはない。わしはべつに、あの神父や教会にあそこの一枚をやるのが惜しいわけじゃないんだ。もし正当な理由があるならば。だけど、わしが自由民じゃなくて農奴だということを証明するために訴訟を起こすなんて、そんなことに黙っていられると思うかね？」

「彼はそんなことはせんだろう」アーウォルドは落ち着いて言った。「そんなことをしても何もなりゃせんからな。それにあんたに対して不当な仕打ちをする理由もなかろうし。彼は法律の条文にやかましいだけで、それ以上のことは望んでおらぬよ。まあいずれにせよ、教区のみんなが証人になってくれるだろうが、神父さんにはわしからも話しておこう。道理には耳を貸す人間だと思うから」

しかしその噂《うわさ》は日暮れまでには町じゅうに広まってしまった。

晴れわたった空に現われた二つ目の小さな汚点は、腕白小僧の一人が頭に怪我をした事件だった。その少年が泣きじゃくりながら話したところによると、事の次第はこうである。同じ年ごろの仲間が数人集まって、司祭館の壁にボールをぶつけて遊んでいた。そうした遊びには誂《あつら》え向きの、窓のない広い壁で、当然ながらその騒々しさは相当なものだったらしい。彼らはそれまでにも何度となく同じ遊びをしていたのだが、アダム神父はにこにこしながら静かに拳《こぶし》を振るだけで、最後はしっしっとひよこでも追い払うように子供らを追い返すのがつねだった。ところが今回は、背の高い黒い人影が家から飛び出してきて、罵りながら、長い太い杖を乱暴に振り回した。子供たちはあわてて逃げようとしたが間に合わず、二、三人が明らかにそれとわかる傷を負い、この少年は運わるく頭に気絶しかねないほどの一撃を食らってしまった。そして皮膚が破れ、頭の傷のつねとして大量の血が流れ出て、しばらく止まらなかったのだ。

「あいつらがどうしようもない悪ガキだということは事実だ」繃帯《ほうたい》を巻いてもらってようやく落ち着いた少年が、まだ腹の虫がおさまらない母親に連れられて出て行くと、アーウォルドがカドフェルに言った。「あんたもわしと同様、あいつらの尻を引っぱたいたり横っ面を張ったりした経験は何度もあるだろう。だが、彼がいつも持ち歩いているあのでかい杖でなぐるとはあんまりだ」

「あの調子では思いがけない不幸な結果にもなりかねなかったな」カドフェルが言った。

「彼がアダム神父のように腕白どもに対して寛大でないことは明らかだ。だから子供らのほうでも、彼の邪魔をせぬことや、近くにいる時は態度を慎むことを覚えねばならぬ」

少年たちもそう考えたとみえて、路地の突き当たりの家の周りで騒々しい遊びをするのはそれっきりやめた。また長身の黒い人影が、猛烈な大またに合わせてマントをカラスの翼のように翻《ひるがえ》しながら、門前通りを闊《かっ》歩《ぽ》して来るのが見えると、たとえ悪さをしていなくとも、クモの子を散らしたように逃げてしまうのだった。

確かに、エイルノス神父は義務を怠っているとはいえなかった。彼は時間を守ることにやたらにうるさく、また自分が日課の祈りを唱えている時には、何が起ころうと絶対に中断しなかった。うやうやしくミサを挙げ、厳格な説教をし、病人を見舞い、堕落した者には熱心に忠告した。しかし病める者に対する慰めの言葉は厳しく、冷淡でさえあり、彼の課する苦行は教区民がそれまで慣れていたものよりずっと重かった。とはいえ、教区司祭としての責務はすべて果たしていたのである。彼はまた、職務や十分の一税や耕地に伴う役得に関して異常なまでに熱心だった。ある時隣接する畑の持ち主の一人が、境界の枕《まくら》地《ち》の半分が耕されていると文句を言ってきた。アルガーはその男に、土地を無駄にするのは罪悪だから、もっときわまで耕すようにと司祭から命じられたのだ、と言い返したという。

アダム神父から少しばかり文字を習っていて、後任司祭のもとで学習を続けていた数人の少年は、だんだんに出席するのを嫌がるようになった。彼らは両親に、明らかな違反はもちろんのこと、ちょっと間違えただけでもすぐに打たれるのだと話した。

「アダム神父のように、子供たちにやりたい放題やらせておくのは間違いだ」ジェローム修道士が高飛車《たかびしゃ》に言った。「彼らはちょっと厳しくされただけでも、それを当然とは思わずに、苦痛と感じるようになってしまっている。この点に関して我が修道会の宗規にはなんと書いてあるかな？　破門による処罰の恐ろしさがまだ理解できぬ子供や若者が罪を犯した場合には、本人のためを思って、断食か鋭い鞭によって罰するべきだ、と書いてあるではないか。あの司祭のやっていることは正しいのだ」

「文字を間違えたくらいで罪を犯したことになるとは、わしには思えぬな」同じ年ごろの少年たちを預かっているポール修道士が、憤慨して反論した。「罪とは罪を犯そうとする意図なしには成立しない。あの子供らは知っている限りのことを答えようとしておるのだ。うまく答えようとの一心でな」

「正しく答えられないのは怠慢と不注意の結果なのだから、それは罪にほかならぬ」ジェロームがもったいぶって言った。「真面目に聴いておる者は当然、間違えずに答えられるだろう」

「すでに脅《おび》えてしまっている場合には、そうとは限らぬ」ポール修道士はぶっきらぼうにそう言って、癇癪《かんしゃく》の起きぬうちにとそこで議論をやめた。ジェロームには、その信心深そうな顔を的《まと》のように突き出す癖《くせ》があった。そしてポールは、大柄で力のある男の例にもれず、監督下にある最年少の生徒たちのような、無力な者には驚くほど優しく思いやりがあったのだが、ジェロームのような小柄な人間はいうにおよばず、自分と同サイズの敵に対してさえ、腕力には十分に自信があったのである。

それから一週間以上もたって、ようやくこうした問題がラドルファス院長の耳にもとどいた。しかし騒ぎの発端は、それらに比べればもっと小さな事件だった。エイルノス神父が門前通りのパン屋のジョーダン・アーシャーを、目方の足りないパンを届けたといって公然と非難し、当然ながら職人としてのプライドを傷つけられたジョーダンが、是が非でもその侮《ぶ》辱《じょく》を退けようとしたのである。

「幸運なやつだ」町長のアーウォルドは愉快そうに言った。「たまたま門前通りの誰もが嘘だと断言できるただ一つのことで咎《とが》められたとは。パンの目方だけはつねに正確だったからな。そのほかには、あいつが几帳面《きちょうめん》にやることなどこの世に何ひとつないとしても。この近辺で最近生まれた私生児のどれかの父親だといって咎められたとしたら、返す言葉もなかったろうが。だが彼の焼くパンはうまいし、目方をごまかしたことは絶対にない。またなんであの司祭がこんな失策をやらかしたかは知らぬが、ジョーダンはなにがなんでも責任を取らせるつもりでいる。あいつは弁が立つから、勇気のないほかの連中の分までしゃべってくれるだろう」

というわけで、一二月一八日の修士会のあとで、門前通りの町長はパン屋のジョーダンほか数人の名士を従えて、ラドルファス院長に面会を求めてきたのである。

「ここにお出でねがったのは」一行を院長宿舎の応接室に案内し、皆が席に着くのを待って院長が言った。「修道士たちの日課を邪魔せずにゆっくり話ができると思ったからだ。討議すべき問題がたくさんあるらしいが、どうか率直に話してもらいたい。時間はたっぷりある。町長どの、わたしも真剣だ。門前通りの繁栄と住民の幸福を願う気持ちはあなたと変わりないのだから」

アーウォルドの正式な肩書きではない町長という呼びかけを院長があえてしたのは、話を引き出し易くするためで、その意図は相手にも通じたらしかった。

「院長さま」アーウォルドは真剣な口調で切り出した。「実は、わたしどもがこうして伺ったのは、あの新任司祭の振舞いに教区民が悩まされておるからなのです。エイルノス神父には教会での務めがあり、それを忠実に果たしておられる点に関してはわたしらにも不満はありません。しかし教区民との付き合い方となると、どうしても彼のやり方に満足できないのです。たとえば、召使いのアルガーが自由民か農奴かという疑いを持った時、彼が自由民だということをよく知っておるわたしらに尋ねようとはしませんでした。また、隣りのエアドウィンの枕地の一部を彼の知らぬまに、もちろん許しも得ずにアルガーに耕させていました。そしてこともあろうに、ここにおるマスター・ジョーダンがパンの計りをごまかした、と文句を言ったのです。それが嘘だということは誰もが知っています。ジョーダンは良いパンをつくること、計りが正確なことで有名なのですから」

「そうですとも」ジョーダンが力をこめて言った。「わしのパン焼き窯《がま》は修道院から借りておるのだし、仕事場も修道院の土地にあります。もう古い付き合いだから、わしが自分のパンに誇りを持っておることは、あなたがたもよくご存じでしょう」

「その主張はもっともだ。確かに良いパンだ」ラドルファスは同意した。「町長どの、話を続けられよ。ほかにもまだあるのだろう?」

「そうなのです、院長さま」アーウォルドはますます真剣な面持ちで言った。「エイルノス神父の授業の仕方がどんなに厳しいかってことは、すでにお聞きおよびでしょうが、彼はその同じ厳しさで教区の子供らを扱うのです。子供たちが集まって、ちょっとでも悪さをしているのを見つけると――子供ってのは馬鹿なまねをするもんですよね――すぐになぐる癖があって、わたしらから見れば必要のないところにまで暴力を振るうのです。いまじゃ子供たちはすっかり彼を恐れてしまっています。これは良いことではありません。まあ世の中には、子供には我慢がならぬという人もいるでしょうが。しかし女たちまで脅えてしまっておるのです。彼があまり恐ろしい説教をするものだから、地獄を恐れるようになっちまって」

「恐れる必要はまったくない」院長が言った。「罪を犯した覚えがないならば。この教区にはそれほど重い罪を犯した者はおらぬと思うがな」

「もちろんですとも、院長さま。しかし女は感じやすく、些細なことにもすぐに脅えるものです。いまでも知らずに犯した罪はないかと自省するあまりに、どれが罪でどれが罪でないかも分からなくなっています。だからなにをするにも、自分は間違っているのではないかといちいち気に病んでおるのです。しかし問題はそれだけではありません」

「聞こうではないか」院長が言った。

「院長さま、この教区にセントウィンという、貧しいけれど立派な男がいましてな。妻のエレンが四日前に未熟児の男の子を産んだのです。生まれたのはちょうど六時課(正午の祈り)のころでしたが、赤ん坊があまりに小さく、弱々しくて、死ぬことは目に見えていたので、セントウィンが司祭の家に飛んで行って、すぐに来てほしいと頼みました。その子の魂が救われるように、死ぬ前に洗礼を授けてやってください、と。ところがなんと、エイルノス神父は、いまは祈りの途中だから祈りが終わるまでは行くことはできぬ、と言って、彼の願いをはねつけたのです。セントウィンがいくら頼んでも、彼は祈りを中断しようとはしませんでした。そしてようやく出かけて行った時には、院長さま、赤ん坊はすでに死んでおったのです」

しばしの冷やかな沈黙が、鏡板入りの壁に囲まれた室内に不気味な影を落としたように感じられた。

「院長さま、しかも司祭は、その赤子が洗礼を受けてないからと言って、キリスト教徒としての埋葬をしてやらなかったのです。埋葬に際してはできるだけの祈りを唱えてやるが、遺骸を聖なる土地に葬ることはならぬ、と言って——葬ったのは教会の外の墓地でした。場所はいつでもご案内できます」

ラドルファス院長はきわめて重々しい口調で言った。「彼の行為は自分の権利の枠を越えてはおらぬ」

「彼の権利！　では子供の権利はどうなるのです？　もしも彼が呼ばれた時すぐに駆けつけておれば、あの子は洗礼を受けられたかもしれないではありませんか」

「彼の行動は自分の権利の枠を越えてはおらぬ」院長は冷やかに、強い嫌悪《けんお》の情を示して、もう一度繰り返した。「聖務日課は神聖侵すべからざるものである」

「生まれたばかりの赤子の魂も同じでしょう」アーウォルドが負けずにやり返した。

「あなたの言うことも、もっともだ。神は我々のどちらの言い分も聞いておられる。おそらく、いや、きっと、神の摂理が働くであろう。まだ話すことがあるのなら続けたまえ。残らず話されるがよい」

「院長さま、この教区にエルネッドと申すとても美しい娘がおりましてな。ほかの娘たちとはちがって、まるで野ウサギのようにそこらじゅう跳びまわっていたので、彼女を知らぬ者は誰一人おりませんでした。そして誓って申しますが、自分以外の他人を傷つけたことは一度たりともないのです。あの娘に限って！　院長さま、彼女はどんな男にもいやということができませんでした。再三再四、あの男、この男と付き合っては後悔し、いつも泣いて帰っては告解《こっかい》をして、改心すると誓っておりました。その時は本心だったのです！　しかし彼女はどうしてもその誓いを守ることができなかった、若者は彼女を見ると賛嘆の眼差しを送り……アダム神父はいつも彼女を優しく迎え入れて告解を聞いてやり、償いを課して、しばらくすると赦免《しゃめん》を与えてやっていました。彼女がそれ以外にどうしようもないことを、彼は知っていたからです。実際、彼女ほど、男に対しても子供に対しても、あるいは動物に対しても、親切な人間はこの世にいないでしょうな──親切過ぎたのです!」

院長は無言で耳を傾けていた。次がどうなるかはすでに想像がついていた。

「彼女は先月、子供を産みました。お産がすみ、身体が回復すると、恥ずかしさで気も狂わんばかりになって、いつものように告解をしに行きました。ところが司祭は、精神的支えを与えてやろうとはしなかった、彼女がそれまでに何回も、改心の約束を破ったからと言って。それは事実にはちがいないが、それにしても……彼は償いを課そうともしなかったのです。彼女の言うことは信用できないという理由で。したがって赦免を与えることも拒否しました。そしてさらにひどいことには、ミサに与《あずか》るためにおずおずと教会に入って来た彼女を追い返して、扉を閉めてしまったのです。皆の見ている前で、公然と大声を張り上げて」

長く、重苦しい沈黙のあと、院長が仕方なく尋ねた。「それで彼女はどうなったのか?」

彼女がすでに過去の存在であり、黄泉《よみ》の国の住人であることは明らかだったが。

「死体となって水車池で発見されたのです、院長さま。幸いなことに死体はミオール川の方向に流されて、彼女を知らない町の人たちに引き上げられ、彼らの教区に運ばれて、セント・チャド教会の司祭の手で埋葬されたのです。水死の原因はよく分かりません。世間では事故だろうと言っていますが」

もちろん事故でないことは皆知っていた。それは顔からも口調からも明らかだった。絶望は大罪である。だがそれならば、絶望を与えた人びとの罪はどうなるのか？

「すべてわたしに任せてくれ」ラドルファス院長は言った。「エイルノス神父とも話してみよう」


ミサのあと、院長宿舎の応接室で、エイルノス神父は机をはさんでラドルファス院長と向き合っていた。その厳しく、整った長い顔には、罪の意識も、狼狽《ろうばい》の色も、不安の影も、まったく感じられなかった。背筋をぴんと伸ばし、両手をゆったりと組み合わせ、きわめて平静な面持ちで、その男はじっと座っていた。

「院長どの、忌憚《きたん》なく申せば、わたしの教区は長いあいだ野放しにされていたために、破滅寸前の状態にあります。あの畑は雑草に覆われて、良い穀物は息も絶え絶えです。わたしは、良い穀物を得るために必要なことはすべてやろうと決意しました。それには努力が必要であり、わたしはその努力を惜しまないつもりです。それ以外に方法はありません。甘やかされた子供は駄目な人間に育ちます。エアドウィンの枕地の件については、わたしが境界の石を動かしたとの噂が立っているようですが、あれは誤ってやったことで、誤りはすでに正しました。石はもとに戻して、その内側にわたしの境界線を引きました。たとえ手の幅分でも、他人の土地を自分のものにする気はありませんから」

確かにそれは事実であった。手の幅ほどの土地も、びた一文も。そのかわり、自分のものは何ひとつ手放すことはないのだ。裸の剃刀《かみそり》のごとき正義が彼の信条であった。

「わたしが心配しておるのは、一ヤードの枕地などよりもっと直接に人間の存在に関わる問題なのだ。あなたの召使いのアルガーは自由民の生まれであり、現在もそうだ。彼の叔父もいとこも同じであって、もし彼らがそれを主張するためになんらかの方法を講じたとしても、それを疑問に思う者はおらぬだろう。彼らがああして慣習法の定める労働をしているのは、土地代金の支払いとしてやっておるのであって、土地代を金で支払う者と同様、公民権を剝奪されることはないのだ」

「そのことは調べてみたのでわかりました。彼にもそう言いました」エイルノスは落ち着きはらって言った。

「では、その件はそれでよい。しかし、人を責める前に調べてみればなおよかったが」

「院長どの、正義の人は正義の訴えに憤慨すべきではありません。わたしは来たばかりで教区民のことをよく知りません。そこへ、彼の親戚はあの土地を賦役労働によって保有しているという噂を耳にしたのです。事実を知ることはわたしの義務ですし、まず最初に本人に話すのが公平な態度でしょう」

確かにそれも、思いやりに欠けるとはいえ、事実ではある。しかも彼は、自分の立場が不利になるにもかかわらず、同じ冷徹さで事実を認めているようにみえた。とはいえ、誤りを犯しやすい凡人の間では、このような男をどう扱えばよいのだろう？　ラドルファスはさらに深刻な問題へと話を進めた。

「聞くところによると、セントウィンと申す夫婦に赤子が生まれ、その子は一時間も生きなかった……その男があなたのところに来て、赤ん坊が非常に弱々しく、いまにも死にそうだから、急いで来てほしいと言った時、あなたは、すぐに行って洗礼を授けてやろうとはしなかった。そしてあなたの務めである洗礼が間に合わなかったために、その赤子を聖別された土地に葬ることを拒否した、という話だが。なぜ呼ばれた時すぐに、急いで駆けつけなかったのか？」

「ちょうど聖務日課を始めたばかりだったからです。院長どの、わたしは神への誓いを守るために、祈りを中断したことはこれまで一度もありません。そしてこれからも、いかなる理由があろうとも、たとえそれがわたし自身の死を招こうとも、それは守るつもりです。祈りを終えるまでは、わたしは行かれなかったのです。終わりしだいすぐに駆けつけました。その子がそんなにすぐに死ぬとは、わたしには知りようがありませんでした。しかしたとえ分かっても、自分の義務である祈りを切り詰めはしなかったでしょうが」

「あなたに課せられた義務はほかにもある」ラドルファスはいくぶん荒々しく言った。「どの義務を優先すべきかの選択が必要な場合もあるのだ。あなたは自分の保護下にある人びとの問題を最優先するべきだ、とわたしは思う。あなたは自分の祈りを完結するほうを選び、その結果、その赤子を教会外の墓地に葬らざるをえなかった。それは正しい行為だったであろうか？」

「院長どの」エイルノスは少しもひるまずに言った。その黒い目には、はげしい自己弁護の炎が渦巻いていた。「わたしは、そう思います。神聖侵すべからざる聖務日課に関しては、たとえ一語たりとも祈りをおろそかにすることはできません。わたし自身の、そしてすべての人間の魂が、それに服すべきです」

「神の創りたもうたもののうちもっとも汚れなく、もっとも無防備な、生まれたばかりの赤子の魂までもか？」

「院長どの、洗礼を受けていない者が教会の敷地内に葬られることを神の掟が禁じていることとは、あなたもよくご存じでしょう。わたしは守るべき規則を守ります。そうしないわけにはいきません。神はきっとセントウィンの赤ん坊をお見つけになるでしょう。葬られた場所が教会の中であろうと、外であろうと。もし慈悲をたまわろうという意図があるならば」

その無情さはさておき、それは立派な答えであった。院長はその冷酷な、自信に満ちた顔を見つめて、考え込んだ。

「掟の条文は確かに重要である。しかしさらに大切なのは、その精神だ。あなたは自分の魂を危険にさらしても、生まれたばかりの赤子の魂を救うべきだったのだ。中断した祈りはあとで完結することができる。差し迫った理由がある場合には決して罪にはならぬ。それからもう一つ、エルネッドという娘の問題がある。彼女はあなたに教会から締め出されたあとで——よいか、わたしはあとでと言っておる、ためにとは言っておらぬぞ！——命を落とすことになった。どんなに重い罪を犯した者に対しても、告解を受けつけぬというのは由々《ゆゆ》しきことだ」

エイルノスの顔に初めて感情の激発が見られたが、依然として自己の正義を確信して言った。「院長どの、悔悟《かいご》のないところには告解の秘蹟もありえません。その女は再三再四、悔悟と改心を誓いながら、それを守ったためしがなかったのです。彼女の評判はほかの者からさんざん聞かされており、とても赦免に値するような女ではありませんでした。彼女の言葉が信じられないのに告解を聞くなどは、わたしの良心が許しません。口先だけの悔悟では告解の意味がありませんし、それで赦免を与えたりしたら、それこそ大罪を犯すことになるでしょう。あれは絶対に回復の見込みのない、あばずれ女でした！　彼女が死のうと生きようと、わたしには後悔すべきことはありません。もし同じケースに出会えば、また同じことをするでしょう。わたしは自分の守るべき誓いを曲げるわけにはいきません」

「あの二つの死に関して、たとえ神の見解が異なろうとも、あなたは自分の答えを曲げはすまいな」ラドルファスは重々しく言った。「だがエイルノス神父、あなたは正義の人びとをではなく、罪びとを悔い改めさせるために呼ばれて来たのだということを忘れないでほしい。彼らは弱くて誤りを犯しやすく、無知と恐れのうちに生きており、あなたのような恵まれた立場にはないのだ。彼らの能力に対する要求を和らげ、もう少し寛容になってもらいたい。あなたのような完全無欠な人間とはほど遠い連中なのだから」院長は皮肉のつもりでそう言うと、そこで言葉を切った。しかし相手はそれを称賛と受け取ったらしく、その尊大な、無表情な顔にはたじろぎの影さえ見られなかった。「それから、子供たちに手を上げるのはもう少し慎むように」院長は言った。「よほどの悪意をもって悪さをした時以外は。人間誰しも間違うことはある。あなたでさえも」

「わたしはつねに正しく行動するように努力しています」エイルノスは言った。「これまでつねにそうしてきましたし、今後もそうするつもりです」そして入って来た時とまったく変わらぬ自信に満ちた、力強く決然たる足取りで、さっそうと部屋から出て行った。ガウンの裾を二つの翼のように翻しながら。

「鋼《はがね》のごとく率直で、純粋な男だ。そして節制家でもある」ラドルファスは、ロバートと二人だけの時にこう言った。「謙虚さと人間的な寛容さを欠いている以外は、非の打ちどころがないのだが。わたしが門前通りに連れて来たのは、そういう男だったのだよ、ロバート。さて、これから彼をどうすればよいか?」

ダイオタ・ハメット夫人は一二月の二二日、蓋付きのバスケットを持って門番小屋に来て、甥のベネットに会いたいとおずおずと告げた。クリスマスケーキを一つと、やはりクリスマス用に焼いた蜂蜜パンのいくつかを届けに来たのだった。彼女が教区司祭の家政婦だと知っている門番は、すぐに庭園のほうを指さした。ベネットはそこで、伸びすぎたツゲの生け垣の今年最後の刈り込みに精を出していた。

カドフェルは、二人の声を耳にして作業小屋から顔を出したが、その中年婦人が誰であるかすぐに想像がついたので、そのまま乳鉢のところへ戻ろうとした。だがその時ふと、二人の挨拶の仕方に微妙な雰囲気があることに気づいたのだった。叔母と甥の間では、ふつう愛情の表現はあまり大げさではなく、気楽で自然なものであり、いま目にした光景もほぼそれに近かった。だがそれにもかかわらず、若い甥に対するその婦人の態度には、敬意とも取れるような思いやりが感じられた。また青年が彼女を親しげに抱き締めた時、その様子には予期せぬ子供っぽい優しさが表われていたのである。彼が何事も中途半端にはやらない青年だということは、すでに分かっていた。それにしてもいま目の前にいる叔母と甥が、互いに相手を当たりまえの存在と見なしていないことは明らかだった。

カドフェルは二人の私事に立ち入らぬよう仕事場に引き返した。ハメット夫人は整った顔立ちの、身なりのきちんとした婦人だった。司祭の家政婦にふさわしく、黒のつつましやかな服装をして、きれいに結った白髪まじりの頭に黒っぽいショールをかぶっていた。卵形の落ち着いた顔は穏やかな悲しみを湛《たた》えていたが、青年と挨拶を交わした時には生き生きと明るく輝いた。その時の顔は四〇そこそこにしか見えず、おそらくそれが実際の年齢であろう。ベネットの母親の妹かな、とカドフェルは想像した。とすると、彼は父親似であるらしい。あの二人はほとんど似ておらぬから。しかしわしには関係のないことだ！

ベネットは作業小屋に飛び込んでくるなり、バスケットのおいしそうな中身を全部、木のベンチのうえに並べてみせた。「ぼくたちは幸せ者ですよ、カドフェル修道士、彼女は王さまの厨房係にも負けないくらいの料理の名人ですからね。あなたもぼくも王さまみたいにおいしいものが食べられますよ」

彼は空のバスケットを返しにまた元気に飛び出して行った。戸口からカドフェルが見ていると、彼はバスケットのほかに、何か小さなものを上着の胸から取り出して彼女に手わたした。彼女はにこりともせず、しきりにうなずきながらそれを受け取り、青年が身をかがめて頰に口づけをすると、ようやく笑顔を見せた。彼に何か目的があることは明らかだった。彼女が歩み去ったあとも、青年はしばらく後ろ姿を見送っていたが、やがてこちらを向いて作業小屋に駆けもどって来た。その時はすでにいつもの愛嬌《あいきょう》のある笑顔になっていた。

「〝いかなる事情があろうとも〟」カドフェルはわざと真面目くさった顔をして言った。「〝修道士は院長の許可なしには、両親その他いかなる者からも、いかなる些細《ささい》な贈り物をも受けてはならぬ〟よいか若いの、宗規にそう記されておるのだ」

「じゃあ、やっぱりぼくたち幸せ者ですよ」青年は陽気に言った。「ぼくは修道誓願をしていないから。彼女の作る蜂蜜パンはこの世で最高ですよ」彼はそう言うがはやいか、一つ取って白い歯でかぶりつき、カドフェルにも一つ差し出した。

「〝……修道士はまた、贈り物を交換してはならぬ〟」カドフェルはそう言いながらその一つを受け取った。「たしかに幸運だな！　わしはこれを受け取ることで罪を犯すが、君はわしにくれても罪にはならぬのだから。では君はもう、修道士になりたいという願望を捨てたのか？」

「ぼくが？」青年は急いで口のなかのものを呑《の》みこむと、狐につままれたような顔をして言った。「ぼく、そんなこと言った覚えはないけど」

「君ではなくて、君の紹介者が言ったのだよ。おそらく君のためを思ってな。ここで働かせてほしいと言ってきた時に」

「そんなこと言ったんですか、彼は？　ぼくについて」

「そうだ。だがよいか、べつにはっきり約束したわけではない。いつかその気になればよいが、と希望を述べただけだ。その見込みはあまりなさそうにわしには思えるがな」

ベネットは蜂蜜パンを食べ終わり、指についたパン屑《くず》を舐《な》めとりながら、少しの間それについて考えていた。「きっと、はやくぼくを厄介払いしたかったんですよ。それで、そういえばここで歓迎されると思ったんでしょう。彼はぼくの顔を見るのがあまり好きじゃないらしかったから――あんまり笑い過ぎるからでしょう、たぶん。それはそうと、ぼくを長い間ここに閉じ込めて置くことはあなたにだってできませんよ、カドフェル。時が来たら、ぼくは出て行きますからね。でもここにいる間は精いっぱい働きます」彼はそう言って屈託なく笑った。なるほどそれは、禁欲主義者が軽薄に過ぎると感じても無理のないような笑顔だった。

彼はしなやかな大きな手で植木ばさみをつかむと、それを振りながら生け垣のほうへ戻って行った。カドフェルはその後ろ姿を見送りながら、何やらじっと考え込んでいた。

4

ダイオタ・ハメット夫人はその日の午後遅く、セント・チャド教会の近くのラルフ・ジファードの家を訪れ、ご主人に会いたいと恐る恐る告げた。扉を開けた召使いは彼女を上から下までじろじろと見ていたが、知らない女だったのでどうすべきか判断しかねていた。

「旦那さまになんのご用かね、奥さん？　誰の使いで来なさったのか？」

「この手紙をお届けにまいったのです」ダイオタは尋ねられるままにそう答え、筒に巻いて封印をした小さな手紙を差し出した。「そしてお返事がいただけると嬉しいのですが。もしご主人さまにそのお気持ちがおありならば」

召使いは手紙を女の手から受け取るべきかどうか迷った。それは小さな、不定形の羊皮紙《ようひし》の切れ端で、二日前にアンセルム修道士が楽譜の大きさと形を揃えるために切り落とした裁ち屑の一つだった。だがそこに貼られた封印が、この一見取るに足りなそうな信書の重要性を暗示していたのである。召使いがまだためらっているうちに、一人の少女が玄関に現われて彼の後ろに立ち、その見知らぬ婦人がいかにも品がよさそうなのを見て興味を覚えたらしく、何の用かと尋ねた。そしてためらいもせずに巻き手紙を受け取ったが、すぐにその封印に気づき、はっと驚いて顔を上げた。彼女は青い目で食い入るようにダイオタの顔を見つめたと思うと、いきなりその手紙を返して言った。

「どうぞお入りになって、直接これをおわたしなさい。継父《ちち》のところにご案内しますから」

その家の主人はこぢんまりとした居間の、気持ちよく燃える暖炉のそばに座っていた。脇にはぶどう酒のグラスが置かれ、足もとにはディアハウンド犬が丸くなっていた。大柄で筋骨たくましく、血色のよい五〇がらみの男で、頭は薄くなりかけ、顎鬚《ひげ》をたくわえている。服装はきわめて粋《いき》だが、長年の活動的な生活のあと最近は少し贅肉《ぜいにく》が目立ち始めたといったところ。見るからに荘園主らしい風貌である。田舎にあるいくつかの荘園とこの町の家の主であり、クリスマスをここで気楽に過ごすのが好きだった。少女がダイオタを紹介すると、まったくわけがわからぬという顔で彼女を見上げたが、羊皮紙を留めてある封印を見たとたん、すべてを理解した。彼は何も尋ねずに、少女に秘書を呼んでこさせ、秘書が手紙を読むあいだ熱心に耳を傾けていた。秘書の声はとても小さく、その内容がいかに危険なものであるかを承知していることは明らかだった。秘書はしわだらけの顔をした小柄な老人で、若いころからジファードに仕えており、主人は彼に全幅の信頼を置いていた。彼は読み終えると心配そうに主人の顔を見た。

「旦那さま、書いたものをおわたしになってはいけませんぞ！　口約束のほうが安全です。

もし返事をなさりたいならば。口で言ったことは否定もできます。書状をわたすのは愚かなやり方です」

ラルフは黙ってしばらく考え込んでいたが、やがて顔を上げ、心配そうに待っている迷惑な使者に目を向けて言った。

「彼にはこう伝えてくれ。手紙は受け取った。主旨はわかった、と」

彼女は躊躇《ちゅうちょ》した。が、思い切って尋ねてみた。「それだけでございますか、旦那さま？」

「それで十分だ！　言葉は少ないに越したことはない。彼にとっても、わしにとっても」

少女はその間出しゃばらずに部屋の隅に立って、一部始終を見まもっていたが、ダイオタについて玄関まで出て来た。途中の扉を全部閉めてきたので、そこは薄暗かった。

「奥さん」彼女はダイオタの耳もとに小声で囁《ささや》いた。「その人はどこにいるのですか——あなたに手紙をことづけた人は？」

ダイオタの顔に表われた疑念としばしの沈黙から、少女は彼女の不安をすばやく読み取り、安心させるために急いで言葉を継いだ。声は小さかったが、その口調には熱がこもっていた。

「彼の困るようなことをする気はありません、絶対に！　わたしの父は同じ党派の人間でした——あの封印をわたしがよく知っていたことは、あなたもお気づきになったでしょう？　わたしを信用してくださって大丈夫よ。誰にもひとことも、彼にさえも、しゃべりはしませんから。ただ、何かの時のために、どれがその人か、どこに行けば会えるのかを知っておきたいだけなのです」

「修道院で」ダイオタは心を決めて、同じように小声で言った。「畑仕事をしています。ベネットという名前で、薬草園担当の修道士さまのところで」

「ああ、カドフェル修道士さま——彼なら知っているわ！」少女はそう言って、安心したように深く息を吸い込んだ。「いつか、わたしがまだ一〇歳ぐらいの時、ひどい熱を出して診《み》ていただいたことがあるのです。それから三年前のクリスマスに母が病気になった時には、亡くなるまでずっと来てくださっていました。よかった！　彼の薬草園の場所ならわたしも知っています。じゃあ、早くお帰りになって！」

　少女はダイオタが小さな中庭から小走りに出て行くのを見送ってから、扉を閉めて居間に戻った。ジファードは椅子にもたれたまま、眉根を寄せた重苦しい表情で、いかにも心配そうに考え込んでいた。

「会いにいらっしゃるおつもり？」

　彼はまだ手紙を手に持っていた。そして一度はそれを隠滅してしまいたい衝動にかられ、身を乗り出して暖炉の火に投げこもうとしたが、思い直して注意ぶかく巻き直し、上着の内ポケットにしまい込んだ。彼女はそれを送り主に好意的であることの証拠と見て、内心嬉しく思った。彼がはっきり返事をしてくれなくとも、べつに不思議はない。これは重大な問題でじっくり考える必要があるし、いずれにせよ、彼はこの継娘をあまり重視してはいないのだから。打ち割った話もしないかわり、彼女の行動を規制することもなかったが、その寛大さは愛情ゆえのものではなく、無関心ゆえのものだったのだ。

「このことはいっさい口外してはならぬぞ」彼は言った。「こんな頼みに応じたからといって、わしにとって何になろう？　すべてを失うのが落ちだ！　おまえの家族もわしの家族も、女帝への忠誠によって、すでに失うだけ失った。もし誰かが水車場まで彼をつけてきたりしたら、いったいどうなるか？」

「そんなことはありえないでしょう。彼を怪しいと睨《にら》んでいる者などいないでしょうから。畑仕事をする召使いとして修道院に雇われているそうですからね、ベネットという名前で。だから彼の身分は保証されています。それにクリスマス前夜のそんな時間に出歩いている人なんていないでしょう。出かけた人たちもすでに教会にいる時刻ですもの。どんな危険があるとおっしゃるの？　会ってやるには最適の時刻だわ。彼は援助を必要としているんですから」

「そうだな……」ラルフはまだ決心がつきかねるといった面持ちで言いながら、懐《ふところ》にしまった小さな筒を上着のうえから指でとんとんと叩いた。「まだ二日ある。いよいよとなるまで様子を見ながら考えるとしよう」

ベネットは陽気に口笛を吹きながら、切り落としたツゲの小枝をせっせと掃き集めていた。

とその時、背後の小道に湿った砂利を踏む軽やかな足音が聞こえ、振り向くと、フード付きの黒っぽいマントを着た若い女が広場のほうからこちらにやって来るのが見えた。ほっそりと小柄で姿勢がよく、毅然《きぜん》とした物腰の少女だが、静かな冬の日の薄もやを通した夕暮れの淡い光が、マントに包まれた身体の線を柔らかくぼかしていた。少女がいよいよ近づいた時、ようやくフードの中の初々《ういうい》しいバラ色の顔がはっきりと見え、彼はうやうやしく脇に寄って道をあけた。それはリンゴの花びらのようになめらかな肌の丸顔で、顎は意志の強さを示し、唇は開きかけのバラの蕾《つぼみ》のようにふっくらと、形よく引き締まっている。彼女のブルーベルのように青い、間の離れた両眼が、夕暮れのほのかな光をとらえて柔らかく輝いた。とたんにすべてのものが彼の視野から消え失せた。なんと彼女は、通り過ぎずにそこで立ちどまり、召使いらしく敬意をこめて軽く頭を下げている彼を、子猫のように物怖じしないその目でしげしげと眺め始めたのである。事実、彼女の顔にはどことなく子猫を連想させるものがあった。目と眉のあたりの顔の幅が、眉から顎までの長さより広いのだ。いま彼女はその顔をちょっと偉そうにかしげて、真正面から彼を見つめていたが、その様子は恐れを知らぬ子猫が外界に立ち向かおうとする時に似ていた。彼女は真剣な目つきでゆっくりと時間をかけて、彼を頭のてっぺんから爪先《つまさき》まで丹念に観察した。よほど重要な目的でもない限り、そんなことをするのはふつう失礼に当たるだろう。もっともこの州の貴族の令嬢やこの町の商人の娘たちが、彼を見てどんな興味を抱くかは、ベネット自身には知るべくもなかったが。

心にある疑問が何であれ、彼女は一応満足したらしく、しっかりとしたよく通る声で尋ねた。「カドフェル修道士さまの新しい助手というのは、あなたかしら?」

「はい、お嬢さま」礼儀正しい助手はすり足で一歩下がって恥ずかしげに答え、その陽気な自信に溢れた顔を、我にもあらずちょっと赤らめた。

彼女は刈り込んだ生け垣と、草取りをして肥料をやったばかりの花壇を見回してから、視線を彼に戻した。その顔が一瞬ほころんだような気がして彼は胸をときめかせたが、彼女は瞬きを一つすると、またもとの表情に戻ってしまった。

「じつは肉料理に使うハーブをいただきにきたのだけど、カドフェル修道士さまはどこにいらっしゃるかしら?」

「作業小屋にいらっしゃいます」ベネットが答えた。「そこから入って、薬草園を突っ切っていらしてください」

「道は覚えているわ」彼女はそう言うと、あたかも貴族が平民に対するように鷹揚《おうよう》な会釈《えしやく》をして、開いた扉から生け垣に囲まれた薬草園に入って行った。

そろそろ夕べの祈り《ヴェスパー》の時刻だったから、ベネットは仕事をやめて支度をしてもよかったのだが、彼女が帰る時もう一度よく見ようと、わざと掃き掃除を引き延ばしていた。集めた小枝を不必要にきれいな山にしてみたり、またちょっと散らかして集めたりしているうちに、彼女が晴れやかな顔で戻って来るのが見えた。腕には布でふわりと包んだ乾燥ハーブの束を大事そうに抱えている。そしてこんどは、彼のほうを見向きもせずに通り過ぎようとした——少なくともそう見えた。にもかかわらず、彼にはその大きな驚くほど青い、間の離れた両眼が、通りすがりにすばやく彼の姿を捕らえたように思えた。フードを少し後ろにずらしているので、髪を三つ編みにしてから髷《まげ》に結っているのが見えている。陰の部分が緑がかって見える柔らかな薄茶色で、開きかけたシダの若葉のような、なんとも形容しがたい春の色である。あるいはハシバミの若枝色とでも呼ぶべきか！　ハシバミ色の目ならそれほど珍しくはないが、ハシバミ色の髪を誇れる女はいったいこの世に何人いるだろう。

彼女が歩み去り、マントの裾の端がツゲの生け垣の向こうに消えると、ベネットはすぐに掃除をやめ、集めた小枝の山はそのままにして、カドフェル修道士のところへすっ飛んで行った。

「いったい、あのご婦人は誰なんです？」彼は単刀直入に尋ねた。

「君のような修道志願者がそんなことを尋ねてよいのか？」カドフェルは乳鉢や擂り粉木を洗っていた手を休めずに、穏やかに言った。

ベネットは嘲《あざけ》るような笑い声を立てて、そのたくましい身体でカドフェルの前に立ちはだかり、禁欲生活などまったく無縁といった顔つきで、相手の目を見据えて言った。「ねえ、あなたは彼女を知っているんでしょう？　少なくとも彼女のほうではあなたを知っていましたよ。あれは誰ですか？」

「彼女は君に話しかけたのか？」カドフェルは驚くと同時に興味をそそられて尋ねた。

「どこに行けばあなたに会えるかと訊《き》かれただけですけどね。ええ、彼女はぼくに話しかけたんです！」彼は大得意で言った。「そう、立ちどまってぼくを頭のてっぺんから爪先まで、まじまじと眺めたんです。あの人、まるで小姓《こしょう》を探していて、ちょっと磨きをかければぼくを使えるかと思ったみたいでしたよ。ぼくでも貴婦人の小姓がつとまるかな、カドフェル？」

「自信をもって言えるのは」カドフェルが穏やかに言った。「君には修道士は絶対につとまらぬということだ。いや、貴婦人に仕えることも、君には向いておらぬな」と言ってから、「対等の間柄でならいざ知らず！」と思わず口をついて出そうになったのを、あわてて呑みこんだ。この時のベネットは、貧しい末亡人の教育も教養もない甥という仮面を完全に脱ぎ捨てていた。だがそれはあまり驚くには当たらなかった。というのはこの一週間というもの、この薬草園にいる時には、その演技もかなりおざなりになっていたからである。とはいえ、他の人びとに接する時には即座にその仮面をかぶり、とくに恩きせ顔のロバート副院長の前では、無知な田舎者を演じていたのである。

「カドフェル……」ベネットは巻き毛の頭を媚《こ》びるようにちょっとかしげ、愛嬌たっぷりのわざとらしい馴《な》れ馴《な》れしさで、カドフェルの両肩をつかんだ。いざとなれば、木にとまっている小鳥をもおびき寄せるほどの魅力が発揮できることを十分に自覚していたのだ。また彼は、かつては自分と同じ種類の人間だったとみられる年長者の味方を見分けるのも得意だった。「カドフェル、ぼくはもう二度と彼女と言葉を交わすことはないかもしれない。いや、姿を見かけることさえないかもしれない――でも、がんばってはみます！　いったいあれは、誰なんですか？」

「彼女の名前は」ついにカドフェルが言った。べつに根負けしたわけではなく、熟慮の末の決断であった。「サナン・ベルニエールといってな、父親はこの州の北東部に荘園を持っておったのだが、当地が包囲された時、女帝のために主人のフィッツアランとともに戦って命を落とし、荘園は没収されてしまった。彼女の母親はその後、フィッツアランの別の家臣と再婚したが、その男も同様にかなりの土地を失っておった――しかし党派内の団結は固く、いまそうした連中は皆、このあたりでじっと息を潜めて時機を窺《うかが》っておる。ジファードは冬の大半をシュルーズベリの家で過ごし、あの娘の母親である二人目の妻が死んでからは、あの継娘に食卓の主婦役をつとめさせておる。さっき君が見たのはそういうご婦人だ」

「じゃあ、通り過ぎるのを黙って見ていてよかったんですね」ベネットが彼の言葉に明らかな警告を認めて、悲しげに微笑しながら言った。そして「ぼくに用があったんじゃないのか」と言うと、不意に大口をあけて笑い出した。カドフェルは、すでにかなり慣れてはきたものの、何かというと手ばなしで陽気にはしゃぐこの助手に、ある種の懸念《けねん》を抱くこともあった。ベネットは笑いながら主人の身体に両腕をまわしてクマのように抱きついてきた。

「なにを賭《か》けますか?」

カドフェルは大して苦もなく片腕を振りほどき、ベネットの豊かな巻き毛をつかんで騒々しい攻撃をかわした。

「君に関する限り、わしは抜け毛一本賭ける気はないぞ。この向こう見ずな奴め。ところで少しは態度を慎むがよい。本分をわきまえてな。ここには鋭い目をもった者もおるのだから」

「わかっています」ベネットははっとして、笑顔から真剣な表情に戻って言った。「気をつけます」

カドフェルは夕べの祈り《ヴェスパー》に向かいながら考えた。いったいわしらはなぜ、了解したことさえ口に出さずに、あのような暗黙の了解に達したのだろうか、と。疑問や疑念についても、無謀とも思える率直な信頼関係についても、ただのひと言も表明せずに、二人の間に一種の黙約が成立してしまったのだ。そして無視しえない一党派ともいうべき、これまでとはまったく異なった関係が生じたのだ。


ヒューは南のカンタベリーを指して出発した。このように装いを凝《こ》らし、大勢の護衛を従えて出かけるは異例のことである。彼は自分の姿を見て苦笑したが、いまの自分にとっては当然のこの威厳を多少とも減じるつもりはなかった。「たとえ解任されて帰るとしても」と彼は言った。「少なくとも出発だけは豪華にしよう。またもし執行長官の地位に留まって帰ったならば、全力でその務めを尽くそう」

ヒューが出発すると、クリスマスはすでに戸口まで来ていた。長い徹夜の祈りとキリスト降誕祭の盛大な祝典のためには、膨大な準備が必要である。クリスマス前夜の夕べの祈り《ヴェスパー》の後、カドフェルはようやく少し時間ができたので、ちょっと町へ出かけて、二歳になる名付け子に贈り物を届けがてら、アラインと一時間ばかり過ごしてこようと思い立った。贈り物は、大工の棟梁のマーティン・ベルコートにつくらせた木馬に、フェルトや布や革の切れ端を使ってカドフェルが自分で作った、騎士用の絢爛《けんらん》豪華な馬具を付けた物である。

さっきまでは霙《みぞれ》まじりの静かな雨が降っていたのだが、夕方のこの時刻までにはそれも止み、しんしんと冷え込んで空気は霜を含んでいた。どんよりと垂れこめていた空はどこまでも高く澄みわたり、まだ小さくて弱々しいが星の瞬《また》きもちらほら見え始めていた。明け方までには道路も凍り、足もとに気をつけないと凍《い》てついた轍《わだち》で足首を捻挫《ねんざ》するなど、思わぬ事故のもととなろう。門前通りにはまだ人の往来があったが、多くの者が家路を急いでいた。はやく帰って暖炉の火を掻き立て、足を暖めたり、教会で長い夜を過ごすための支度をしたりするのだろう。カドフェルは町の方向へ橋をわたり始めた。豊かな川の水は黒々と静かに流れ、あたりにはまだ、行き会う人の顔の見分けがようやくつく程度の明るさが残っていた。みんな腕いっぱいに抱えた買物を早く家に持ち帰ろうと、足早に通り過ぎて行ったが、カドフェルを見て挨拶をしない者はいなかった。独特の体型と身体を横に揺らす歩き方とで、こんな薄明かりの中でもすぐに分かったからである。霜を含んだ空気の中で、人の声はコップが触れ合うような澄んだ音色に響いた。

その時、城門を照らす松明《たいまつ》の光の輪の中に、町から門前通りの方向へ大またに橋をわたって来る人の姿が浮かび上がった。それはラルフ・ジファードだった——しかも徒歩の。斜めに照らす松明の光がなかったら、はっきりとは見分けがつかなかったろうが、こうして照らし出された姿はまぎれもなく彼だった。とはいえ夕方のこんな時刻に、ジファードはいったいどこへ行くつもりなのだろう？　しかも町から出て行くとは。自分の教区のセント・チャド教会に行くかわりに、聖十字架《ホーリー・クロス》教区の教会でクリスマスを祝うつもりなのだろうか？　それもありうることではあるが、それにしてはまだ時間がだいぶ早すぎる。今夜は大修道院の教会にやって来る富裕な町民がかなりの数にのぼるのは確かであった。

カドフェルは地上の赤く暖かな松明の光を背に、星の瞬く暗い天空を仰ぎながら、ワイル通りのカーヴした長い坂道を上って行った。そしてセント・メアリー教会のそばのヒューの家に着くと、中庭を通って玄関の前に立った。彼が扉を開いて足を踏み入れるや、腕白坊主のジャイルズが歓声を上げながら飛び出して来て、カドフェルの腿《もも》のあたりに抱きついた。いくら背伸びをしてもそこまでしか届かないのだ。だが彼を引き離すのはわけないことだった。持参した小さな布包みを目の高さに下ろして見せると、大喜びで両手を伸ばしてそれを受け取り、玄関ホールのイグサの絨毯《じゅうたん》のうえに座り込んで、嬉しそうにきゃっきゃと言いながら開きにかかった。だが最初の興奮が一段落した時、名付け親のところにお礼を言いにくることも忘れなかった。彼は暖炉のそばに座っているカドフェルの膝《ひざ》によじ上り、濡れた小さな唇で心のこもった感謝のキスをしてくれた。彼はヒューの独立独行の性格とともに、母親のもつ天性の優しさをも受け継いでいたのである。

「今夜はせいぜい一時間くらいしかおれんのだよ」子供が膝から降りて、新しいおもちゃでまた遊び始めると、カドフェルは言った。「就寝前の祈り《コンプライン》までには帰らねばならぬから。そしてひき続き夜半《マタン》の祈りが始まり、わしらは早朝《プライム》の祈りと夜明けのミサまで夜通し起きているのだ」

「では、とにかく一時間は休んでいらしてくださいな。わたしと一緒に何か召し上がって、コンスタンスがあのいたずら坊主を寝かしつけるまではいらしてね。あの子ったら」アラインは息子に優しく笑いかけながら言った。「なんて言ったとお思いになる？　パパがいない間はぼくがこの家の主人だ、ですって。もっともヒューがそう教えたんですけどね。それで、パパはいつまで留守なのか、って訊《き》くんですよ。父親の代わりをつとめるという思いがあの子の自尊心を満足させるのでしょう。ヒューがいないことを淋しがったりはしないのです。プライドが許さないらしくって」

「それもせいぜい三日か四日が限度だな、それ以上といったらたちまちしょげてしまうだろうよ」カドフェルがいたずらっぽく言った。「パパは一週間お留守よ、とでも言ってみなさい、泣き出すこと受け合いだから。まあ、三日がいいところかな。それくらいならあの子のプライドも続くだろう」

話題の主はいま遊びに夢中で、父親の留守中この家の主人であることの体面や、保護者としての責任などどこ吹く風、新しい駿馬《しゅんめ》に想像の騎士を乗せて、イグサの原っぱをさかんに駆けめぐらせていた。勇ましい冒険を思い描いているのだろう。

カドフェルはくつろいで、アラインと二人で肉やぶどう酒を楽しみながら、ヒューに思いを馳《は》せた。そしてカンタベリーで暖かく迎えられたであろうことや、いまはまだ未定の彼の将来について、アラインと語り合った。

「スティーブンに対しては、彼には立派な功績がある」カドフェルはきっぱりと言った。「それにスティーブンもそれほどの馬鹿ではあるまい。あれほど多くの者が変節し、風向きが変わると再度寝返るのを見てきたのだから、終始一貫、態度を変えなかった者をどう評価すべきかは心得ているはずだ」

彼は砂時計の示す時刻に気づいて立ち上がり、いとま乞いをすると、玄関から霜できらきら輝く戸外に出た。満天の星は瞬き始めた時の三倍も大きく見え、その輝きはパチパチと音を立てているかと思うほどだった。この冬最初の本格的な寒気の訪れである。彼は足もとに注意しながらワイル通りを下って行き、城門をくぐりながら、ヒューの息子が生まれたあの二年前の厳しい冬を思い出していた。あのブロムフィールドでも今年の冬はあんなに大雪が降ったり、山のような吹きだまりを作る強風が吹き荒れたりしなければよいが、と思った。今宵、このキリスト降誕祭前夜は、厳しい寒気を緩《ゆる》める微風さえなく、町は完全な静寂に包まれていた。道行く人びとも、この静けさを乱すのを恐れて息を殺し、忍び足で歩いているかのようだった。

昼間の雨で濡れた橋の表面は、凍って銀色に輝いていた。その下を川は黒々と音もなく流れており、流れの強さが結氷を防いでいた。いくつかの声がすれちがいながらおやすみと挨拶した。轍のついた門前通りに入った時、彼は少しゆっくりし過ぎたことに気づいて歩調を速めた。左手には、ゲイエを含む川岸の細長い平地を守るように立ち並ぶ樹木の列が、冬の地上を包む黒い毛皮のようにぼんやりと見えている。そして右手には、水車池の平らな水面が淡く光り、両岸の街道寄りには、修道院の小さな家作が三軒ずつ、都合六軒並んでいるのが見える。その二つのささやかな家並には、それぞれ街道から小道が通じている。彼の背後には銀色の夜のとばりが垂れこめ、前方には門番小屋の松明の光が金色に輝いていた。

門まであと五〇歩ぐらいというところまで来たとき、向こうから長身の黒い人影が猛烈な勢いで歩いて来るのが見えた。そして門の前を通り過ぎる瞬間だけ、斜めに照らす松明の光の中にその姿がくっきりと浮かび上がったが、カドフェルとすれちがった時には再び闇に包まれていた。その男は立ちどまりもせず、こちらをちらとも見ずに、長い杖の先を凍てついた轍に鳴り響かせ、大きな黒いマントの裾を翻しながら通り過ぎて行った。何かに飢えたように肩と頭を前方に突き出し、長い顔は青ざめて不気味にこわばっていた。たまたま近くの家の扉が開いて流れ出た光が顔を照らした時、その黒くて窪んだ両眼は赤い火花を散らしたように見えた。

カドフェルが大声で挨拶したにもかかわらず、相手は気づきも聞こえもしなかった。エイルノス神父は夜の静寂にただ一つの乱気流を巻き起こしながら、闇のなかへと消え去った。復讐《ふくしゅう》心に怒り狂っているかのようだった、とカドフェルは後で考えた。あたかも腐肉をあさるカラスが門前通りに舞い降りて、微罪を犯した者たちを狩り出し、破滅に陥れようとしているかのように。

セント・チャド教会ではラルフ・ジファードが、一つの義務を果たし、安全な立場を確保した満足感に浸りながらひざまずいていた。かつて彼は、主人のフィッツアランとその君主である女帝に忠誠を尽くして戦ったために荘園の一つを失っていた。だが現在残っている土地までも失わずにすんだのは、かなりの間屈従を忍び、慎重に事を運んだ結果であった。いまの彼には重要な目的は一つしかなく、それは現在の境遇を維持したうえで、いまある領地をそっくり息子に遺《のこ》してやることだった。彼はこれまでに命を脅かされた経験はないが、それは何事にも死を招くほど深く関わろうとしなかったからである。しかし財産となれば話は別だ。もう若くはないのだし、領地を捨てて、現在の地位と身分がなんの役にも立たないノルマンディーやアンジューに逃げのびるのなどはご免こうむりたい。もちろんグロスターに赴《おもむ》いて、女帝のために武器を取る気もない。もうたっぷりひどい目に遇《あ》わされたのだから。それよりじっと動かず、あらゆる誘惑者を遠ざけて、古びた忠誠心などきれいさっぱり忘れてしまえばよいのだ。そうしてこそ、このクリスマスには郷里の荘園で嬉々として領主役を演じている息子のラルフも、被害を蒙《こうむ》らずに、この長引いた王位争奪戦を生き延びることができるのだ。二人の王位請求者のうち、どちらが最終的勝利を収めようとも。父のラルフはこの夜、男たちの中でもとりわけこの自分、ラルフ・ジファードに示された神の恵みに心からの感謝を捧げていたのである。

ベネットは、修道院付属教会の教区民用の扉からそっとすべり込み、内陣が見わたせる位置まで進んで行った。蠟燭の黄色い光と祭壇のランプの赤い輝きとでぼんやりと照らされた内陣には、修道士がみな席についているのが見えた。聖歌を詠唱する声が低く静かに身廊《ネイブ》に流れ出てきた。身廊は薄暗く、席を埋める門前通りの着ぶくれた信者たちは、どれが誰やら見分けがつかず、衣服をこすり合わせながら身動きしたり、ひざまずいたり、また立ち上がったりしている。夜半の祈り《マタン》が始まる真夜中までには、まだ少し時間があった。今夜は神が人の姿をとって、処女から生まれたすばらしさを祝うのだ。火が火を熾《おこ》し、光が光を灯《とも》すように、聖霊が肉体という道具を創り出していけないことがなぜあろう？　肉体とは、それ自身が燃え尽きることによって熱と光を発する燃料にすぎないのだから。疑問を抱く者はすでに答えを拒否しているのだ。ベネットは疑問を抱かなかった。彼はいま、焦《あせ》りと興奮と気分の高揚とで息をはずませていた。危険は彼にとって楽しみでもあったからである。しかし、人で埋まりながら同時に孤立したこの仄暗《ほのぐら》い空間に足を踏み入れたとたん、彼は子供のように畏怖《いふ》の念に打たれた。この子供っぽさから彼が完全に抜けきることは決してないだろう。彼は隠れるためではなく、寄りかかるために一本の柱を見つけ、冷たい石に手を当てて、耳をそばだてながら待った。調子のよく合った歌声は、小声であるにもかかわらず、アーチ形の天井まで届いて教会堂の全空間を満たし、音楽で暖められた石の天井は、そのアーチ形の輝きを石の床に投げ返した。

ベネットは聖職者席にいるカドフェル修道士の姿を認め、もっとよく見えるところに少し移動した。彼がその場所を選んだのは、いまここにいる者のうち自分にとってもっとも身近な人物を視野に入れておきたかったからであろう。すでに了解し合い、たがいに寛容で、相手の心の平和を乱そうという意図のみじんもない間柄にある人物を。もうすぐぼくはいなくなりますからね、とベネットは心の中でつぶやいた。それっきりぼくの噂を聞かなかったら、あなたはときどき残念がるだろうか？　そして彼は考えた。まだ時間の余裕があるうちに、はっきりと事情を説明し、何か記憶に残ることを言っておくべきではないか、と。

息を殺した声がベネットの耳もとで囁いた。「彼は来なかったの？」

ベネットは期待と不安の入り混じった気持ちで、ごくゆっくりと首《こうべ》をめぐらせた。あの時一度だけ、ほんの短い言葉を交わし合った、あの同じ声であるはずは絶対にない。にもかかわらず、その声は彼の心の琴線を震わせた。そして彼女はそこにいた。彼の右肩のすぐそばに、紛《まご》うかたなき、あの忘れえぬ顔があったのだ。ほのかな反射光を受けて、黒いフードに包まれた顔がはっきりと見えた。広い額、間の離れた暗青色の瞳。「そう、やっぱり来なかったのね！」答えを待たずに言って彼女は深い溜め息をついた。「どうせ行かないつもりだろうとは思ったけど。動かないで――こっちを向いちゃだめ」

彼は言われたとおり素直に教区祭壇のほうに顔を向けた。彼女がぴったりと身体を寄せて、耳もとで囁いた。「あなたはわたしが誰か知らないでしょうけど、わたしのほうはちゃんと知ってるのよ」

「ぼくもあなたを知っている」ベネットも小声で囁き返したが、それだけ言うのさえ夢のようだった。

しばしの沈黙のあとで彼女が言った。「カドフェル修道士さまが話したの？」

「ぼくが尋ねた……」

ふたたび沈黙があった。しかし彼女がかすかに微笑《ほほえ》んだ気配が感じられた。あたかも彼の言ったことが彼女を喜ばせ、彼のところにやって来た目的を一瞬、忘れさせたかのように。

「わたしもあなたのことを知ってるの。たとえジファードが恐れても、わたしは恐れないわ。彼が協力しないというなら、わたしが協力するわ。わたしたち、いつ二人で話し合えるかしら?」

「いま!」と彼は言った。不意に現実に引き戻され、想像だにしなかったこの好機を両手でつかみ取ろうとするかのように。「夜半の祈り《マタン》が終わると帰る人たちもいるから、その時一緒に出ればいい。修道士は全員がここで夜明かしをするだろう。絶好のチャンスだよ!」

彼は背中に彼女の体温を感じ、彼女が興奮に身を震わせ、声を立てずに笑ったのが伝わってきた。「どこで?」

「カドフェル修道士の作業小屋で」あそこならまず人の出入りはありえないことを彼は知っていた。とくに今夜は、あの小屋の主も教会でクリスマスの徹夜の祈りを捧げているのだ。火鉢の火には泥炭をかぶせて、朝までゆっくりと燃え続けるようにしてある。ちょっと掻き立てて火力を強めれば、彼女を暖めてやることもできる。このたおやかな少女を危険にさらしてまで、彼女の忠実な党派心を利用するつもりはさらさらないが、少なくとも今夜だけは彼女と二人きりで話をし、あのしかつめらしく情熱的な顔を見て目を楽しませ、味方としての秘密を分かち合うことができるのだ。たとえこれっきり二度と会えなくとも、生涯記憶に残る思い出となるだろう。

「南の扉から出て、回廊を通って」彼が言った。「今夜は、あそこで人に見られる危険はまずないから」

興奮した小声が彼の耳に囁いた。「待つ必要はないんじゃない？　いまでも袖廊《ポーチ》に抜け出せると思うわ。今夜の夜半の祈りはとても長いはずよ。あなた、ついて来てね」

そう言うなり、彼女は答えも待たずに移動し始めた。慎みぶかく目を伏せ、そっと忍び足で、身廊のタイルの床を横切った。そして人びとからよく見える位置で立ち止まり、聖歌の詠唱が響く内陣の向こうの中央祭壇を、敬虔《けいけん》な面持ちでしばらく見つめていた。誰かが彼女の行動に注目している場合を考慮したのだ。彼もすでに、彼女がどこをどう通ろうとついて行く気になっており、彼女がじっと立っていた何分間かを待つのさえ、かなりの辛抱が必要だった。やがて彼女はチャンスを捕らえて南袖廊の暗がりに身を潜めた。彼は用心ぶかく休み休み彼女の後を追い、ようやく暗い袖廊の閉じた扉の前まで来て、ほっと安堵の吐息をついた。彼女は重い掛け金を握り締め、扉に身体を押しつけるようにして、じっと彼を待っていた。そこで二人はぴったりと身体を寄せ合い、震えながら待った。やがて夜半の祈りの交《こう》誦《しょう》の、歓喜に満ちた最初の一節に続いて、勝ち誇ったような応答の一節が聞こえてきた。

「キリストは我らのもとに生まれたまえり！」

「おお、我らこぞって祈りを捧げん！」

聖歌の始まりとともに、ベネットは巨大な掛け金を握っている彼女の手に自分の手を重ねて、そっと静かに引き上げた。扉を開くと戸外も屋内と同じ漆黒《しっこく》の闇だった。若い二人が細く開いた扉から凍てついた闇にすべり出て、用心ぶかく掛け金をもとの位置に戻すのに気づいた者はいまい。回廊にも人影はなかったし、広場を横切る時も、誰にも会わなかった。先に手を取ったのがベネットか、あるいは彼女のほうか、庭園の茂ったツゲの生け垣を回るころには二人は手をつないでいた。そしてそこまで来ると歩調をゆるめ、たがいの掌《てのひら》をぴったりとつけたまま、吐く息をほのかな銀色の霧のようにまき散らしながら、息をはずませて微笑み合った。巨大な円天井のような、黒いほどの紺碧《こんぺき》の夜空には、火花を散らしたように無数の星がきらめき、二人のうえに音もなく冷気を注ぎかけていた。だが彼らはその寒さも感じてはいなかった。

生け垣に囲まれた薬草園にあるカドフェル修道士の木造小屋は、屋根も低くて頑丈な造りだったから、内部が完全に冷えきってしまうことはなかった。ベネットは彼女を連れて入ると静かに扉を閉め、いつも火口《ほくち》箱とランプが置いてある、入口の横の小棚を手探りした。いままでは彼もカドフェルに負けないくらいこの場所をよく知っていたのだ。火をつけるのを二、三度やりそこねたが、焦がした亜麻布の端がようやく火花をとらえ、そっと吹くと炎を上げて燃え始めた。その火をランプの芯に移すと、最初は小さく揺らめいていた炎がしだいに大きく真っ直ぐになり、やがて安定した。火鉢のそばに革のふいごが置かれていた。かぶせてある泥炭をちょっとずらして、せっせと風を送り込むと、埋めてあった炭火が一分もしないうちに真っ赤に熾り、割った薪《たきぎ》をくべるとたちまち燃え上がって、心地よい暖炉が出来上がった。

「夜中に誰かがここにいたこと、彼には分かっちゃうわね」彼女はそう言ったが、口調は平静そのものだった。

「ここにいたのはぼくだと分かるだろうよ」

　膝をついていたベネットがすっと立ち上がりながら言った。若々しくきりりとした顔が、火鉢の火に照らされて赤銅色《しゃくどういろ》に輝いた。「彼はそのことを口には出さないと思うけど、なぜぼくがここに来たか不思議がるだろう。そして誰と来たのかと！」

「あなた、誰かほかの人とここに来たことがあるの？」彼女は急に不機嫌になって、挑戦するように首をかしげて彼を見た。

「いや、ない。いままで。これからも二度とないだろう。君がいつかまた、こうしてぼくを喜ばせてくれるのでない限りはね」彼はそう言うと、情熱的な、真剣な目つきでじっと彼女を見おろした。

　ちょうどその時、新しくくべた薪の、樹脂を含んだ節の部分がシュッと音を立てて燃え上がり、二人のあいだに白く明るい炎を上げた。その純金のように白い炎に下から照らされて、二つの若い顔は急に神秘的な輝きを帯びた。厳粛な驚きに唇を半ば開き、目は大きく見開いて。おのおのが鏡の中に自分と好一対の思いもかけぬ愛のイメージを認めたように、二人はしばらく目をそらすことができなかった。

5

仮眠のためのごく短い休憩の後、まだ暗いうちに早朝の祈り《プライム》が行なわれ、つづいて曙光《しょこう》とともに夜明けのミサが挙げられた。門前通りの連中は、大部分がもうとっくに帰宅していた。長い勤めのあとで頭はふらつき、音楽と感動による緊張から、まだ神経の張りつめた修道士たちは、おぼつかない足取りで夜間用階段を一列になってのぼって行った。しばらく休んだら、またすぐ昼間の準備にとりかからねばならぬのだ。

カドフェル修道士は、長時間じっとしていたので節々がこわばり、休むより身体を動かしたい気分だったから、ひとりで洗面所に行き、珍しくゆっくりと沐浴《もくよく》をして、きれいに髭を剃った。そして広場に出て来た時、ちょうど門のくぐり戸からダイオタ・ハメット夫人が急いで入って来るのが見えた。黒っぽいマントを胸でかき合わせ、明らかに動揺した丸い目をして、凍った玉砂利に足をすべらせたり、つまずきそうになったりしている。吐く息が凍りついて、マントの襟が白い毛皮のように見える。今朝は建物の壁も灌木《かんぼく》の茂みも、木の枝も、すべてが白い霜でおおわれて銀色に輝いているのだ。

門番の修道士が出てきて挨拶をし、用件を尋ねた。だが彼女は、ちょうど回廊から出て来たロバート副院長を見つけると、巣に帰る小鳥のようにそちらへ向かった。そして彼に駆け寄るなり丁寧にお辞儀をしたが、あわてて頭を下げ過ぎたために、よろけて膝をつきそうになった。

「副院長さま、ご主人さまは――エイルノス神父さまは――昨晩ずっと教会にいらしたのでしょうか？」

「いや、彼は見かけなかった」ロバートは驚いてそう言うと、彼女がすべりやすい玉砂利のうえで転ばぬように、急いで片手を差し出した。そして腕をつかんで支えてやりながら、心配そうに顔をのぞきこんだ。「いったい、どうしたというのか？　もうすぐ彼のミサが始まる時刻だから、いまごろは式服に着替えておるはずだ。よほど重大な理由がない限り、いま彼を邪魔すべきではない。あなたの用事はなんなのか？」

「神父さまがいらっしゃらないのです」彼女が唐突に言った。「いま行ってみたのですが、シンリックが一人で待っていただけで、ご主人さまはいらっしゃいませんでした」

ロバート副院長は顔を曇らせた。この愚かな女はつまらぬことで人を心配させているにちがいないと思いながらも、その動揺ぶりを見ると不安になった。「彼を最後に見たのはいつなのか？　家を出た時刻はあなたも知っておるだろう」

「ゆうべの就寝前の祈り《コンプライン》の前でございます」彼女はわびしげに言った。

「なに？　それからずっと帰っておらぬのか？」

「はい、副院長さま。ひと晩じゅうお帰りにならなかったのです。教会の徹夜の祈りに参列なさったのかとも思いましたが、ここでも見かけた方はいらっしゃらないのですね。仰せのように、いまごろはミサのために着替えをしていらっしゃる時刻です。でも、神父さまはいらっしゃらないのです！」

昼間用の階段の下で足を止めたカドフェルは、いやおうなしにこの会話を立ち聞きするはめになり、当然ながら、昨夜門前通りを猛スピードで、あたかも黒い翼の鳥が空から舞い降りたかのように橋のほうへ向かって行った、あの不吉な姿を思い出した。あれは確かに、ダイオタの言っている時刻とぴったり一致する。いったいどんな罰当たりな用事があったのか、とカドフェルは考えた。またいったいどこへ、あのカラスの翼は彼を運んでいったのか？　このような大祝日に義務を怠らせてまでも。

「副院長どの」カドフェルはつい急ぎ過ぎて、霜の降りた玉砂利で足をすべらせながら進み出て行った。「わたしはゆうべ、就寝前の祈りに間に合うよう急いで町から帰って来た時、司祭とすれちがいました。門番小屋から五〇歩も離れておらぬところで。彼は大急ぎで橋のほうへ歩いて行きました」

ロバート副院長は振り向くと、このおせっかいな証言者を見て眉をひそめ、どう応じるべきかと唇をかんだ。「彼は君に話しかけなかったのか？　彼がそんなに急いでどこへ行くところだったか、君は知らぬのか？」

「はい、知りませぬ」カドフェルはそっけなく答えた。「わたしのほうからは声をかけたのですが、彼は何かに気を取られていて、まったく気づきませんでした。いえ、彼がどこへ行くところだったかは、とんと見当がつきませぬ。しかし、あれが彼だったことは確かです。門番小屋の松明の光に照らされたところを見ましたから。彼にちがいありませぬ」

女はまぶたに青あざのある落ち窪んだ目で、じっとカドフェルを見つめていた。表情は落ち着いていた。額まで深くかぶっていたフードが知らぬまに後ろにずれて、左のこめかみにある大きな鉛色の青あざがむき出しになっていた。中心部が切れて、固まった血がぎざぎざの線状になっている。

「あなたは怪我をしておる！」カドフェルはそう言うと、許しも乞わずにフードをずらして彼女の顔を暁の光のほうに向けさせた。「これはよほどひどく打ったとみえる。手当てをせねば。どうしてこんな怪我をされたのか？」

彼女は一瞬、身を引いて彼の手から逃れようとしたが、すぐに観念して深い溜め息をついた。「神父さまのことが心配で、夜中に表に出てみたのです。誰か通りかかったら尋ねてみようと思って。それにもしかすると、お帰りになるのが見えるかもしれないとも思ったものですから。その時戸口の敷石が凍っていたので、転んで頭を打ってしまったのです。でもよく洗っておきましたから、もう大丈夫ですわ」

カドフェルが彼女の手をとって、掌をうえに向けさせてみると、三、四カ所にひどい擦り傷があって、赤膚《あかはだ》が見えていた。もう一方の掌もほとんど同じ状態だった。「そうか、さっと両手をついたおかげで大事にいたらずにすんだのだろう。だがいずれにしても、この手は手当てをせねば。それに額の傷も」

ロバート副院長は二人の肩越しにぼんやりと遠くを見つめながら、どう対処すべきかと考えていた。「ひょっとして……エイルノス神父がそんな時刻に、そんなに急いで出かけたとすると、彼もどこかで転んで大怪我をし、身動きできずにいるということもありうるな。すでに路面は凍り始めておった……」

「そのとおりです」カドフェルは、ワイル通りの急な坂道が氷で光っていたことや、橋をわたる自分の足音がかんかんと冷たく響いたことを思い出して言った。「しかもかなりひどく！　それにわたしがすれちがった時の彼は、足もとに気をつけておったとはとても思えませぬ」

「誰かに慈善を施すために……」ロバートは心配そうにつぶやいた。「彼は骨身を惜しまぬ人間だから……」

それは事実だ。そのかわり他人にもそれを強要するが！　ともあれあんなに急いでいては、足をすべらせて転倒したということは大いにありうる。

「万が一この寒さの中でひと晩じゅう身動きできずにいたとしたら、すでに息が絶えておるかもしれぬ」ロバートが言った。「カドフェル修道士、君はこのご婦人の手当てをしてくれ。必要な治療はすべてするように。わたしは院長どののところにご相談に行く。わたしとしては、修道士と平修道士を残らず動員し、手分けしてエイルノス神父を捜させるのが最善と思うが。彼がどこにいようとも」

薬草園の薄暗く静まり返った作業小屋に入ると、カドフェルは壁ぎわのベンチに患者を座らせて火鉢にかがみ込んだ。かぶせてある泥炭をどけて、きょうも一日使う火の準備をするために。冬の間は急な必要にも間に合うように、いつもこうして泥炭をかぶせて火種を絶やさぬようにして置くのだ。ほかの季節は火を熾すのも比較的簡単だから、夜間は消しておくことにしていた。彼がこの作業場で醸造している品々は、どれも積極的に温めておく必要はないが、あまり冷やすとよくないものはかなりあった。

いま厚く火を覆っている泥炭は、きちんと置かれているがまだほとんど新しく、その下の火は赤々と心地よく燃えていた。ということは、昨夜誰かがここにいた証拠であろう。ほかのものを何一つ動かさずにランプと火口を手にとることができ、火鉢の火の扱い方を知っていて、使ったあともほぼ元どおりにして行ける人間が。若いベネットはほかの証拠をほとんど残さずに出て行ったが、夜の侵入を知らせるにはこれで十分だった。夜の間でさえ、カドフェルに関する限り、彼にはだまそうという気はないらしかった。侵入したことを隠すよりは、すべてをきちんと元どおりにすることに心を砕いたらしい。

カドフェルは鍋で湯を沸かし、カッコウソウとヒナギクとコンフリーの汁を混ぜて作った洗い薬を薄めて、まず額の傷口を、つぎに両方の掌の擦り傷を消毒した。そして最後に、凍った轍のへりが原因と思われる、手首から人差し指と親指の付け根まで斜めに走っているかすり傷を洗った。彼女は目を伏せ、落ち着いた諦めの表情で、彼の治療に身を任せていた。

「ずいぶんはげしく転んだのだな」カドフェルは、こめかみの乾いた血の筋を拭き取りながら言った。

「自分のことなど気にかけていなかったものですから」その口調があまりに淡々としていたので、彼には真実だろうと思えた。「わたしはこんな取るに足りない人間ですから」

額の傷の手当てをしながら上から見下ろすと、彼女の顔は卵形の、美しい細面《ほそおもて》だった。目はふっくらとした大きなまぶたに隠れて見えず、形よくふくよかな口もとも、心身の疲労からか生気を失ってはいるが。白いものの目立ち始めた髪をきちんと編んで、うしろで髷《まげ》に結っている。いまはもう話すべきことは話し、あとは他人の手に任せてしまったので、彼女は静かに落ち着いて治療を受けていた。

「いまから少し休むほうがよかろう」カドフェルが言った。「ゆうべは夜通し心配して過ごしたうえ、こんなに怪我までしておるのだから。必要なことはすべて院長どのがしてくださるはずだ。さあ！　繃帯《ほうたい》はせずにおこう。空気に触れておるほうが治りが速いから。ただし寒気に当てぬよう、手当てが終わりしだいに家に帰るがよい。寒気は傷を化膿《かのう》させる危険があるから」彼女に考えるひまを与えるために、彼はゆっくり時間をかけて使ったものを片づけた。「あなたの甥はここでわしといっしょに働いている。もちろんご存じだろうが。そういえば数日前、庭で働いている彼のところに訪ねてこられたな。よい若者だな、お宅のベネットは」

しばらく黙って考えてから、彼女が言った。「わたしもいつもそう思います」そして初めて、その青白い顔をかすかにほころばせた。

「働き者ですし、何事も進んでやる子です！　もしあの子がいなくなったら、とても淋しくなるでしょう。でもあの子はもっと責任の重い仕事ができる人間です」

彼女はそこで口をつぐんだが、もっと話したいことがあるのは明らかだった。いまにも言葉が口をついて出そうになるのを懸命にこらえている様子で、広場まで並んで歩いて行く間も、静かに感謝を述べる以外は何も語らなかった。二人がツゲの生け垣を回らないうちに、広場のほうから蜂の巣をつついたようなどよめきが聞こえてきた。ラドルファス院長の姿も見え、眠気も忘れて好奇心にわくわくし、顔を輝かせている修道士たちが回りを囲んでいた。

「こうして集まってもらったのは」ラドルファスが余計な前置きなしに話し始めた。「ほかでもない、エイルノス神父が何かの事故に遇《あ》われたらしいのだ。というのは、ゆうべ就寝前の祈りの前に家を出て町のほうへ向かったきり、誰も見かけた者がおらぬ。家にも帰らなかったし、教会での徹夜の祈りにも参加していない。氷のうえで転んで気を失ったか、歩けなくなったかして、夜通し戸外に横たわっておったということも考えられる。そこで君たちのうち、ゆうべ徹夜の祈りに参加しなかった者は、これから急いで食事を済ませ、すぐに彼を捜しに行ってもらいたい。昨夜、就寝前の祈りの前に、この門の前を町の方向へ急いで通るのを見た者がおるが、それが彼についての最後の消息だ。その点を考慮に入れて、彼が通った可能性のある道をすべて捜すように。教区のどこに、どんな必要が起こって呼ばれたかは分からぬのだから。それから、ゆうべ夜通し起きておった者はいまから食事をして床につき、午前のミサには参加しなくてよい。最初の一団が戻った時に捜索を交替できるよう、体力を蓄えておかねばならぬから。ロバート、では監督を頼む！　カドフェル修道士が、エイルノス神父を最後に見かけた場所に案内してくれるだろう。捜索には二、三人ずつ連れ立って行くのが望ましい。発見した時、もし彼が怪我をしていたら、少なくとも二人は必要であろう。もちろん無事に見つかることを祈っておるが。それに早く見つかることを」

カドフェル修道士は、散って行く修道士たちの群れの端にいるベネットを見つけた。青年は一瞬はっとしてから、真面目くさった顔をこちらに向けたが、その様子にはどことなく取り乱したような、軽い罪の意識とも深い当惑ともつかぬものが見てとれた。彼は曖昧《あいまい》な表情でカドフェルに向かって下唇を突き出し、まといつく荒唐無稽《こうとうむけい》な、だが無視することのできない幻影を振り払おうとでもするかのように、はげしく頭を振った。

「きょうはぼくにさせる仕事はないでしょう? だからぼくも皆と一緒に行ったほうがいいと思って」

「いや、それはいかん」カドフェルはきっぱりと言った。「君はここにおって、ハメット夫人の世話をせねばならぬ。すぐに帰りたいと言えば家に連れて行き、さもなければ門番小屋のどこかに暖かいところを見つけて、付き添っておるように。わしは、ゆうべ司祭を見かけた場所を覚えておるから、そこまで捜索隊を案内して来る。わしに用事のある者が来たら、できるだけ早く戻ると言っておったと伝えてくれ」

「でも、あなたはひと晩じゅうほとんど寝なかったんでしょう?」ベネットが遠慮がちに抗議した。

「君はどうなのだ?」と言うなり、ベネットが答えるひまもなく、カドフェルは門番小屋のほうへと歩み去った。

　エイルノス神父は前夜、戦場で放たれた不吉な矢のように、門前通りを脇目もふらずに突進して行った。すれちがったカドフェル修道士の姿も目に入らず、凍った空気の中でベルのように鳴り響いた彼の挨拶も耳に入らぬほど、何かに心を奪われていた。門前通りのあの場所からだと、まず第一に考えられるのは、彼がそのまま町に向かった可能性である。その場合、彼の急用は城壁の内側に住む誰かに関わるものであろう。もう一つの可能性は、あの場所と橋との間で門前通りから分かれている小道のどれかに入ったことだ。そのような小道は全部で四本あり、一本は右へ、ゲイエを含む川沿いの平地へと下っている。そこには野菜畑や小麦畑や果樹園など、修道院の主要農園が半マイルちかくにわたって続いており、その先には数軒の農家が点在し、さらにその先は森林地帯になっている。左に分かれる道は三本あった。一本目は水車池のこちら側に回り込むように下っており、水車場への往来と水べりに建つ三軒の小家屋のためのものだ。二本目も同様に対岸の三軒のためのものである。この二本の小道は池に沿ってだらだらと続き、やがてミオール川にぶつかって行き止まりになっている。そして三本目は、セヴァーン川のすぐ手前で左に分かれる道だ。細いわりにはよく使われている道で、ミオール川がセヴァーン川に注ぐところで歩行者用の木橋をわたり、そのまま南西に伸びて森林地帯を突き抜け、ウェールズとの国境にまで達しているのだ。

しかしエイルノス神父があの猛烈な勢いで、まるで怒り狂った神のように、これらの小道のどれかに入った理由が考えられるだろうか？　町に向かった可能性のほうが高いと想像され、何人かがその方面の調査を担当した。城門の見張りが彼を見なかったか、彼が立ち止まって誰かの家の場所を尋ねなかったか、あるいは黒い人影が猛烈な勢いで城門の松明の下を通り過ぎなかったか、などについて。だがカドフェルは、比較的低いほうの可能性に注目し、昨夜エイルノスとすれちがった場所をできるだけ正確に思い出して、そこに立って考えてみた。

聖十字架教区《ホーリー・クロス》は門前通りの両側にまたがる教区で、右側は郊外の向こうに散らばる小村にまで達し、左側はミオール川までの地域を含んでいる。もしエイルノスが郊外の小作地のどれかを訪れようとしたのなら、門番小屋の向かいの路地奥にある自分の家から直接東へ向かったはずである。行き先がゲイエの先の数少ない民家のどれかでない限り、わざわざ門前通りに出て来ることはありえない。したがって、通りの右側の捜すべき場所はごく限られている。カドフェルは二つのグループをそちらの方面にやり、自分は通りの左側に目を向けた。こちらには三本の道があり、そのうちの一本は公道だから、調べるにはかなり時間がかかるだろう。だが近いほうの二本はすぐそこまでだから、たちまち調べがつくはずだ。いずれにせよ、あんな遅い時刻にエイルノスがそう遠くまで出かけたはずはあるまい。いや、どこか近くの場所か人を訪ねようとしていたにちがいない。目的がなんであったかは、彼以外の誰も知りようがないが。

水車池のこちら側の道は、通りから分かれてしばらくは、一応荷馬車道と呼べるものだった。土地の人が小麦を水車場に運んだり、出来上がった小麦粉を家に運んだりするのに使われていたからである。その道は、通りの近くに寄り添うように並んでいる三軒の小さな家の戸口と修道院の塀の間を抜けて、水車小屋の横の小さな空地に達している。それから導水路にかかる木橋をわたると、あとは歩行者用の細い道になって、水べりの枯れ草の間をくねくねと続いているのだ。そこには枝を坊主にされたヤナギの木が数本、曲がった幹を池のほうへ突き出している。一軒目と二軒目の家には、所有地を修道院に寄贈し、かわりに生涯の宿所と食べ物を保証されている年輩者が住んでいた。そして三軒目は粉屋の住まいである。粉屋はカドフェルの記憶では徹夜の祈りの間もずっと教会におり、午前半ばの現在も捜索隊に加わっていた。敬虔《けいけん》な信者であるとともに、このベネディクト会修道院の愛顧《あいこ》と職の安定を維持することにもきわめて熱心だったのである。

「ゆうべわしが教会に行くために家を出た時には」粉屋が首を横に振りながら言った。「池の周りには人っ子一人見えませんでしたよ。カドフェル修道士が通りでエイルノス神父に会われたのと、ちょうど同じころだと思いますがね。でもわしは通りを回らずに、くぐり戸から直接広場に入ってしまったから、その一、二分後に神父さまがこの道に入ってこられた、ということもありえますな。わしんとこの隣りの婆さんは、本格的な寒さが始まったら最後、決して外へは出ない人だから、おそらく家におったでしょう」

「だがまったく耳が聞こえないのだから」アンブローズ修道士がこともなげに言った。「あの家の前では、誰がどんなに大声で助けを求めても無駄というものだ」

「いや、むしろわしは」と粉屋が言った。「エイルノス神父は彼女を訪問しようとしていたのかもしれないと思うんです。彼女が教会にさえ出かけようとしないのを知っておって。年寄りや病人を訪問して慰めるのは、彼の義務だから……」

昨夜、あの凍てつく寒さのなかで、松明の光の輪をさっと通りぬけ、たちまち闇に消えたあの顔は、これから人を慰めに行く顔にはとても見えなかったが、カドフェルはそれを口には出さなかった。粉屋自身も、一応神父への思いやりからそうは言ってみたものの、口調は曖昧だった。

「しかし、たとえあの家を訪ねなかったとしても」粉屋がしきりに場を取りもとうとして言った。「神父さまがこの道を通ったのなら、あの婆さんとこの小間使いは耳がいいんだから、足音を聞くか姿を見るかしたんじゃないですかね」

彼らはふた手に分かれて池の両側の捜索に取りかかり、アンブローズ修道士が対岸を受けもった。向こうは三軒の小さな家の住人が通るだけの、踏み固めた歩行者用の小道に過ぎず、家々の傾斜した前庭の前を池に沿って続いているのだ。水車場までは荷馬車道で、あとは同じく細い歩行者用の通路になっているこちらの道は、カドフェルが担当した。どちらの道も少しは人通りがあったらしく、足跡の部分だけ白い霜がへこんで薄墨色になっている。だがどの足跡も今朝ついたものらしい。前夜の足跡はたとえあったとしても、白い霜に覆われて見えなくなっているはずである。

一軒目の家には隠居生活を送っている老夫婦が住んでおり、彼らは前日から一歩も外へ出なかったから、司祭が行方不明になったという噂をまだ聞いていなかった。この思いがけないニュースを耳にして、二人はしばらく驚きと好奇心とで口をぽかんとあけていたが、やがてぺらぺらとしゃべり始めた。だがやたらに驚きと嘆きの言葉を並べるだけで、情報は何も得られなかった。前夜は早くから窓の鎧戸《よろいど》を閉め、扉にはかんぬきを下ろし、暖炉の火を絶やさぬようにして、朝までぐっすり眠ったということだった。かつてはアイトンの森の、修道院所有地の森番だったその男は、急いで長靴を履き、粗織《あらお》りの麻布のマントを着て、捜索隊に加わった。

二軒目の家の扉を開けたのは、たてがみのような黒髪に好奇心まる出しの目をした、一八歳くらいの娘だった。器量はよいが、ふしだらな感じの娘である。借家人は姿を見せず、なんで扉を開けっぱなしにするのか、部屋が寒くなるではないか、と文句を言う甲高《かんだか》い声が奥から聞こえてきた。娘はすばやく引き返し、大きな金切り声と、おそらく身ぶり手ぶりでしきりに説明していが、やがて老女の不平が満足げなつぶやきに変わると、また彼らのところに戻って来た。こんどはショールで肩を包み、また文句が出ぬうちにと急いで扉を閉めた。

「いいえ」彼女は黒い前髪を勢いよく振って言った。「ゆうべはわたしの知ってる人なんて誰も来なかったわ。来るわけがないでしょう？　それに日が暮れてからは足音ひとつ聞こえなかったしね。奥さんは暗くなるが早いかベッドの中だし、あの人は、たとえ最後の審判のらっぱが鳴り響いたって起きやしないでしょう。わたしはもっと遅くまで起きてたけど、なにも見えも聞こえもしませんでしたよ」

彼らは娘と別れて三軒目の家の前を通り過ぎ、水車小屋の高い建物の前まで来た。娘は戸口の敷石に立ったまま、遠ざかって行く彼らの後ろ姿を好奇心いっぱいの眼差しで見送っていた。ここまで来ると間に家がないので、銀色に鈍く光る水車池の静かな水面が右手に見わたせる。池は通りの方向へしだいに幅が広く、浅くなって、丸い貯水池となっている。左側はこのあたりから急に幅が狭まって、ミオール川に流れ込んだあと、セヴァーン川に注ぐのである。霜で真っ白な枯れ草に覆われた高い岸は、放水路からの急な流れで下側がえぐれている。あの黒い人影が通った形跡は、この白っぽい冬景色のどこにもまだ見られなかった。厳しい寒気とはいえ、まだ池のへりの、葦が茂って水の動かない浅瀬に薄氷が張っている程度である。荷馬車道は水車場のところで急に細くなり、とんがり屋根の水車小屋と修道院の塀の間を抜けると右へ折れて、片側だけに手すりのついた小さな木橋で導水路をわたる。きょうは水車が止まっているのでそのうえの堰《せき》も閉じてあり、絶えず溢れ出る水が横の排水路を通って下の放水路に落ちてから、池へと流れ出ている。その場所だけは静かな水流が水面を騒がせているが、あとは鏡のように平らである。

「もし彼がここまで来たとしても、もっと先まで行くわけはないでしょう」粉屋が首を横に振りながら言った。「この先には何もないんだから」

彼の言うとおり、ここから先には何もない。狭い草地の枯れ草の間を細い道がしばらく続いているが、それさえも、放水路とミオール川の合流点を過ぎると消えてしまうのだ。季節がよければ、時には釣人が姿を見せ、夏には子供が遊び、夕暮れどきには恋人たちが歩いていることもある。だが酷寒の夜、わざわざそんなところまで行く者があるだろうか？　それでもカドフェルは少し先まで行ってみた。水ぎわには何本かのヤナギの木があって、岸の下側が水流でえぐり取られているために、どれも水面に覆いかぶさるように幹を突き出している。細い若木はまだ枝を刈り込まれていないが、枝を坊主にされて幹だけになっているものも二、三本あった。一本は幹の途中から切り倒されている。密生したひこばえにぐるりと回りを囲まれた切り株は、巨大な剃髪《トンスラ》の頭を連想させた。カドフェルはヤナギの間を通り抜けて、枯れ草のからまりついた高い岸のへりに立ってみた。

放水路からの水流が、池の中心に向かって鉛のような水面にさざ波を立てている。岸のすぐ下の水面では、左右一〇歩ぐらいのところまでかすかな水の動きが見られ、片側の波紋は、いまカドフェルが立っている場所の真下あたりで金属性の輝きとなって消えていた。最初彼は、その見えるか見えないかの最後の輝きに目を止めて水面を見下ろしたのだが、底のほうになにか黒い布の塊《かたまり》のようなものが沈んでいるのに気づいて目を凝《こ》らした。黒い布の端がゆらゆらと浮き上がっているのが、岸に覆いかぶさる枯れ草の間から見えていた。彼は草を分けて、まだ霜の残っている地面に膝をつき、身を乗り出して水のなかを覗《のぞ》き込んだ。えぐれた岸とむき出しのヤナギの根に押しつけられるようにして、水底に沈んでいたのは、確かに黒い布の塊だった。放水路からの強い水流によってしだいに脇へ押しやられ、地上からはほとんど見えないこの場所に押しつけられてしまったらしい。節のある白っぽいものが二つ、水中で静かに揺れている。それはいつか、カドフェルがある旅行家の本で見た奇妙な魚の絵に似ていた。エイルノス神父の開いた両手は、折しも薄陽の射し始めた空に向かって何かを訴えているようだった。顔はマントの下に隠れて半分しか見えなかった。

カドフェルは立ち上がって、仲間のほうにむずかしい顔を向けた。彼らは木橋のそばに立って、ちょうど対岸の家々の庭の下に姿を現わした仲間たちを、広い水面越しに眺めているところだった。

「彼はここにおる」カドフェルは言った。「わしらは彼を見つけたぞ」

粉屋がさっそく、雄牛のような叫び声とさかんな手招きで対岸の一行に知らせ、アンブローズの率いる一行は大急ぎで通りを回って援助に駆けつけた。しかしこれだけの人数がいてさえ、神父を水から引き上げるのは容易なことではなかった。岸は高くて下がえぐれているうえに、水も深いから、手を伸ばして衣服の端をつかむのはとても無理だった。一番痩せて背の高い者が腹這いになり、長い腕を伸ばしてみたが、水面までも届かなかった。粉屋が自分の道具の中から船に使う鉤竿《かぎざお》を持って来て、頑として動こうとしない死体を、皆でだまし放水路の端まで引き寄せた。それでようやく、手を伸ばして衣服のあちこちをつかむことができたのだ。

黒い不吉な鳥は不気味な魚に変わっていた。水から引き上げられた神父は、針金のような黒髪とずぶ濡れの黒いマントから水を滴《したた》らせ、ところどころ青黒くなった顔を冷え冷えとした冬の光にさらして、草のうえに横たわっていた。開いた口、半開きの目、そして頬《ほお》や顎や首の筋肉の異常なこわばりは、死ぬ前のはげしい苦闘と恐怖を物語っているかのようだった。謎に包まれた、寒い寒い、孤独な死。そして不思議なことに、彼の死体は戦いが終わった現在も、その痕跡《こんせき》をありありと留めていた。彼らは押し黙ったまま、畏怖《いふ》の念に打たれて死体を見下ろしていた。そしてほとんど自動的に、やるべきことをやった。騒ぎ立てもせず、ただ黙々と。

彼らは水車小屋から扉を一枚はずしてきて死体をそのうえにのせ、塀のくぐり戸から広場に入って、墓地付属礼拝堂へと運んで行った。そしてラドルファス院長とロバート副院長に、捜索が終了したことと、持ち帰ったものについての報告をすると、それぞれの仕事へと散って行った。彼らは生ある者のところに戻れることが嬉しかった。昨夜から続いている生ある者の祝典に参加できることが、そして誰はばかることなく喜びを感じ、この大祝日を祝うことができるのが嬉しかったのである。

噂は誰からともなく門前通りに広まっていった。誰もが感情を顔に表わさず、余計なことは言わずに、耳から耳へとそっと囁いた。教区のはずれまで伝わるにはかなりの時間がかかったが、それでも日暮れまでには住民の全員が知っていた。誰もが心では感謝していたが、それは口にも素振りにも出さず、むろん嬉しそうな顔をする者もいなかった。にもかかわらず、門前通りの住民たちはその夜、執拗《しつよう》につきまとわれていたうっとうしい影から一夜にして解放されたかのように、心の底から沸き起こる熱意をこめてクリスマスを祝ったのである。

墓地付属礼拝堂では、酷寒の年の瀬にも暖房を入れることは出来なかったから、棺台の回りに集まった人びとは、かじかんだ指先の血のめぐりをよくするために、厚いミトンのうえから息を吹きかけたり、両手をこすり合わせたりしていた。だが誰よりも寒いはずのエイルノス神父は、迫りくる寒気をものともせずに、石のベッドのうえに裸で横たわっていた。

「では結論としては」ラドルファス院長が重々しく言った。「彼は池に落ちて溺死《できし》したということだな。だがいったいなんのために、彼はあのような時刻に、しかもキリスト降誕祭前夜に、そのようなところへ行ったのだろうか？」

その問いに答えられる者はいなかった。彼の発見された、あの荒涼たる人気《ひとけ》のない場所まで一人で行ったということは、途中の家々の前を誰にも気づかれずに通り過ぎたわけである。

「溺死であることは間違いありませぬ」カドフェルが言った。

「彼が泳げたかどうかは分かっておるのか？」ロバート副院長が尋ねた。

カドフェルは首を振った。「その点はまったく分かりませぬ。ここにおる者は誰も知らぬと思います。が、彼が泳げたかどうかはあまり問題ではないでしょう。いずれにせよ、溺《おぼ》れたことは確かなのですから。それより問題なのは、どうも彼が、ただ水に落ちたのではないらしいということです。ここをごらんください——この後頭部を……」

カドフェルは死人の頭を左手で持ち上げ、右腕で頭部と両肩を支えるようにした。エドマンド修道士がさっと蠟燭を差し出して、針金のような黒髪が円形に取り巻く後頭部と、うなじの部分を照らしてみせた。彼はラドルファス院長とロバート副院長を呼ぶ前に、カドフェルと一緒にすでに死体を点検していたのである。後頭部には、剃髪《トンスラ》のへりから髪の毛の中を突き抜けて、うなじの窪みの始まりにまで及ぶ大きな裂傷があった。中心部の肉の露出したところは長時間水につかっていたために、血の色もほとんど消えて白くふやけたようになっており、その回りにめくれた皮膚の端がべろべろとぶら下がっている。

「水に落ちる前に、後頭部に一撃を食らったものと思われます」カドフェルが言った。

「後ろから打たれたのだな」院長が傷を覗き込みながら、気むずかしい顔に侮蔑《ぶべつ》の色を浮かべて言った。「溺れ死んだことは確かだろうか？　その一撃が死因だということはありえぬかな？　君の言うように、これが単なる事故ではなくて、故意の犯行によるものだとすると。彼は何も知らずにその犯行に遇ったのだろうか？　そのようなことがありうるだろうか？　あそこは道が悪いうえに、昨夜はひどく凍っておった。すべって転んで、このような怪我をすることもないとはいえまい」

「まずないと思います。たとえ足をすべらせたとしても、ひどい尻餅をつくか、せいぜい肩をつくくらいで、頭を地面に打ちつけて裂傷をつくるほどの勢いで仰向けに倒れることはまずありませぬ。平らな氷のうえならともかく、あのようなでこぼこの地面のうえでは起こりえぬことです。それにごらんください。この傷は、そういう転び方をした時に打ちつける後頭部の出っぱった部分ではなくて、もっと下の、首に向かって窪み始めたところにあります。しかも、何かぎざぎざした固いもので打たれたように、皮膚が裂けています。それから彼の履いていた靴をごらんになったでしょう。底にすべり止めがついていますから、ゆうべのような晩でも転ぶ危険はあまりなかったはずです」

「ではやはり、何者かの一撃を食らったのだな」ラドルファスが言った。「それは致命傷になりうるだろうか？」

「いいえ、それは不可能です！　頭蓋骨《ずがいこつ》は割れておりませぬから、それで命を落としたということは。むろん長く尾を引く障害が残ることもないでしょう。ただし、しばらく気を失っていたとか、頭がぼおっとして、水に落ちた時なにも出来なかったということは考えられます。いずれにせよ」カドフェルはゆっくりと、嘆かわしげに言った。「自分で落ちたか、突き落とされたかのどちらかでありましょう」

「ではその二つのうち」院長が落ち着いて冷やかに言った。「どちらの可能性がより高いと思うか？」

「暗がりでは」カドフェルが言った。「往々にして崖っぷちや水べりに近づき過ぎるもので、とくに岸が水面に張り出しておる場所では、足もとの判断を誤りがちです。それにしても、彼が最後の家を通り越して、その先まで行った理由は何だったのでしょうか？　とにかくこの頭の傷は、ただ水に落ちたのが原因とは思えません。水に落ちる前に受けた傷です。何者かが、この死に関係のある者が、彼と一緒におったのだと思います」

「傷の中に、どのような武器で殴《なぐ》ったのかを示すような、何かの破片などは残っておらぬだろうか？」エドマンド修道士が思い出したように口を挟んだ。彼は過去にもカドフェルとともに似たようなケースを扱った経験があり、微細な点についてもカドフェルの判断を求めるのが賢明と考えていた。だが、よい答えを期待していたわけではなさそうだった。

「そういうことは考えられぬ」カドフェルはきっぱりと彼に答えてから、また説明を続けた。「死体はひと晩じゅう水に浸かっておったため、なにもかもびしょ濡れで、水にさらされておりました。たとえ傷口に泥や草がついておったとしても、とうに洗い流されてしまったことでしょう。しかしわたくしとしては、最初から何もついてはおらなかったと思います。このような傷を負いながら、そう遠くまでよろめいて行けるはずはありませぬから、彼は放水路のすぐ向こうにおったと思われます。そうでなければ、死体は反対方向に押し流されておったはずですから。また、彼が気を失っておった場合、犯人がそんなに遠くまで運んだり、引きずったりするはずもありませぬ。彼は大きくて重いうえに、頭の怪我は致命傷ではなく一時的に気を失っておるだけで、いつ気がつくか分からないのですから。したがって、彼は死体の発見された場所から、せいぜい一〇歩くらいのところで池に落ちたものと思われます。そして頭にこの一撃を食らったのも、その近くでしょう。そして何より重要なのは、彼のおったのが水車場の向こうの轍のない草地だということです——いまは冬で枯れ草が乱雑に茂っておるだけですが。あそこでは、たとえすべって転んだとしても、しばらく気を失うくらいがせいぜいで、頭の皮膚が破れて血を流すようなことはありえませぬ。この哀れな死体を見てわたくしの言えることはこれで全部です」彼はうんざりしたように言った。

「それで、皆さんはどう思われますか?」

「殺人だ!」ロバート副院長が憤慨《ふんがい》と恐怖に顔をこわばらせて言った。「わたしは殺人だと思う。院長どの、まずやるべきことはなんでしょうか?」

ラドルファス院長は、前日までエイルノス神父だったその無表情な死体を見下ろしながら、しばらくじっと考え込んでいた。これほど平静で、他人の意見に寛容な神父を見るのは初めてだった。ややあって、院長が控え目に遺憾の意を表わして言った。「残念ながら、ロバート、執行長官代理に知らせるより仕方がなかろう。ヒュー・ベリンガーは現在、所用で当地を離れているから」そして石の棺台のうえの青ざめた顔をじっと見つめたまま、わびしげに驚きを表明した。「彼が人から好かれていないことは承知しておったが、これほど短期間にこれほどの憎しみを買おうとは思わなかった」

6

ヒューの留守中代理を務めていたアラン・ハーバードは、ベテラン執行官のウィリアム・ウォーデンとあと二人の部下を従えて、急いで城から駆けつけた。たとえハーバードが、門前通りとその住人についてまだ知識不足であったとしても、ウィル・ウォーデンは土地の事情に通じていたから、聖十字架《ホーリー・クロス》教区の連中が新任司祭に対して抱いていた感情を誤解する恐れはなかった。

「当地には、彼の死を悼《いた》むものはほとんどおるまい」ウィルは顔色ひとつ変えずに死人を見下ろしながら、率直に言った。「終始一貫、教区民に一人残らず敵意を抱かせるようなことをしておったのだから。それにしても哀れな最期だな。たとえどんな人間だったとしても。哀れな、寒々とした最期だ！」

彼らはまず頭の傷を調べてから、捜索に参加した者全員の話をメモし、エドマンド修道士とカドフェル修道士の慎重な意見に耳を傾けた。それからダイオタ夫人のところへ行って、司祭が夜になって外出したこと、彼女は帰らぬ司祭を心配しながら一睡もせずに夜を明かしたことなどについて、詳しい説明を聞いた。

夫人は勧められても家に帰ろうとせず、問われるままに何度でもその話を繰り返した。消耗しきってはいたが、事件そのものも謎の解明も、全面的に人手に委《ゆだ》ねてしまったいまとなっては、すっかり落ち着きを取り戻していた。ベネットは叔母をいたわりながらそばにつき添っていたが、いかにも憂鬱そうな顔をしていた。彼女への心配と、みずからの難題を思ってか、額にしわを寄せ、ハシバミ色の目を曇らせていた。

やがて執行官の一行は、住民のことなら誰よりもよく知っている門前通りの町長を探しに出て行った。

「もしかまわなければ」彼らがいなくなるとすぐ、ベネットが言った。「叔母を家に連れて行って、暖かな火のそばに落ち着かせてこようかと思います。叔母は休む必要がありますからね」そしてカドフェルの気を引くような口調で付け加えた。「じきに戻ってきますよ。ぼくはここにいたほうがいいでしょうから」

「必要なだけ時間を使ってかまわぬよ」カドフェルは快く言った。「君が答えねばならぬことがあったら、わしが代わりに答えておくから。だがいったい。君に話すことなどあるのか？　ゆうべは夜半《マタン》の祈りが始まるずっと前から教会におったではないか」それだけではなく、そのあと青年が、たぶん誰かと一緒に、どこにいたかも知っていたのだが、それは口には出さなかった。「ハメット夫人の今後のことについては、何か話があったのか？　こんどの事件で彼女はまったくの一人ぼっちになってしまったからな。君がおるとはいえ、この土地はまだ不案内だし。だがラドルファス院長は、彼女が寂しい思いをせぬように取り計らってくださるにちがいない」

「院長さまがご自身で叔母に話しに見えました」ベネットが言った。そのような親切に対する感謝の気持ちからか、彼の顔にふといつもの明るさが戻り、目が輝いた。「そして、心配する必要はまったくない、あなたは身分相応の立場で誠実に教会に仕えるためにここに来たのだから、教会はあなたが生活に困らぬよう取り計らう、と言われました。それから、新しい教区司祭が任命されるまでは、あそこに住んであの家を守ってほしい、新任司祭が来たらまた方法を考えるが、追い出すようなことは絶対にしないから、ともね」

「それはよかった！　では君も彼女も安心して休めるな。厄介な事件ではあるが、君も彼女も責任はいっさいないのだから、何も思い悩むことはない」二人はちょっと驚いたように彼を見つめていたが、その顔には悲嘆も安堵も感じられず、ただ茫然《ぼうぜん》と事実を受け入れているように見えた。「今夜は泊まって来てもかまわぬよ。そのほうがよいと思うなら」彼はベネットに言った。「君がそばにおれば叔母さんも嬉しかろう。とくに今夜は」

ベネットはそれを肯定も否定もせず、女のほうも何も言わなかった。二人は無言のまま、長い午前を不安な気持ちで過ごした門番小屋の控え室から出て行った。そして広い門前通りを突っきると、向かいの路地へと姿を消した。そのあたりは周囲の塀で陽が当たらぬため、まだ白い霜が残っていた。

カドフェルは、ベネットが外泊の許可を得たにもかかわらず、一時間もしないうちに戻って来たのを見て、それほど驚きもしなかった。ベネットが薬草園に彼を探しに来た時、カドフェルは作業場で珍しく何もせずに、赤々と燃える火鉢の前に座っていた。青年は並んで腰を下ろしたが、むっつりと押し黙ったまま、深い溜め息をついた。

「分かる、分かる！」カドフェルは考えごとから我に返って言った。「きょうは誰もが多かれ少なかれ平静さを失っておる。それは当然だ。だが君が良心の呵責《かしゃく》を感じることはなかろう。叔母さんを一人で置いて来たのか？」

「いいえ、近所の人が一人来ていました」ベネットが言った。「あれこれ世話を焼かれるのを、叔母はあまり喜んでいないようですけどね。きっとそのうち、好奇心でいっぱいの連中が、叔母から話を聞き出すためにぞくぞく押しかけて来るんでしょう。さっき来ていた人の様子からみても、誰も悲しんではいないようですよ。すでに教区じゅうがこの話でもちきりです。きっと日暮れまではムクドリみたいにしゃべり続けるんでしょう」

「見ておるがよい」カドフェルがそっけなく言った。「アラン・ハーバードか執行官の誰かがひと言何か言ったら、彼らはさっと口をつぐむから。執行官の顔を見ただけでも沈黙してしまうだろう。取調べに対しては、たとえどんな些細なことでも、知っていると答える者などこの門前通りにはおらぬはずだ」

ベネットは木のベンチのうえでもじもじと身体を動かした。ちょっと座り心地が悪かったようなふりをしていたが、実は何か気がかりなことがあるらしかった。「彼がそれほどひどく嫌われていたとは知りませんでしたよ。あなたはほんとうに、彼らが一致団結して、誰が殺したか知っていても絶対に口を割らないと思うんですか？」

「そうだ、わしはそう思う。と言うのは、教区民のほとんど全員が、もしも神のご加護がなかったら自分も犯人になりかねなかった、と感じておるからだよ。だがいずれにせよ、君が気を病むことはない。彼の頭をぶち割ったのが君でない限りはな」カドフェルは優しく言った。「それとも、君がやったのか？」

「いいえ」ベネットは、組み合わせた両手に目を落として短く答えたが、すぐに好奇心でいっぱいの顔を上げた。「でも、いったいどうして、ぼくではないと確信できるんですか？」

「それはな、まず第一に、君はゆうべ夜半《マタン》の祈りのかなり前から教会に来ており、エイルノス神父が池に落ちたのは、正確な時刻は分からぬにせよ、それよりあとだと思われるからだ。第二に、君が彼に恨みを抱く理由があるとは思えぬし、君自身、彼がそれほど憎まれていたことに驚いておるからだ。そして第三に、実はこれが最大の理由なのだが、わしの知る限り、よいか、君ならばたとえ人に武器を振るうという大それた罪を犯すとしても、背後からではなく面と向かって堂々とやると思うからだ」

「そうですか、それはありがとうございます！」ベネットはまた一瞬、明るい笑顔を取り戻した。「それにしても、あれは、いったい何者の仕業なんでしょう？　生きた彼を最後に見たのはあなたですよね。少なくとも現在分かっている限りでは。その時その辺に誰かほかの人はいましたか？　誰かほかの人の姿が見えましたか？　彼のあとをつけてるような人とか、もしかして？」

「門番小屋より先には人っ子一人見えなかった。門前通りから教会に向かう人たちの姿はちらほら見えたが、町へ向かう者はいなかった。エイルノス神父を見た者がいたとしても、それはわしがすれちがう前だったとしか考えられぬ。また、彼がどこへ行こうとしておったかは分からなかったはずだ。彼と話をしたのでなければな。しかしわしとすれちがった時のあの猛烈な勢いでは、彼が立ち止まって誰かと話をしたとも思えぬ」

ベネットは長い間黙って考えていたが、やがてカドフェルにというよりは、独り言のように言った。「それに彼の家からあそこまではほんの目と鼻の先だし。門番小屋の真向かいから門前通りに出て来るんだからな。それだけの間に人に見られたり、呼び止められたりする可能性はあまりないだろうな」

「彼を殺した理由や方法を考えあぐねて頭を掻くのは、王の執行官たちに任せておくがよい」カドフェルが忠告した。「エイルノスが死んだことを悲しむふりをせぬ者にはいくらも出会えようが、情報を聞き出すことはまず無理だろうからな。どんな男からも、女からも、子供からさえも。あの男が行く先々で人の恨みを買った事実は否定のしようがない。文書や証文や報告書だけを相手にしておればよいのなら、彼は完璧《かんぺき》な司祭だったかもしれぬ。しかし、罪を犯しやすい凡人をなだめすかし、相談にのってやり、慰めを与えてやろうという意図がまったくなかったのだ。それこそが教区司祭の役割だというのに」

寒波はその晩も続いて前夜よりさらに厳しい冷え込みとなり、水車池の葦の茂る浅瀬はすっかり凍って、町側の岸にも白い氷が張りつめた。しかしまだ、中央の深い部分や放水路からの水の通り道まで凍るほどではなかったから、朝早く胸を躍らせて氷の状態を見に行った少年たちは、がっかりして帰って来た。たとえハーバードがエイルノス神父の埋葬許可を出したとしても、この鉄のように固い地面を掘り返すのは不可能だったろう。しかし少なくともこの厳しい寒波のおかげで、許可の遅れにもあまり気をもまずにすんだのである。

門前通りには、息を殺した静寂のようなものがみなぎっていた。ひそひそ話はさかんに交わされていたが、それも信頼のおける者同士に限られていた。そして、あたかも教区全体に垂れ込めていた暗雲が吹き払われたかのように、誰の顔にも隠しきれない喜びがにじみ出ていた。本心を口に出して打ち明け合わない者たちも、無言のうちに目で語り合っていた。いたるところにほっとした空気が流れているのが手に取るように感じられた。

しかしその一方で、皆が一様に不安を抱いていた。誰かが門前通りからあの暗い影を除去してくれたらしいのだが、それを望んでいた教区民の全員が、自分もその責任の一端を担っていると感じていたからである。彼らは自分たちを救ってくれた者が法に引き渡されるのを恐れて、目も口も固く閉じ、何も知らないふりをしていたが、同時にその救済者の身元について思いをめぐらしてしまうのだった。

カドフェルはその日も物思いにふけりながら日課に精を出していたが、当然ながら考えはエイルノスの死に集中していた。エアドウィンの枕地の件やアルガーの苦情、セントウィンの息子が聖別されない墓地に葬られたことについて、アラン・ハーバードに語る者はいないだろう。そのほか、エイルノスが恨みを買う原因となった十指にあまるほどの苛酷な仕打ちについても。だが話す必要はない。ウィル・ウォーデンはすでにすべてを知っているであろうから。おそらくは、院長の耳にも届いていないもっと些細な事件についてさえも。こうして苦しめられた者たちは一人残らず、キリスト降誕祭前夜の行動について取調べを受けるだろう。そしてウィルは、それを確認する方法をも心得ているはずである。エイルノスを殺したのが誰であれ、門前通りの住民は心からその者に同情し、団結してその行為を覆い隠そうとするにちがいない。しかしながら、真実を知ることは絶対に必要である。なぜならそれなくして、誰も真の心の平和を得ることはできないからである。それこそが、カドフェルがいわば心ならずも、事件の解決を望んだ第一の理由であった。そして第二の理由は、ラドルファス院長のためである。彼からみれば、院長には二重の責任があった。一つは、この羊の群れにあれほど不適任な羊飼いを連れて来たこと。そしてもう一つは、群れの中の怒った雄羊に彼が殺されるという結果を招いてしまったことだ。多くの者にとって辛いことではあるが、この件に限らず真実の究明に代わるものはない、というのがカドフェルの結論であった。時折り彼はふと我に返って、日々の仕事のことを考えた。そしてベネットが、本格的な寒さがやって来る前に冬の荒起こしを完了し、枯れかけた雑草に覆われた花壇の最後の草取りをも精力的にこなしてくれたことに感謝した。これで花壇の土も白い霜の下で気持ちよく眠ることができるし、生け垣に囲まれた庭園全体がさっぱりと小ぎれいに見える。そしてすぐそこの枯れ葉や枯れ草の下に丸くなって春まで冬眠するハリネズミのように、満足げに見える。

ベネット青年は実に働き者だった。陽気で骨惜しみをせず、よい仲間であった。彼をここに連れてきた男、少なくとも彼にはいかなる害も及ぼさなかった男の死によって、今はいくぶん心を乱されているが、生来の楽天性ですべてを乗り切ってゆくだろう。もはや、彼が修道院生活を志す可能性はほとんどなさそうに思われた。エイルノス神父が、北方への旅に馬丁《ばてい》として連れて来たこの青年を、まだ最後の一歩を踏み出す決意はできていないが修道生活を望んでいると言って紹介したのは、彼の人間的弱点の一つの表われだったのだろうか？　あの青年を厄介払《やっかいばら》いするための虚言に過ぎなかったのだろうか？　ベネット自身は、そんな希望を述べた覚えはないと言っている。そしてカドフェルがつぶさに観察したところでは、あの青年は嘘がきわめて不得手であるらしい。それはそうと、ベネットは最初かぶっていた仮面を、あの丸い目の、純真無垢《むく》な、無骨で無教養な田舎者の仮面を、どうやら脱ぎ捨ててしまったらしい。少なくとも、この誰もいない薬草園にいる時には。もし、何かの理由で副院長に呼び止められでもすれば、即座に手袋でもはめるように、またするりとかぶるのかもしれないが。彼はわしのことを目が見えないとでも思っておるのか、それともわしを偽る気がないのか、とカドフェルはひとりごちた。いや、目が見えないと思っておるはずは絶対にない！

さあ、あと一日か二日でヒューも帰って来るはずだ。王の膝もとから放免されしだい、家路を指して強行軍を続けてくるにちがいない。アラインとジャイルズは、それまで立派に家を守っているだろう。どうか、彼が望みどおりの答えをもって帰りますように！

事実、ヒューはかなりの強行軍で、妻と息子の待つわが家を指して来たらしく、二七日の夜半にはシュルーズベリに馬を乗り入れた。そしてさっそく、上司の顔を見てほっとしたアラン・ハーバードから、解決を待っている事件について聞かされた。門前通りの住民にとっては、不幸どころか天恵ともいうべき死であったとはいえ、王の執行官たちにとってはきわめて重大な問題であった。ヒューは翌朝、院長から正式に説明を聞くため早朝の祈り《プライム》の直後に修道院を訪れ、司祭が教区民との間に引き起こしたさまざまな厄介な問題についても語り合った。彼のほうにも院長に報告すべき重要な問題があったのだ。

カドフェルは、午前半ばごろになってヒューが作業場にひょっこり顔を見せるまで、彼がゆうべ帰ったことをまったく知らずにいた。凍てついた砂利道を長靴で踏む氷の砕けるような足音を耳にして、彼は乳鉢から顔を上げた。だが、その時でさえ、聞き慣れた足音とは知りつつも、すぐには信じがたい気持ちだったのである。

「これは、これは！」彼は嬉しそうに言った。「もう一日か二日は会えぬものとばかり思っておったが、こんなに早く会えて嬉しいよ。その顔なら、吉報が聞けることはまず間違いあるまいな？」彼はヒューの腕から身を振りほどき、一、二歩下がって友の表情をじっくりと観察した。「ああ、この顔なら成功は確実だな。地位は確定したのだろう？」

「そうだ、カドフェル、そうなのだ！　それでさっそく、わが州に舞い戻ったのだ。わが君主のため本務に励もうと。実はね、カドフェル、王は痩せ細り、飢え、だが鋼鉄のごとき堅固な意志をもって獄から出て来た。そして戦闘を、復讐を、流血を望んでいるのだ。彼があの激情を抑えることができさえすれば、この争いも一年以内には終わろうというものを。しかしいずれにせよ、この争いもそう長くは続かないと思うよ」ヒューは冷静に言った。

「それは確かだ。ところで長い道中ずっと馬を飛ばして来たものだから、まだ節々がこわばってる感じでね。ぶどう酒を一杯いただけるかな？　それで半時間ばかり、わたしと時間をつぶしてもらえると嬉しいのだが」

彼は木のベンチに腰を下ろし、暖かな火鉢のほうへ気持ちよさそうに両足を投げ出した。カドフェルはぶどう酒の大瓶とカップを二つ持って来て、彼と並んで座り、その引き締まった体軀《たいく》と、外界からの刺激をたっぷり含んだ表情豊かな細面を嬉しそうに眺めた。地位が確定して宮廷から戻ったばかりのこの男は、スティーブンが意気消沈していた時も決して気力の衰えを見せず、スティーブンのように、一つの計画を捨てて次々と新しい目標を追うようなことはしなかった。ひょっとすると、王もそうした時期はもう卒業したかもしれぬ。ブリストルの獄で苦汁を嘗《な》めた王は、この先あまり気乗りのしない行動を起こすことはないかもしれぬ。しかしヒューは明らかに、王にそのような大変化を期待できるとは思っていなかった。

「クリスマスの祝典ではふたたび王冠を戴いた王を見たが、実に立派だった。掛け値なしに言って、スティーブンほど王らしく見える人間はこの世に二人といないだろう。彼はわたしに直接、この辺の事情がどうなっているかをこと細かに尋ねられた。だからわたしは、チェスター伯の攻撃をどう持ちこたえたかについて、また州北部におけるオエイン・グウィネズとの堅固な協力関係について、詳しく説明した。彼はわたしに満足したらしく――少なくとも、わたしの背中をとんとんと力強く叩かれた――シャベルのように大きな手だったよ、カドフェル！――正式な州執行長官として任務を続行するようにとの命を賜わった。そしてわたしがプレストコートの代理として、王の支持を仰ぎに行った時のことまで、思い出して話しておられた。王というものは、ふつうそんなことをしないだろう。それも、我々がスティーブンに愛着を感じる理由の一つなのだ。腹の立つことも多いけどね。と言うわけで、わたしは彼の承認を得たばかりでなく、早く帰って本務に励めと追い返されたのだ。彼は真冬の厳しい寒さが終わりしだい北部を訪れて、どちらにつくべきか心を決めかねている者どもを説得するつもりらしい。ところで、急いで帰らねばならぬ場合を考慮して、南部に向かう途中で四回、馬を乗りつぐ計画にしておいたのは幸いだった」ヒューがほっとしたように言った。「あの葦毛は行きにオックスフォードに置いていったのだが、こんなに早く帰れたのはあいつのおかげだよ」

「アラン・ハーバードも、君が帰って来て喜んでおるだろう」カドフェルが言った。「君の留守中は苦境に立たされておったからな。尻込みしていたわけではないが、あんな事件を歓迎するはずはない。どのような事件かはもう彼から聞いておるのだろう？　よりによって、キリスト降誕祭前夜に！　ひどいことだ！」

「ゆうべ彼から聞いたので、いま事件についての院長の見解を聞きに行って来たところなのだ。わたしは神父に会ったことはあまりないが、噂はけっこう聞いている。だがこれほど短期間に、そんなにまで憎まれていたとは。世間の彼を見る目は当たっていたのだろうか？　院長にはあまり訊けなかったけど。自分の連れてきた男をけなすことになるのは辛かろうと思ってね。だが院長も彼をそれほど評価していたとは思えないな」

「思いやりと謙虚さのみじんもない男だった」カドフェルが簡潔に言った。「それさえあれば、まあ立派な男だったとも言えようが、その二つがまるっきり欠けておった。彼はこの教区に突如現われた暗雲のようなものだった」

「ところで、あれが殺人だということは確かだろうか？　わたしも死体を見たから、あの頭の傷の状態は知っている。単なる事故で、しかも単独で負ったものとは確かに考えにくい」

「だから、ぜひとも君に突きとめてもらわねばならぬのだ」カドフェルが言った。「どこの不幸な人間が、怒りを抑えきれずにあの一撃を加えたのかを。しかし門前通りの連中からは協力は得られまいよ。彼らの心はあの黒い影を除去してくれた者とともにあるのだから。それが誰であろうと」

「アランもそう言っている」ヒューがちょっと微笑を浮かべて言った。「彼は若いわりにはあの連中のことを鋭く見抜いている。そしてわたしが彼よりもっと厳しくすることを望んでいる。わたしも必要な限りはそうするつもりだ。実はわたし自身、王の仕事をする時には思いやりや謙虚さは禁物だと言われているのでね」ヒューは悲しげに言った。「王は敵を容赦なく狩り出すことを望んでいて、そういう趣旨の命令をあちこちに出している。それでわたしもこの州では、ハンターとしての役割を担っているわけだ」

「わしの記憶では」カドフェルが友のカップにぶどう酒を注ぎながら言った。「いつか君は、王から命じられた仕事を自分の方法でやったことがあった。それを命じた時の王の心づもりとは明らかにちがっていたのだが、王はあとで君のやり方を少しも批判しなかった。今回も、あとで王が後悔する可能性は十分あるのだから、狩り出しに手心を加えればかえって喜ばれる結果になるかもしれぬ。そんなことはいまさらわしに言われるまでもなく、君も重々承知のうえであろうが」

「きっと立派にやってみせよう」ヒューがにやりとして言った。「しかしあまり張りきり過ぎると、王が恨みを忘れてしまった時、逆に喜ばれない可能性があることを肝《きも》に銘じてね。彼の恨みは長く続いたためしがないのだから。彼はここシュルーズベリではずいぶんひどい仕打ちをしたが、いまではそれを思い出すのさえいやがっている。実はこういうことなのだ、カドフェル。今年の夏、女帝がすでに王冠と笏《しゃく》をはじめすべてを手にしたように見えた時、ノルマンディーのフィッツアランは二人の従者を偵察に出して、彼女の支援部隊の規模を探らせたと聞いている。新たに軍を送りこんで彼女の軍勢を強化する頃合を見定めるために。ところが女帝の運命が逆転し、王妃の軍がロンドンに、そしてさらにその先までも攻めてきた時、この二人の偵察者は危うく捕虜にはならずにすんだものの、帰途を断たれてしまった。彼らが見つかってしまった経緯は聞いていない。そのうちの一人はダニッジから首尾よく海外に逃れたということだが、もう一人はいまだにどこかを逃亡中なのだ。そして南部ではいくら捜しても見つからないものだから、最近では、比較的安全な北方に逃れてきてアンジュー伯の味方と接触し、助けを求めようとしているらしいとの噂が広まっている。そこで王の執行官は、全員がその男を厳しく見張るようにと命じられたのだ。現在のスティーブンは女帝のひどい仕打ちを受けた直後ゆえに、人を許したり恨みを忘れたりできる心境ではないらしい。だからわたしも熱意を示さねば。それにはこの件を正式に発表する必要があり、わたしはそうするつもりだ。わたし自身は、彼らの一人が無事に海をわたって妻のもとに帰ったことは嬉しいし、たとえもう一人も同じように海外に逃れたと聞いても、少しも残念ではない。大義のために命を危険にさらしてまで、はるばるやって来た勇敢な青年たちに、わたしが敵意を抱く理由は何もないのだから。スティーブンとて同じと思うのだが——正気を取り戻したあかつきにはね」

「君はさも自信ありげに言うが」カドフェルが興味をそそられて言った。「彼らがまだ青年だということは、いったいどうして分かるのか？　それから、ノルマンディーに逃げ帰ったほうの青年に妻がおるということは？」

「それはね、カドフェル、その二人が誰であるか分かっているからだよ。その二人組はフィッツアランとごく近い関係にある若者で、いまだに追跡中の雄鹿のほうはニニアン・バシラー、そして幸運にも海外に逃れたほうはトロルド・ブランドというのだが、彼のことはあなたもわたしと同様、当然覚えているはずだ」カドフェルが嬉しい驚きに顔を輝かせたのを見て、ヒューは笑った。「そう、何年か前に、あなたがゲイエのそばの古い水車小屋に隠してやった、あののっぽの青年だ。現在は、フィッツアランの味方で一番の親友でもあるファルク・エイドニーの娘むこだと聞いている。つまり、ゴディスの望みどおりに！」

むろん忘れはせぬとも！　カドフェルはしばしゴディス・エイドニーの思い出に浸り、当時を懐かしんだ。ゴドリックという偽名のもとに、しばらくのあいだ薬草園の下働きの少年に身をやつし、深手を負ったトロルドを助けて無事ウェールズに逃してやった少女である。そうか、いまは夫婦になっておるのか、あの二人は。なるほど、ゴディスは意志を貫いたのか！

「考えてみれば、わたしは彼女と結婚していたかもしれないのだ！」ヒューが言った。「もしもわたしの父がもっと長生きをしていたら。あるいはわたしが、父から受け継いだ荘園をスティーブンに差し出すために、ここシュルーズベリを訪れなかったら、そしてアラインを見初《みそ》めることがなかったら、わたしは当然ゴディスと結婚していただろう。だがどちらにとっても悔いはないはずだ。彼女はあのような好青年とめぐり会い、わたしはアラインと結ばれたのだから」

「では、彼が無事にイングランドから逃れて、彼女のもとに帰ったのは間違いないのだな？」

「そう聞いている。で、相棒のほうもそうしてくれるとありがたいのだがね」ヒューが愉快そうに言った。「トロルドのようにうまくやって、わたしの目を掠《かす》めてくれるとね。万が一、彼に出くわすことがあっても、カドフェル――あなたは思いがけないものに出くわすのが得意だから――わたしには近づけないでほしいな。役目を忠実に果たそうとした青年を獄にぶち込む気は、わたしにはないのだから。たとえ党派を異にする人間でも」

「君には、その件を後回しにするよい口実があるではないか」カドフェルが真顔で言った。「家に帰ってみたら、戸口に死体が転がっておったようなものだから。しかもそれが司祭ときてはな」

「もちろん、そのほうが先決問題だ」ヒューは同意を示し、空のカップを置いて、いとま乞いをすべく立ち上がった。「とにかくこの事件を解決するのはわたしの責任なのだから。バシラー青年のほうは、わたしの知るかぎりでは、一〇〇マイルかそれ以上も遠方にいるかもしれないのだ。いますぐわたしが熱意を示さないからといって、不都合が生じることはないだろう」

カドフェルが庭園のほうまでヒューを送って行くと、ちょうどベネットがバラ園の向こう端にのぼってくるのが見えた。そこから先は、エンドウ豆畑がミオール川まで傾斜して続いているのである。彼は元気よく口笛を吹き、片手にもった斧《おの》を軽く振りながら、こちらにやって来た。養魚池の氷を割って、その下の住人たちに空気を補給してやって来たところだった。

「なんといったっけな、ヒュー、君らが狩り出しを命じられておるバシラー青年の洗礼名は？」

「ニニアン、ということだ」

「ああ、そうそう！」カドフェルは言った。「そうだ、ニニアンだ！」

平信徒の召使いたちと昼食をすませたベネットは、庭園に戻って来ると、ついこの間荒起こしをしたばかりなのに固く凍ってしまっている土の塊を足で蹴りながら、首をかしげてあたりを見まわした。最近刈り込んだ生け垣も、いまは一日じゅう融《と》けもせず夜ごとに厚みを増してゆく霜の層で、真っ白に覆われている。枝々は触れ合うごとにガラスのような音を立て、地面は石のように固くなっている。

「何かぼくのすることありますか?」彼はカドフェルの作業場に来て言った。「この寒さじゃ、何もかもお手上げだな。畑起こしも何も出来やしない、こんな日には。写字係だけは別だけど」彼は目を丸くして付け加えた。高価な金箔《きんぱく》を使い、かじかんだ指先で一心に飾り文字を書いたり、真っ直ぐな線を引こうと努力している写本室の光景を思い出していたのだ。「彼らはこの寒さのなかでもああして頑張ってるんだからな、気の毒に。鋤や斧を使う仕事なら少しは暖かくもなるけれど。火鉢用の薪割りでもしましょうか? 煎じ薬には絶対に火が必要だから、ぼくたちは幸いですよね。そうじゃなかったら、写字係みたいにがちがちに凍えてしまうところだけど」

「こんな日には暖房室にも早目に火が入れてあるはずだ」カドフェルが静かに言った。「彼らもペンが持てなくなったり、色がうまく塗れなくなったりしたら、仕事をやめてよいことになっておる。君はここの畑の荒起こしを一人で全部やったのだし、生け垣の刈込みも済ませたのだから、たまにはのんびり座っておっても気が咎《とが》めることはないのだぞ。だがなんなら、わしの秘伝の薬づくりでも少し手伝ってもらおうか。何事も覚えておいて損はあるまい」

ベネットは何事によらず新しいことを試してみるのが大好きだった。彼は火鉢のそばに寄って来て、カドフェルがかき混ぜている石の鍋の中身を興味ぶかげに覗き込んだ。こうして二人だけでここにいる時には、彼はすっかりくつろいで、クリスマスの日に持ち前の明るさを曇らせていたあの動揺も不安もどこかに吹きとんでいた。人間誰しもいつかは死ぬものであり、思慮ある者は身近な者の死に遇うと、多かれ少なかれ自分の死について考えるものである。だが若者はショックから立ち直るのも速い。それにつまるところ、ベネットにとってエイルノス神父とはいかなる存在だったのか？　彼を叔母と一緒に連れて来たのが彼に対する親切だったとしても、神父は道中、彼の誠意あるサービスを受けたのだから、それは公平なやり取りだろう。

「ゆうべはハメット夫人を訪ねたのか？」カドフェルはもう一つの気がかりを思い出して尋ねた。「彼女はどんな具合だろう？」

「まだ青あざも残っているし、動揺も収まっていないけれど」ベネットが言った。「彼女はしっかり者だから、ちゃんと乗り越えられるでしょう」

「執行官のしつこい質問に悩まされてはおらぬかな？　ヒュー・ベリンガーも帰って来たか

ら、彼女の口から直接すべてを聞きたがるだろうが、それは心配にはおよばぬ。ヒューはすでに事件のあらましを聞いておるから、彼女はただそれを繰り返しさえすればよいわけだからな」

「彼らは叔母に対して丁重そのものでしたよ」ベネットが言った。「ところで、いま作っているのは何ですか？」

大鍋のなかには、大量の茶色いシロップが強い芳香を放ちながら静かに沸騰していた。

「咳や風邪のための水薬だ」カドフェルが答えた。「もう、いつ何時《なんどき》必要になるか分からぬからな。しかも大量に」

「どんなものが入ってるんですか、その中には？」

「何種類もの薬草が入っておる。月桂樹の葉にミント、フキタンポポ、ニガハッカ、ゴマノハグサ、マスタード、ケシの実――喉や胸の痛みには最高だ。それから、わしの手製の強い蒸留酒を少量飲むのも効果がある。そのような症状の時には決して害にはならぬものだ。さてと、何か仕事がしたいのなら、そこの大きな乳鉢をここへ持って来てくれ……そう、それだ！　君が哀れんでおる霜焼けの手によく効く薬を作るとしよう」

冬の霜焼けは毎年きまって訪れる大敵であり、その治療のための軟膏を乳鉢一杯分余計に準備しておくことは決して無駄ではなかった。カドフェルは矢継ぎ早に注文を出し始めた。必要な薬草の名をつぎつぎに挙げると、ベネットが、あるものは棚のうえから、あるものは梁《はり》に下がっている乾燥ハーブの束からと、すばやく駆け回って集めて来た。青年はこの珍しい役割を楽しみながら、カドフェルの機敏な命令にいそいそと従った。

「その小秤を、そうだ、その棚の奥の――それを出してくれ。ついでにその横の箱の中にある分銅《ふんどう》もな。ああ、それから、ニニアン……」カドフェルはやさしく穏やかに、まったく自然な口調で言った。

仕事に熱中して警戒心を忘れていた青年は、名前を呼ばれると反射的に立ち止まってこちらを向き、つぎは何を取れと言われるのかと、にこにこしながら待ちうけた。だがつぎの瞬間、彼は凍りついたようにその場に立ちつくした。穏やかで明るかった表情は大理石の彫像のようになり、笑顔はこわばり、うつろになった。二人は長いあいだ、たがいの目をじっと見つめ合っていた。だがその間も、カドフェルは笑顔のままだった。やがてベネットの顔にも暖かな血がめぐり始め、まだ警戒心は残っているものの、笑顔も生気と若さを取り戻した。沈黙はなおも続いたが、先に口を開いたのは青年のほうだった。

「さて、ぼくはどうすればよいのでしょう？　火鉢をひっくり返して、この小屋に火を放ち、外に飛び出して扉にかんぬきを掛け、あなたを閉じ込めて一目散に逃げろとでも言うんですか？」

「まさか」カドフェルは言った。「君がそれを望むなら話は別だが。わしには少しもありがたくない。それよりその秤をそこの平石のうえに置いて、いま二人してやっておることに専念するほうが、君にとってもよかろうよ。ちょっとついでに、その鎧戸のそばの壺は豚の脂《あぶら》だが、それも持ってきてくれぬか」

早くも平静を取り戻したベネットは、素直に言いつけに従いながら、皮肉っぽい笑顔を向けて言った。「どうして分かったんですか？　ぼくの名前まで分かったとは、いったいなぜなんです？」彼はもうそれ以上なにも隠そうとはせず、すっかり打ちとけて、ちょっと意地悪な質問を楽しんでいるかのようだった。

「若いの、君が負けず劣らず向こう見ずな仲間とともに、この王国に忍び込んだ話はもうすっかり知れわたっておるらしいぞ。それに君がはげしく追跡されておった地域から、安全を求めて北方へ逃れたらしいということも、すでに国じゅうが知っておるのだ。ヒュー・ベリンガーはカンタベリーのクリスマスの祝宴で、君に対する警戒を怠らぬよう命じられて来た。いまスティーブン王の血は沸き立っておるから、彼の怒りが収まるまでは、ひとたび彼の執行官に捕らえられたら君は一ペニーほどの自由もないのだぞ。君はその」とカドフェルは穏やかに言った。「ニニアン・バシラーにちがいないとわしは思うのだが？」

「ええ、そうです。でも、いったいどうしてそれが分かったんですか？」

「それはな、ニニアンという青年が中部地方のどこかに潜んでおると聞いた時、すぐにぴんときたのだよ。いつか君は、すんでのところでその名前を口にするところだったではないか。〝名前は……〟とわしが尋ねた時、君は〝ニ……〟と言いかけてあわてて口をつぐみ、

〝名前ですか？〟と取ってつけたようにわしの質問を繰り返してから、ようやく〝ベネット〟と答えたではないか。それから君は早々に、わしに対して田舎の無知な馬丁のふりをするのをやめた。鋤を手にするのは初めてだとも言った！ それは真実であろう。たちまちうまくなってしまったが。それに君の言葉遣いとその手――いやそれよりも、はにかんだり物怖じしたりしないあの態度。しかし最初から明らかだったわけではなく、徐々に少しずつ分かってきたのだ。しかもそのうえ、君はすぐに、わしをだませる相手と見なすのをやめた。それは君も認めるだろう？」

「そんなことをするのはつまらないと思ったんです」青年は、踏み固めた土間にちょっと目を落としてから続けた。「というか、無益なことだとね、たぶん！ よく分からないけど！ ところでこれからぼくをどうするつもりですか？ もしぼくを見捨てる気なら、ぼくはあらゆる手段を講じてここから逃げ出すつもりです。でも、そのためにあなたを手にかけるようなことはしません。ぼくたち、良い友達でしたから」

「おたがい、どちらにとってもな」カドフェルは笑いながら言った。「君もこの相手なら不足はないと思ったらしいから。わしが君を見捨てるわけがないではないか。わしはスティーブン王の支持者でもなければ女帝モードの味方でもない。二人のどちらに仕えていようと、わが身を危険にさらしてまで誠実に任務を果たそうとする者は、遠慮なくそうするがよい。だがその任務の内容は話してくれたほうがよかろうな。むろん、ほかの関係者の名前を出す必要はない。たとえばハメット夫人は、きみの叔母さんではないとわしはにらんでおるが？」

「ええ、そうではありません」ニニアンは真剣な目つきでカドフェルを見つめながらゆっくりと言った。「彼女も関係者の一人かもしれないと思ってるんですか？　実は彼女は、司教さまの従僕と結婚する前はぼくの母に仕えていて、ぼくの乳母でもあった人なのです。それでぼくは、追われる身になった時、彼女に助けを求めたのですが、いま思えば軽率でした。いまから取り消せるものなら取り消したいくらいです。でも信じてください。彼女がぼくにしてくれたことは、すべてぼくへの愛情ゆえのことで、ぼくがやっていることとはなんの関係もありません。いまぼくが着ているものは彼女がくれたものです――それまで着ていたものは、森を歩きまわったり川をわたったりしてひどい状態になっていたけれど、それでもぼくの身元が知れると思ったからです。またエイルノス神父がここに赴任してきた時、ぼくを甥として連れてくる許可を求めたのも、彼女が自発的にやったことです。追っ手からぼくを遠ざけるためでした。ぼくの知らないうちに許可を求めて、許しを得てしまっていたので、従わないわけにはいかなかったのですが、正直言って、それはぼくにとっても幸いでした」

「君がノルマンディーからやって来た目的は何だったのか？」カドフェルが尋ねた。

「それは、女帝にもっとも反抗的な南東部にも、じっと時機を窺《うかが》っている支持者がいるかもしれないので、彼らと連絡を取るためでした。そしてフィッツアランがイングランドに戻る時機が熟したと判断したら、ただちに蜂起《ほうき》できるよう、準備を整えておくことでした。当時は女帝に運が向いているように見えていましたから。ところがいざ風向きが変わったら、誰かが——接触した人びとのうちの誰かでしょうが——恐れをなして、自分の身を守るためにぼくたちを密告したのです。ぼくたちが二人で来ていたことはご存じでしょう？」

「ああ、知っておる」カドフェルは答えた。「実を言うと、わしはそのもう一人の青年も知っておるのだよ。シュルーズベリの町がスティーブン王の手に落ちる前に、ここでフィッツアランに仕えておったからな。彼は東部のどこかの港から、無事、海外に逃れたと聞いておる。君は彼ほど幸運ではなかったらしいな」

「トロルドは無事に逃げたんですか？　ああ、それを聞かせてくれてありがとう！」ニニアンは喜びに頬を紅潮させて叫んだ。「ぼくたち、ベリーの近くで追い詰められそうになったとき、別れ別れになってしまったんです。彼のことずっと心配してたんです！　ああ、もし彼が無事に故郷に……」ノルマンディーを故郷と呼んだことに気づいて彼ははっとし、ちょっとのま口をつぐんだ。「ぼく一人なら、なんとでもなります！　たとえ王の牢獄で命を終えようと——いえ、そんなことはしません！　自分の身を守るのは二人分の心配をするほどたいへんではありませんから。それにトロルドには妻がいますし」

「噂によると、彼は妻のもとに帰ったらしい。では、現在の君の目的は何なのだ？」カドフエルが尋ねた。「はっきり言って、来た時の目的は失敗に終わった。つぎは何をする気なのか？」

「これから」青年は真剣な顔で力をこめて言った。「国境を越えてウェールズに入り、南に下って、グロスターで女帝の軍に加わるつもりです。彼女のもとにフィッツアランの軍を送り込むことはできなくとも、彼女のために戦える強健な男を一人、届けることはできますからね――剣や槍の腕もかなりのものです。自分で言うのもなんですが」

口調の高まりと目の輝きとが彼の情熱を物語っており、その計画は、消極的な支持者を説得してまわる密偵の役割より、ずっと彼の性分に合っていると思われた。おそらく彼は成功するだろう。ウェールズとの国境は遠くない。治安のわるいポウイスの荒野を抜けてグロスターに行き着くまでには、長い危険な旅を続けねばならないが。カドフェルはあれこれ思いめぐらしながら、相手に思いやりの目を向けた。青年は徒歩で冬の旅をするには軽すぎる服装をしている。武器も馬もなく、旅の潤滑油となる富もない。だがそうしたことはすべて、ニニアンにとっては問題ではないらしかった。

「それは見上げた決意だ」カドフェルが言った。「わしも反対する気はさらさらない。このあたりにも、最近はじっと身を潜めておるとはいえ、きみの党派の支持者がおるのだが……誰か手を貸してくれる者はおらぬだろうか？」

誘導尋問は成功しなかった。青年はきっと口を結び、落ち着きはらってカドフェルを正面から見据えた。実際には、この町にいる女帝の支持者の一人と接触を試みていたとしても、それはおくびにも出さぬつもりらしい。自分一人の秘密なら、この並はずれて洞察力の鋭い主人を喜ばせるのもよいが、ほかの者を巻き込みたくはなかったからだ。

「しかし」カドフェルは落ち着いて口を開いた。「この町では君の狩り出しはあまり熱心に行なわれておらぬようだし、修道院での君の身分も安定しておる。あわてず騒がず、ここで仕事を続けておれば、ベネットの正体に感づく者はまずいまい。ここ何日かの厳しい寒さがまだ続くようならば、ここで薬づくりを手伝ってくれればよい。だからこのまま授業を続けようではないか。さあ、元気を出して、わしがやってみせることに注意を集中するがよい」

青年は安心と喜びで子供のように顔を輝かせ、叫び出したいのをこらえて小さな笑い声を立てた。そして新しい臭いを嗅ぎつけて興奮した猟犬の子犬のように、乳鉢に屈み込んでいるカドフェルのところに飛んで来た。

「よかった。じゃあ、やることを教えてください。何でもやりますから。あなたのもとを離れるまでには、ぼくも薬剤師の卵ぐらいにはなれるかな。何事も」ニニアンは生意気にカドフェルの教訓口調を真似て言った。「覚えておいて損はあるまい」

「そうとも、そうとも！」カドフェルは大げさに同意してみせた。「見ておいて無駄ということもないぞ。いつ何時、もっと大きな洞察力と結びつかぬとも限らぬのだからな」

いくつかの断片的な情報が組み合わさって事情が呑みこめてくるにつれて、この冒険好きで快活な好青年についてのカドフェルのイメージも出来上がって来た。正体を見破られずにグロスターに向かう方法を早急に求めている一文無しの青年。女帝の戦いを支持するであろう人びとの名を心に刻んで、イングランドに乗り込んできた青年――女帝の支持者はここシュロップシャーにも少しはいる。そして、乳母として育てた子を一心に思うあの献身的な婦人は、ある日彼に蜂蜜パンを届けに来て、何か小さなものを受け取っていった。それはベネットの上着の胸ポケットから彼女のマントの懐《ふところ》へと、ごく自然にすべり込んだ。そしてさらに、それからまもないある日、あのサナン・ベルニエール嬢がやって来た。モードを支持したために領地を奪われた領主の娘で、いまは同じ党派の別の領主の継娘となっている少女である。表向きは、セント・チャド教会の近くのジファードの家から、クリスマスの料理に使うハーブを買いに来たのだが、庭園で立ち止まって仕事中のあの青年に声をかけ、上から下までじっくりと観察していった。青年があとで報告したところでは、あたかも小姓を探していて、「ちょっと磨きをかければぼくを使えるかと思った」かのように。

よし、よし！　これまでのところはすべて辻褄《つじつま》が合う。だがそれならば、あの青年がいまだにここにいるのはどういうわけなのか？　援助を求めて、それが聞き入れられたとするならば。

この未完成のイメージに、エイルノス神父の突然の死が、あたかも書きかけのページに落ちたインクのしみのように割り込んできた。そして表面上はまったく無関係のように見えながら、すべてのことを混乱させたのだ。なんと彼は、死んでもなお生前に劣らず不吉な鳥であるらしい。

7

現在スティーブン王の領土を逃走中の、女帝モードの密偵ニニアン・バシラーを追跡すべし、との命令がシュルーズベリにも正式に発表されると、噂はたちまち町じゅうに広まった。門前通りの住民は、エイルノス神父の死亡事件に関しては親しい者同士ひそひそ話を交わすだけで、皆口を慎んでいたから、この問題は格好の気分転換とばかりに、誰もがさかんなおしゃべりを楽しんだのである。聖十字架《ホーリー・クロス》教区の全住民を悩ませていた問題とは明らかに無関係な話題があるのは、誰にとっても嬉しいことだったにちがいない。しかも噂を触れまわる連中は、両派の密偵が何人州内を逃亡中であろうといっこうにかまわないのだから、どんな噂も当の逃亡者にとって脅威《きょうい》ではなかった。ましてや、修道院と司祭館との間を自由に往復している、ハメット夫人の従順な甥ベネットにとっては。

一二月二九日の午後、カドフェルはこの冬最初の咳や風邪に苦しむ患者たちを見舞うために、門前通りへ出かけて行った。そのあと町まで足を伸ばし、毎年冬場は胸の病いが悪化する年輩のある商人の様子を見に行った。その間ニニアンは、剪定した果樹の枝を切ったり割ったりして薪をつくることと、火鉢のへりにのせてある大鍋を見張っていることを命じられていた。鍋の中身はアーモンド油に種々の薬草を浸したもので、沸騰させずに暖めておくことが肝腎だった。こうして、豚の脂を台にした軟膏さえ使えないほど悪化した霜焼けのための塗り薬を作るのである。青年はカドフェルの指示を忠実に守ったし、なすことすべてに全力を尽くしたから、何事も安心して任せられた。

カドフェルは思ったより早く用事が済み、そこらをぶらつきたくなるような天気でもなかったから、夕べの祈り《ヴェスパー》のたっぷり一時間以上も前に門番小屋に戻って来たのだった。彼は広場を横切って庭園に入り、ツゲの生け垣を回って薬草園に通じる小道に足を踏み入れた。厳寒の季節になると、彼は氷で足をすべらせないように長靴に毛織りの布を巻いており、この用心ぶかい方法は、砂利を踏む足音を消す結果ともなった。そのため彼は自分の足音を聞かれる前に、作業小屋から漏れ出てくる話し声を耳にしたのである。小声だが、早口のはげしい調子だった。片方はニニアンの声にちがいなく、いつもよりかなり音程が高いのは、懸命に抑えてはいるが相当に興奮しているせいだろう。もう片方は女の声で、これまたかなり興奮した調子でしきりに相手を説得しようとしているらしい。奇妙なことだ。彼女までがこの危険と恐怖の体験に、同様の無謀な喜びを感じているとは！　似た者同士と言うことか！この場所とこの青年に用事がある者といえば、あのサナン・ベルニエール以外にありえまい。

「いいえ、彼は絶対に話すわよ！」彼女は力をこめて断言していた。「いまごろはもう、あそこに着いていると思うわ。きっとなにもかも話すでしょう。あなたのいる場所も、彼に使いをよこしたことも——何から何まで！　いますぐ逃げなきゃだめよ、急いで。彼らが捕まえにくる前に」

「門番小屋から逃げるのは不可能だよ」ニニアンが言った。「彼らの腕の中に飛び込むのが落ちだ。だけど信じられないな——彼がぼくを裏切るなんて。ぼくが絶対に彼の名前を言わないことは分かってるはずだろう？」

「あなたが手紙をよこしてからというもの、彼はずっと恐れていたのよ」少女はじれったそうに言った。「あなたがお尋ね者として公表されたいまとなっては、自分の危険を除くためなら手段を選ばないと思うわ。でも彼が悪人だというわけじゃなくて、ふつうの人と同じように、自分の命と土地を守りたいのよ。息子のためにもね——すでにたっぷり失っているから……」

「そうだな」ニニアンは後悔したように言った。「彼を巻き込むべきではなかった。ちょっと待ってくれ。この鍋を下ろさなくては。こいつを沸騰させてはいけないんだ。カドフェル……」

不面目《ふめんぼく》にもつい立ち聞きをしてしまったカドフェルは、この最後の言葉に自分と自分の仕事への配慮を感じてふと我に返った。そして二人はあと数秒のうちに小屋から飛び出して、この利発な少女が見つけたいずれかの道を一目散に逃げるのだ、ということに気がついた。

ニニアンが霜焼け用の薬草油の鍋を火から下ろし、注意ぶかく安全な場所に置いたらすぐに。この青年に幸いあれ。彼は無事グロスターに着くべき価値のある人間だ！　カドフェルは急いでツゲの生け垣の陰に回り込み、じっと息を殺していた。完全に隠れるだけの時間はなかったが、たとえあったとしても、はたしてそうしたかどうか。

二人は手をつなぎ、少女のほうが先に立って小屋から飛び出して来た。人に見られずにここから出るには、さっき来た道を逆に辿《たど》ればよいからだ。少女が青年を引っぱるようにしながら、二人は庭園を横切り、その向こうの斜面をミオール川のほうへ駆けおりて行った。マントに包まれた少女の黒い姿がみるみる小さくなって、先に畑の向こうに消え、続いてニニアンの姿も消えた。二人は行ってしまった。ついこのあいだ耕して、堆肥《たいひ》をやったばかりのエンドウ豆畑のへりに沿って駆けて行き、そのまま見えなくなった。ということは、ミオール川は向こう岸まで氷が張りつめているらしい。ならば水車池も同じにちがいない。さっき彼女はそのルートから、青年がいると分かっている場所に飛んで来たのだろう。だが作業小屋にはカドフェルがいる可能性もあったのだから、それを承知で来たとすれば、ニニアンがカドフェルに秘密を打ち明けたあと彼女は彼に会っていて、カドフェルに会うのを恐れる必要はないと判断したのだろう。こんな危急の場合なのだから。

とにかく彼らは行ってしまった。ミオール川の流れる窪地からは物音ひとつ聞こえてこなかった。向こう岸は川べりまで樹木が密生しているから、川をわたったらその中に隠れて適当な時刻まで待ち、こんどは橋でミオール川をわたって西へ向かう道路に出ればよい。それから周囲に気を配りながら、町中《まちなか》であれ郊外であれ、青年のために彼女が用意した隠れ場所に向かえばよいのだ。町のそとならば、西のほうを選んだにちがいない。彼が最終的にたどり着きたいのはその方向なのだから。しかしニニアンは、ダイオタ夫人が彼の失踪との関連を疑われないという確証を得るまでは、出発しようとしないだろう。彼の仮面がはがされた場合には、彼女も当然、尋問を受けることになるからだ。彼女にそうした危険を残したまま、彼が出発するはずはない。カドフェルはそう確信できるほど、すでに青年の性格を理解していたのだ。

深い静寂がみなぎり、あたかも大気そのものが、やがて鳴り響くであろう警報を待ち受けているかのようだった。カドフェルはすばやく作業場を覗き、油の鍋が火鉢の横の平石のうえにきちんと置かれているのを確かめると、急いで広場に引き返して回廊のほうへ歩いて行った。そして自分の姿は見られずに、門番小屋から人が入ってくるのがよく見える場所を選んで立ち、心配そうに門のほうを窺っていた。

彼らの到着は意外に遅く、カドフェルはほっと胸を撫《な》でおろした。そのうえ細かなにわか雪が降り始めていたから、あの二人がミオール川の氷のうえに残していった足跡もすぐに消してくれるだろうし、夕方から吹き始めた風も手伝って、庭園の足跡さえも分かりにくくしてくれるにちがいない。彼はこの時まで、立ち聞きした会話の内容を考えてみるひまがなかった。ニニアンの頼みがラルフ・ジファードに届いたのは明らかである。だがジファードは、それに応じた場合の我が身の危険を案ずるあまり、その頼みに耳を貸さなかった。ところが、同じく女帝の献身的な支持者だった別の家系に生まれたあの少女が代わりに引き受けて、身をもって実行したというわけだ。一方、世間が敵側のスパイについて騒ぎ始めたために恐れをなしたジファードは、ヒュー・ベリンガーにすべてを語って自分の立場を守るのが最善の策と考えたのだろう。当然、ヒューも彼に感謝し、彼の話に基づいて行動を起こすことだろう——少なくとも表面上は。

だがこう考えてきても、一つだけ奇妙な疑問点が残った。あのキリスト降誕祭前夜、ラルフ・ジファードはあんなに急いでいったいどこへ行ったのだろうか？　いかにも何か目的があるらしく、門前通りの方向へ大またに橋をわたって行った。そのただならぬ雰囲気は、約一時間後に反対方向へ急いでいたエイルノス神父の激しさにも劣らなかった。そのひたむきな二つの人影は、同一人物の二つの鏡像のようにも思えてきた。おそらくジファードのほうがより恐怖におののき、エイルノスのほうがより悪意に満ちていたと思われるが。どうもあの二人には、まだ接点はつかめぬが、何かしら関連がありそうだ。

ついに彼らが到着し、全員が徒歩で、門番小屋のアーチをくぐって入ってきた。姿勢を正したきびしい表情のラルフ・ジファードがヒューと並び、ウィル・ウォーデンと二、三人の若い武装執行官があとに従っている。ここに来るのに騎馬の必要はない。修道院の庭で働いている、むろん馬など持っていない一文無しの若者を捕えに来たのだから。彼を待ち受けている牢獄も、わけなく歩ける距離である。

カドフェルがすぐには顔を出さずに様子を窺っていると、幸いほかの者が先に出て行った。寒さが大の苦手のジェローム修道士は、このような厳寒の日にはたびたび暖房室に飛び込んで来たものだが、つねに外界への注意を怠らず、いつ何時でも飛び出して忠実に義務が果たせるよう身構えていた。それればかりか、いざという時のために、ロバート副院長の居場所をつねに知っていた。カドフェルが何も知らぬふりをして回廊から出てきた時には二人ともすでにそこにいて、俗界からの訪問者と向き合っていた。ほかの修道士も数人、手足の冷たさも忘れて会話の聞こえる距離に立ち止まり、好奇心まる出しで様子を見まもっている。

「あのベネットという青年が？」ロバート副院長が驚きと軽蔑をこめて言っていた。「あのエイルノスの馬丁が？　あれは神父みずからここで雇ってほしいと頼んできた青年だ。そんな馬鹿げた話があるものか。あれは無学無筆の、ただの田舎の若者だ！　わたしも彼とは何度か話をしたが、彼が無罪なことは明らかだ。執行長官どの、この紳士はなにかの間違いであなたがたに無駄骨を折らせておるらしい。これが事実であろうはずはないのだから」

「副院長さま、失礼ながら」ラルフ・ジファードが決然と説明を始めた。「これが事実でなくてなんでありましょう。あの青年は見かけとはちがうのです。わたしはあなたのおっしゃるその無学無筆の青年から、立派な文字で書いた手紙を受け取り、その封印は、女帝の臣下で現在はフランスにおるあの逆賊でならず者のフィッツアランの印章でした。そして手紙の内容は、フィッツアランの名においてわたしに援助を求めたものでした――むろん返事は出しませんでしたが。しかし手紙は保管してあり、さきほど執行長官にもお目にかけました。彼はその手紙で、新任司祭と一緒に当地に来たが援助と情報と馬を必要としていると述べたうえで、それらを入手するための援助を要求する権利を主張してきたのです。そしてキリスト降誕祭前夜の一時ごろ、善良な信者たちは皆教会に行く支度をしている時刻に、水車小屋の前で会ってくれ、と。もちろん、わたしは行きませんでした。わがスティーブン王に対するそのような反逆に手を貸す気はありませんから。証拠の手紙は執行長官にお預けしてあります。これは間違いではありません。いや、間違いであろうはずがありません。あなたのところで働いておるあのベネットという青年は、フィッツアランの密偵ニニアン・バシラーなのです。彼自身の筆跡で、そう署名してあったのですから」

「残念ながらそれが事実のようです、副院長どの」ヒューがてきぱきと言った。「あとでお尋ねしたいことも二、三ありますが、とにかくいまは、そのベネットなる青年を捜す許可をいただきたい。そしてまずは、本人に答えさせるべきです。修道士たちの手をわずらわす必要はありません。ただ我々が庭園に入る許可をいただければよいのです」

カドフェルがゆっくりと進み出たのはその時だった。まだ毛織りの布を巻いたままの靴で、凍てついた玉砂利をしっかりと踏みしめながら、いかにも無邪気そうに耳をそばだて、あけっぴろげな顔つきで近づいて来た。雪はあまり気乗りしない様子でまだ降り続いており、雪片は地面に落ちても凍ったままだった。

「なに、ベネット?」カドフェルは何くわぬ顔で言った。「わしの下働きの青年を捜しておられるのか? 彼ならほんの一五分ばかり前に作業場に残して来たばかりだが。彼になんの用事がおありかな?」

カドフェルはいかにも心配そうに、そして驚いたように、ヒューの一行について薬草園に行き、作業小屋の扉をさっと開いた。彼らの目にしたものは、とろとろと燃える火鉢の火の輝きと、傍らの平石のうえに置かれた薬草油の大鍋と、芳香に満ちた空間だけだった。彼らは庭園じゅうを、そしてミオール川まで続く畑を隅々まで捜し回ったが、ありがたいことに雪がすべての足跡を消してくれていた。一行のうち、もっとも狐につままれたよう顔をしていたのはカドフェルだった。そしてヒューが横目で彼を観察しなかったのは、この無益な追跡のあらゆる側面をヒューが見抜いていなかったからではなく、むしろ確実に見抜いていて、このトリックの仕掛人に関してはほとんど疑念を抱いていなかったからである。カドフェル修道士が故意に協力を避ける時には、だいたいにおいてそれなりの理由があるのだ。そのうえいまは、捜索を続行する前に追及すべき点がまだいくつかあった。

ヒューがジファードを振り返って尋ねた。「あなたは、その援助の依頼をクリスマス前夜の、つまり彼が真夜中に水車小屋で会うことを望んだ日の、一日か二日前に受けたと言った。そのことをただちにわたしの代理に知らせなかったのはなぜなのか？　すぐに知らせていれば、その時点でなんらかの手が打てたかもしれないのに。あの青年がこうして逃げてしまったということは、我々の動向を嗅ぎつけたからにちがいない」

忠実な臣下としての義務を指摘されたジファードは、心の動揺をちらりとも見せず、ヒューの顔を正面からきっと見据えた。「それは彼があなたの代理にすぎぬからです、執行長官どの。もしあなたがおられたならば……あなたが執行長官になられたのはシュルーズベリの包囲の直後でした。それゆえ女帝に忠誠を誓っておった我々の当時の行動や、わたしが領地を失った経緯などもご存じです。あれ以来わたしはスティーブン王に服従し、忠実に義務を守ってきました。しかしハーバードのような、当地に来て日の浅い青年があなたの代理を任されれば、ただ地位と権威を振り回すことにもなりかねません――過去の事情やわたしの払った犠牲については何一つ知らないのですから。したがって、わたしが知っていることをすべて正直に話したとしても、彼に危険人物と見られる恐れがあると思ったのです。それともう一つは、その時はまだ、バシラーが南部でお尋ね者になっているという噂も聞いていませんでした。だからその名前はわたしにとってなんの意味もなく、おそらく取るに足りない人物で、すでに失敗に終わった目的のために支持者を集めることなどできまいと考えたのです。フィッツアランの印章と知りながら、わたしが沈黙を守っていたのはそういうわけなのです。

彼の印章を持っている騎士はほかにも何人かいます。どうかわたしの主張を認めていただきたい。あなたの逮捕命令によって事の重大さを知るや、ただちに駆けつけて事実をお知らせしたのですから」

「それは認める」ヒューは言った。「それにあなたの疑問も分かる。しかし、過去の反逆のためにある男を追跡するのはわたしの本務ではないのだ」

「ああ、それはそうと、執行長官どの」ジファードは、みずからの雄弁さとヒューに主張を認められたことで勇気百倍し、また何かを思いついたらしく、急に目を輝かせ、熱をこめて言った。「あなたもわたしもこれまで考えもしなかったことをいま思いつきました。それにお知らせすべきこともまだありました。あれもこれも思い出すだけの時間がありませんでしたからね。まあ聞いてください。あの青年はエイルノス神父に連れられてここに来ましたが、実は神父の家政婦の親戚で仕事を求めている罪のない若者だと自分を偽って、卑劣にも神父をだましていたのです。そして何も知らずに彼を連れてきたエイルノス神父は殺されて、いま埋葬されるのを待っているというではありませんか。ということは、あの青年をおいてほかに殺害者が考えられますか？　神父の善意を悪用し、知らぬまに反逆の共犯者にしてしまったあの青年以外に？」

彼は聞き手に与えたショックの大きさを十分に意識し、一、二歩下がってその衝撃度を推し測った。いまや彼は、みずからの忠誠心を証明し、現在もっている領地を守りぬくためなら、どんなことでもやる気でいたのだ。以前の忠誠によって失ったものに対する恨みや嘆きは永久に忘れられないとしても。ひょっとすると内心では、自分があしざまに言った青年がすでに逃亡していて、尋問に答えずにすむことにほっとしていたのかもしれない。彼にとっての最大の関心事は、自分がこれ以上の損失を蒙《こうむ》らないことなのだから。

「あの司祭を殺したのは彼だと言われるのか？」ヒューは相手の顔をまじまじと見ながら言った。「それは聞き捨てならない意見だが、いかなる根拠でそう言われるのか？」

「彼が逃亡した事実がなによりの証拠でしょう」

「それはもっともな理由かもしれない。しかし――よく聞いてほしい！――それは、だまされたことを司祭が感づかない限り起こりえないことではなかろうか。我々の知る限り、二人が口論をしたこともなければ、不和の原因になるような事件も起こっていない。悪用されたことを司祭が知らない限り、彼らの間に敵意が生じることはありえないだろう」

「彼は知っていたんですよ」ジファードが言った。

「まさか」しばしの沈黙のあとでヒューが言った。「いったいどういうことなのか？　司祭が彼の正体を見抜いたと、どうして分かるのか？」

「それは単純明快です。このわたしが話したからです！　さっきわたしは、まだお話しすべきことがほかにもあると言いました。実はキリスト降誕祭前夜、わたしは門前通りの彼の家まで出かけて行って、彼が自分の助けてやった者にだまされ、悪用されていることを話して聞かせたのです。それはとつおいつ考えた末に、あなたの代理には話さずともエイルノス神父には、知らずに敵に隠れ場所を提供していることを知らせておくべきだと判断したからです。あなたもご存じのように、執行長官どの、女帝の支持者はいまや破門宣告の脅威にさらされています。あの司祭は不面目にも欺かれていたのです。わたしは彼にそう言ってやりました」

そうか、そういうわけだったのか！　あの晩、就寝前の祈り《コンプライン》の前に、ただならぬ決意のほどをうかがわせながら、彼が向かっていたのはあの家だったのか。その結果、エイルノス神父は復讐心に燃えて夜の密会場所へと急ぎ、自分を欺いた青年に相対《あいたい》で立ち向かおうとしたわけか。公平にみて、彼は卑怯者ではないから、まず執行官のところへ駆けつけて護衛を頼むようなことはしなかったろう。水車池の傍らにいる敵に猛然と正面から挑戦し、非難の言葉を浴びせ、おそらくは自分の手で敵を取り押さえようとしたのではあるまいか。そしてもし自分の手で法廷に突き出すことができなければ、法外者として修道院長と城に訴えたにちがいない。しかし事態は別の方向に発展した。ニニアンは無傷で教会に現われ、エイルノスは頭に大怪我をして水車池で最期を遂げたのだ。これではジファードのように、単純な結論に達するのも無理からぬことだ。カドフェルのように、あの陽気なニニアンと何日間も共に過ごし、彼という人物をよく知った者でなければ。

「それであなたが帰ったあとで」ヒューはジファードの顔から目をはなさずに言った。「神父はバシラーがあなたに指定してきた時刻に、あなたが断わった面会を引き受けに行ったと言われるのか？　しかしあなたの受諾が得られなかったのに、バシラーが提案の場所に行くはずはないのでは？」

「わたしは返事をしませんでした。ですから、はっきり断わったわけではないのです。彼は援助と情報と、それに馬を一頭、求めていました。彼は来たはずです！　来ないわけにはゆかなかったはずです」

というわけで、彼は怒り狂った恐るべき敵と対決することになったのである。彼を法の手に引き渡す決意をし、みずから神の怒りの媒介者と信じて疑わぬ一人の男と。確かに、そのような出会いは容易に死をも招くであろう。

「ウィル」ヒューは唐突に部下の名を呼んで言った。「城に戻って、もっとおおぜいの人間を連れて来てくれ。これから院長の許可を得て、ここの庭園も菜園も、厩や納屋はもとより付属農園から貯蔵庫まで、あらゆる場所を捜すのだ。まず水車場から始めよ。それから橋と街道の監視を怠らぬように。もしその若者が、カドフェル修道士の言うとおり半時間足らず前にはこの小屋にいたのなら、まだそう遠くへ行っているはずはない。彼が殺人を犯したかどうかはまだ不明だが、まず第一にすべきなのは、彼を捕らえてしっかり監禁することだ」

「君も忘れてはおらぬだろう？」作業場でヒューと二人きりになった時、カドフェルが言った。「ニニアンと同様に、いやもっと強く、エイルノスの死を望んで当然と思われる者がほかにもおおぜいおったことを」

「むろん忘れやしない。ずいぶんおおぜいの者がね」ヒューは憂わしげに同意した。「それにあの青年についてあなたから聞いたところでは――とは言っても、あなたが洗いざらい話してくれたと思いこむほどわたしはお人好しではないが！――彼は自己防衛のためならきわめて大胆な攻撃もしようが、後ろから襲いかかることはまずあるまいな。しかし激烈な争いとなれば、絶対にないとは言えない。人間誰しも、極限の情況に置かれたら何をするか知れたものではないのだから。それにあの司祭は、いろいろな噂を考え合わせると、手近にあるものを武器に使ってまで全力で攻撃したであろうから。あの青年が姿を消しているからには最悪の場合も考えられるな」

「彼が姿を消したのは当然だろう」カドフェルが言った。「ジファードが自分を密告しに城へ向かったと聞けば。司祭を殺したかどうかには関係なく、君は彼を投獄せねばならぬのだからな。それは君の義務なのだから。とすれば、むろん彼は逃げるだろう」

「もしも誰かに警告されたならね」ヒューが苦笑しながら同意した。「たとえば、あなたとか？」

「いや、わしではない」カドフェルはきっぱりと言った。「ジファードが何を企んでおるかなど、わしはぜんぜん知らなかったのだから。むろん知っておれば耳打ちしてやったと思うが。いや、誓ってわしは知らなかった。それにわしは、ベネットが——そうだ、もうニニアンと呼ばねば！——クリスマス前夜の真夜中よりかなり前に教会におったのを見ておるのだ。だから、かりに彼が水車場に行ったとしても、約束の時間より早く行って、早く引き上げて来たということだ」

「あなたの言うことは信じるよ。しかしたとえそうだとしても、エイルノス神父のほうもその場所に早く着いていた、ということもありうるだろう。おそらくどこかに隠れていて、バシラーの不意を襲うために。そう考えれば、青年が司祭と組討ちをして殺すだけの時間はあったわけだろう」

「教会で見た時、彼の顔には動揺や困惑の色は少しも見られなかった。いくぶん興奮しておるようには見えたが、むしろ楽しげだった。ところで教区の連中からは、事件についてどの程度聞き出すことができたかな？　エイルノスに恨みを抱いて当然と思われる者がたくさんおるが、自分からは決して話したがらぬだろう」

「おおかたはあなたの想像どおり、出来るだけ口をつぐんでいる。もっとも、あの男がいなくなったことへの喜びをまったく隠そうとしない、というよりあらかさまに喜んでいる者も一人や二人はいるが。司祭に境界の石を動かされたという、あのエアドウィンという男などは、石はもとの場所に戻されたとはいえ、いまだにあの仕打ちを忘れも許しもしていない。しかし彼の妻や子供たちは、彼はあの晩は家から一歩も出なかったと断言している——それは誰もが言うことで、そう言うに決まってるだろうがね。それからパン屋のジョーダン・アーシャー、あの男なら激怒のあまり殺してしまったということもありうるな。彼は心底、あの司祭を恨んでいる。自分の誇りであるパンを侮辱され、しかもなんの償いもしてもらえなかったのだから。おそらく彼にとっては、札つきの女たらしだといって非難されるよりもっと応えたにちがいない。女たらしなのは少なくとも事実なのだから。例の溺死した哀れな娘が産んだ赤ん坊も、彼の子にちがいないという者もいるが、どうも噂によると、あの赤子の父親である可能性ならこの教区の半分近くの男にあるらしい。彼女はどんな男にもいやと言えない娘だったというから。ジョーダンのやつは、クリスマス前夜は家から一歩も出なかったし、ずっとしらふだったと言っている。妻君も亭主の肩を持っている。でもあの妻君は亭主に逆らうことなど絶対になさそうな、おとなしい哀れな女だ。とにかく世間の話では、彼が自分のベッドで夜を過ごすことはめったにないらしいし、あの妻君の意味ありげな目つきと慎重な答えぶりから察するに、彼があの晩も外泊した可能性は十分にある。だが彼女の口からそれを言わせるのは絶対に無理だろう。亭主を恐れていて、彼には絶対服従なのだから」

「浮気相手にはそういう女はおらぬだろう」カドフェルが言った。「それにしてもジョーダンは、暴力を振るうような男ではなかろう」

「たぶんんね。しかしエイルノス神父は暴力を振るうこともありうるな、肉体的にも精神的にも。たとえば、カドフェル、信者の一人がよその女のベッドにもぐりこむところを目撃したら、彼はどうするか。ジョーダンは自分から暴力を振るうことはなかろうが、大きくて力もあるし、攻撃されてじっと我慢するようなふがいない男ではない。仕掛けられた攻撃を、図らずも死で返すということもないとは言えぬ。だがジョーダンも数ある中の一人にすぎず、べつに第一候補というわけではないのだ」

「それはそうと君の部下たちはよくやったな」カドフェルが溜め息まじりに言った。

「そう、よくやったと思う。アランは発奮して、自分の地位に恥じないように振舞おうと決意していたらしい。ところで門前通りの馬市広場の近くにセントウィンという真面目な貧しい男がいるが、彼の話はあなたも聞いているだろう。わたしはアランから聞いてはじめて知ったのだが、エイルノス神父が祈りを中断しなかったために、赤ん坊が洗礼を受けずに死んでしまったとか。あの件は何にもまして、教区民の心に引っかかっているらしいな」

「まさかセントウィンを疑う理由を見つけたわけではあるまいな？　あれほどおとなしい男はこの世に二人とおるまいし、人に迷惑をかけたこともいっさいないのだから」

「これまでのところはね。だがこれは深刻な問題だ。それにセントウィン自身、おとなしいとはいえ一筋縄ではいかない男だ。自分の考えを胸におさめて、今回の恨みについても一人でじっと考えこんでいる。わたしは彼とも話してみたし、クリスマス前夜の当番だった城門の見張りにも尋ねてみた」ヒューは言った。「彼らはあなたが通るのを見たと言っている。

その時刻と、司祭に会った場所とは、あなたが一番よく知っているはずだ。それから何分もしないうちに、彼らはセントウィンが通るのを見ている。町に住む友人に少額の金を返しに行った帰りだったと彼は言っているが、それは事実らしい。金を返してもらった皮なめし屋にも確認したから。セントウィンは、すべての雑用をすませ、借金も返してから、夜半の祈り《マタン》に行きたかったのだそうだ。事実、彼は夜半の祈りに出て、早暁の祈り《ラウズ》の前に家に帰っている。しかし、なんとも時間がぴったりではないか。町から戻ったのがあなたより数分遅いだけなら、彼も当然エイルノスに会ったはずだ。ちょうどエイルノスが門前通りから水車池のほうへ曲がろうとしていたころに。それでそのあとどうなったか。あの人気《ひとけ》のない暗闇で、いくらおとなしくて従順な男だとはいえ、腹に据えかねた恨みがむらむらと湧き起こって、ここぞとばかりにもう一つの、もっとずっと苦い借りを返す気になったとしても不思議はないのではなかろうか？　その時刻から夜半の祈りまでには、二人の男が暗闇で格闘して、一方を死に追いやるだけの時間は十分にあったのだから」

「いや」カドフェルは言った。「わしには信じられぬことだ！」

「それでは残虐に残虐をもって報いることになるからか？　しかし現実には起こりうることだ。だが、まあ安心してくれ、カドフェル。わたしだってそう信じこんでいるわけではないのだから。ありうることだと言っているだけだ。犯人でないとは断言できない者、または証人の言うことが信用できないような連中は、ほかにもまだたくさんいるのだから。つまり神父を憎んでいた者があまりに多すぎるということだ。それに、まずはニニアン・バシラーを捜さなくては。彼が白であれ黒であれ、わたしが彼を捜すことに全力を尽くさねばならないことは、あなたも分かってくれるだろう？」

ヒューは謎めいた、ひそかな笑みを浮かべて友を見おろした。その顔は言葉より雄弁にあることを物語っていた。こうして多くの言葉を使わずに、好意と思いやりのうちに二人が合意に達したのは、これが最初ではなかった。それぞれが自分の義務と思うことを遂行し、たとえその二つの義務が二つの剣のように交わろうとも、たがいに悪意を抱くようなことはなかったのだ。

「ああ、もちろん！」カドフェルは言った。「もちろん、分かるとも」

8

早朝の祈り《プライム》のあと、カドフェルはもう一度教会に戻って来て、聖ウィニフレッドの祭壇のランプに香料入りの油を注《つ》ぎ足した。苦心の作であるこの香料が、もし女の虚栄を満たす香水に使われたなら眉をひそめられもしようが、神や聖人への尊崇《そんすう》を表わすのに使われるならば、それは許されもし、褒《ほ》められるべきことでさえあった。だから彼は、さまざまな香り高い薬草や花をいろいろに組み合わせて、あれこれ工夫するのを楽しんでいたのである。たとえばバラやユリ、スミレやクローバーの甘い香りに、ヘンルーダやセージやニガヨモギの鋭さを加えると、豊かな芳香が生まれる。こうして心を尽くされることを聖人は喜んでいるにちがいないと考えて、カドフェルは一人満足した。聖処女であるとはいえ、彼女も女にはちがいなく、かつては美しく魅力的な娘だったのだから。

聖堂番のシンリックが、小枝を束ねた箒をもって北の袖廊《ポーチ》から入って来た。夜の間に袖廊と石段に降りつもった細かな雪を掃いて来たところだった。彼は共同ミサの準備のために、聖書台のうえの部厚いミサ典書のページを開き、教区祭壇の蠟燭の芯を整えてから、両側の壁の張り出し棚に置かれた燭台に二本の新しい蠟燭を立てた。彼が身廊《ネイブ》に戻って来た時、カドフェルはおはようと声をかけ、いつものように穏やかだがそっけない挨拶を返された。

「今朝も一段と厳しい寒さだな」カドフェルは言った。「これでは今日もまた、エイルノスの墓掘りは無理であろうな」教会敷地の東側にある草地に墓穴《はかあな》を掘るのはシンリックの役目だった。そこは歴代の修道院長や司祭を始め、修道士たちがみな永遠の眠りについている場所である。

シンリックは空気の匂いを嗅ぐようにしてちょっと考えてから、落ち窪んだ目を上げずに言った。「明日は天気が変わるでしょう、たぶん。暖気のやってくる匂いがするから」

それは本当かもしれない。彼は自然とは親しい仲なのだから。袖廊の二階のあの狭い石壁の部屋は、きっとたいへんな寒さだろうに、彼はじっとそれに耐え、寒さのほうも害を及ぼすのを遠慮しているかのようである。

「埋葬の場所はもう決まったのか?」カドフェルは、彼の日ごろの無口さを知りながら尋ねた。

「ええ、塀ぎわに」

「ということは、アダム神父の隣りではなかったのか? ロバート副院長は当然あそこを選ぶと思ったが」

「彼の希望はそうでしたよ」シンリックはそっけなく言った。「だけどわしが、あそこはまだ土が固まってないから、もうしばらくは無理だと言ったんです」

「この寒波襲来はあいにくだった。死人がいつまでも埋葬されずにおっては、若い者たちは気が気じゃなかろうからな」

「ええ」シンリックは言った。「そりゃあ、死んじまったからには土に入れてやるのは早いほうがいいに決まってますがね」彼は二本目の太い蠟燭を燭台に立て、ちょっと後ろに下がって、蠟が垂れないように垂直に立っていることを確かめると、両手から蠟のべたつきをこすり落とした。そしてその深く落ち窪んだ目を初めてカドフェルに向けた時、頰のこけた彼の顔には、憂いを帯びてはいるがこのうえなく柔和な微笑が浮かんでいた。この笑顔によってこそ、子供たちからもあれほど慕われていたのだろう。「今朝は門前通りのほうへ行かれますかね？　風邪で困っている者が何人かいると聞いてますけど」

「この寒さでは不思議はあるまい！」カドフェルは言った。「子供たちを一人、二人診《み》にゆくことになっておるが、大した病気ではないらしい。ところで、わしに診てほしいと言っておる者がほかにもおるのか？　外出許可は得ておるから一軒ぐらい余計に回ってもかまわぬが、病人は誰かな？」

「馬市広場から入る裏道の左側に、小さな木造小屋があるでしょう。あそこに住んでるネストという後家さんが孫の面倒を見ているんだが、ほら、あのかわいそうな死に方をしたエルネッドの赤ん坊ですよ。ネストはその子に手を焼いているんです」シンリックは説明の必要から、いつになく多弁になっていた。「胃に空気がたまっちゃってて、ミルクを飲まずに泣いてばかりいるとかでね」

「生まれた時は健康な赤ん坊だったのだろうか？」カドフェルは尋ねた。生後まだ何週間もたっていないはずだし、母親を失ったため最高の食べ物を奪われてしまっている。あの時門前通り一帯を襲ったショックと怒りとはまだ記憶に新しい。住民たちの愛するあの自堕落な娘を失った時の。しかしエルネッドは実際に自堕落な娘だったのだろうか？　彼女は報酬を要求したことなど一度もなかった。男たちが物を与えることがあったとしても、それは彼らが自発的にやったことだった。彼女はただひたすら与えるだけだったらしい。たとえ愚かなやり方だったとしても。

「ネストが言うには、生まれた時は丸々とした、大きくて丈夫な女の子だったそうですよ」

「それならば、いまはか弱い赤子と見えても、たくましく生きてゆく力をもっておるだろう」カドフェルは安心したように言った。「では行って、乳児に与えても害にならぬ適当な強壮剤でも取ってくるとしよう。きっと元気になるだろう。今朝のミサは誰の担当かな？」

「アンセルム修道士です」

「それはよかった！」カドフェル修道士は南の袖廊のほうへ行きながら言った。薬草園に行くには、そこから出るのが一番近道なのだ。「ジェローム修道士である可能性もあるからな」

その家は小さくて屋根も低かったが、思ったよりはしっかりとした造りで、隣りのもう少し大きい家の陰に隠れるように建っていた。それらの家々が建ち並ぶ暗い路地も、今朝は真っ白な霜で覆われてこざっぱりと清潔に見えるが、湿っぽく暖かな日には、悪臭を放つ貧民窟のようであろうと思われた。カドフェルは扉をノックしながら、相手を安心させるために大声で呼びかけた。「奥さん、修道院のカドフェル修道士だ。シンリックから聞いたのだが、赤ん坊を診てほしいとか」

すぐに人の動く気配があり、赤ん坊が不満げにはげしく泣き出した。たぶん抱かれていたのを不意に置かれて怒っているのだろう。扉がさっと開いて女が現われ、薄暗い室内に彼を招き入れると、戸外の寒気を入れないようにと急いで扉を閉めた。女がいかにも安心しているらしいのは、カドフェルが名を告げたせいか、あるいはシンリックの名前を出したからだろうか。

家とはいってもこの小さな部屋が一つあるだけで、窓というものはなく、屋根に一つある通気孔が明かり取りと煙の出口を兼ねている。温暖な気候の時には、扉は夜明けから日暮れまで開け放されているのだろうが、寒中は締め切っているから、室内の明かりは小さな油のランプと静かに燃えつづける火の輝きだけである。通気孔の真下にあるのは石板を置いてまわりを金網で囲っただけの暖房装置だが、幸い必要なだけの木炭はどこからか手に入るらしい。かすかな煙の匂いは感じるが、煙くて困るようなことはない。家具はほとんどなく、べッドと兼用のベンチが片隅に置かれ、火のそばにいくつかの鍋と、粗末な造りの小さなテーブルがあるだけだ。カドフェルは暗さに目が慣れるのにしばらくかかったが、しだいに物の形がはっきりと見えてきた。横でじっと様子を窺っていた女も、ほかのものと同様、徐々にはっきりとした人間の姿となって暗がりから浮かび上がってきた。いまこの家でもっとも大切なものである揺りかごは、火の熱はとどくが戸口や通気孔からの隙間風を受けないような、特等席に置かれており、中の赤ん坊は、ぐるぐる巻いた衣類の中で不機嫌そうに泣いていた。ときどき浅い眠りに落ちるが、具合が悪いために熟睡できないらしい。

「短くなった蠟燭を一本持ってきたのだが」カドフェルは部屋のなかを見まわしながら言った。「もう少し明るいほうがよいかと思ってな。ではちょっとご免こうむって！」彼は合財袋からそれを取り出すと、素焼きの皿のランプの小さな炎から火を移して、テーブルの端に立てた。これで揺りかごのところも十分に明るくなった。それは教会の張り出し棚の燭台で使った蠟燭の燃え残りで、捨ててあったもののなかから仕事に役立つだろうと拾っておいたものだった。底が広く平らになっているために、平らな面ならどこにでもしっかり立てられて、倒れる心配がないからである。このような薄っぺらな木造小屋を訪ねる時には、そうした気づかいが必要なのだ。この家などは、貧しいとはいえ比較的頑丈にできているほうだった。

「誰か木炭をくれる者がおるのか？」カドフェルは女のほうを向いて尋ねた。女はじっと立ったまま、抜け目なさそうな目つきで彼を見つめていた。

「私の死んだ夫はアイトンの森番だったからね。あそこで働いている修道院の人がわたしのことを覚えてて、炭や焚きつけ用の小枝や木っ端《こっぱ》なんかを届けてくれるんですよ」

「それは幸いだ」カドフェルは言った。「このような生後まもない赤子は暖かくしておく必要があるからな。ではどんなふうに具合が悪いのか、聞かせてもらおうか？」

この問いには赤ん坊自身が、むずかるような小声で揺りかごの中から答えていた。しかし見たところ、赤ん坊はぬくぬくと衣類にくるまれて清潔そうだし、不満そうな泣き声も健康そうで、栄養不足とも思われない。

「三日ばかり前からミルクをいやがるようになっちゃってね。胃に空気がたまってるらしくて、泣いてばかりいるんですよ。ちゃんと暖かくしてやってるんだから、身体が冷えたってことはないはずなんだけど。あのかわいそうな娘が生きてさえいれば、この子だってスプーンだのわたしの指だの吸わずに母乳で育ててもらえたのにねえ。でも娘はこの子を残していっちまったんだから、わたしゃ、この子のためならどんなことでもしてやるつもりですけどね。わたしの財産といったらこの子きりないんだから」

「見たところ、栄養は十分にとれておるらしい」カドフェルはむずかる赤ん坊を覗き込みながら言った。「生まれてからどれくらいになるかな？　六週間、いや七週間か？　それにしては大きいし、肉づきもよい」

口をゆがめ、目は固く閉じて、しきりに何かを訴えているその泣き顔は、いまは怒って力を入れているため真っ赤だが、ふっくらとして肌も透きとおるようだった。そして秋を思わせる明るい茶色のふさふさとした頭髪は、しなやかにカールしていた。

「ええ、よくミルクを飲んだからね。こんなふうになるまではほんとによく飲んだ。なんて食いしん坊な子だろう、って思うほどでしたよ。わたしゃこの子が自慢でね」

それでミルクの押し売りをしたというわけか、とカドフェルは考えた。赤ん坊がすでに満腹なことを見抜くだけの勘《かん》がまだ戻っていないのだ。そういうことなら、べつに大事《おおごと》ではない。

「実は、それがこの子の不具合のもとでもあったのだよ。一度に少量ずつ、何度にも分けて飲ませるほうがよいのだ。この強壮剤を置いてゆくから、これを数滴ずつミルクの中に入れてやりなさい。三、四滴も入れれば十分だろう。小さなスプーンを一つ貸してくれぬかな、いま適量を飲ませて見せるから。すぐに落ち着くだろう」

女が小さな角《つの》のスプーンを持って来ると、彼は持参したガラス瓶の栓を抜き、指先を瓶の口でちょっと濡らして、怒っている赤ん坊の下唇にそっと当てた。とたんに泣き声がやみ、ゆがんだ顔は人間らしい形を取り戻して、いかにも不思議そうな、驚いたような、人間的な表情さえ浮かべたのである。濡れた小さな唇が、思いがけない甘さに出会ってゆっくりと閉じた。驚いたことに、その結ばれた口もとは生後七週間の赤ん坊にしてはあまりにも形よく、優美で、将来はさぞや美人になろうと思われた。怒っていた顔の赤みが徐々におさまると、ふっくらとした頰はバラ色に輝いていた。そしてエルネッドの娘は、夜空のように深みのある青い大きな目をぱっちりと見開いて、あたかも相手の問いかけに応えるかのように、にっこり微笑んだのである。その笑顔は、たった数週間の人生経験にしてはあまりにも大人びて見えた。だが彼女はつぎの瞬間には、また顔をゆがめて何かを要求するように泣き声を上げた。が、こんどはその泣き顔も将来の美女の要素を失ってはいなかった。

「まあ、この子ったら！」赤子の祖母がいとおしそうに苦笑しながら言った。「あれが気に入ったんだわ！」

カドフェルが小さなスプーンに半分ほどシロップを注いで、赤ん坊の下唇にそっと当てがうと、彼女はすぐさま口を開いて、勢いよく吸い始めた。そしてやわらかな口もとをちょっと汚しただけで、ほとんどきれいに飲み込んだ。それからしばらく黙ったまま、金褐色のふわふわの巻き毛と弓なりの眉の下の、顔の半分もあるかと思うような大きな目で、天井を見つめていた。やがて顔をちょっと横に向け、頰を低い枕に押しつけるようにして大きなげっぷをしたかと思うと、目を軽く閉じ、軽く握った二つの小さな拳《こぶし》を顎の下に当てて、すやすやと寝入ってしまった。

「どこも悪くないから心配にはおよばぬ」カドフェルは瓶の栓を締めながら言った。「夜中に目を覚まして、また泣いたりむずかったりするようだったら、いまわしがやったように、スプーンでこれを少し与えればよい。たぶんよく眠ると思うが。それから一度に与えるミルクの量をいままでより少し減らして、これを三、四滴入れてやりなさい。そうして何日か様子を見るとしよう」

「この中には、どんなものが入っているんですか？」女は瓶を手にとって不思議そうに眺めながら言った。

「イノンドにウイキョウにミント、それにごく少量のケシの絞り汁……それから味をよくするために蜂蜜が少し入れてある。どこか安全な場所に保管して、わしが言ったとおりに使いなさい。もしまた同じ症状になったら、さっきのようにして与えるがよい。飲ませなくとも具合がよいようなら、ミルクに一、二滴垂らすだけにしておくように。薬というものは、必要な時だけ使えば効果が増すものだから」

彼は持参した短い蠟燭の火を吹き消し、冷めて固まるまで待った。まだ一時間かそこらはもつだけの長さがあり、また同じ目的に使えると思ったからである。だが彼はすぐに、部屋の明かりを急いで暗くしてしまったことを後悔した。ようやくこの女をじっくり観察する余裕ができたところだったのに。これがあの、救いがたい罪びととして教会から締め出された娘の、悔悟も告解も信用できぬから拒否して当然とされた娘の、後家の母親だったのか。この暗い、小さな住まいから、あのいささか軌道を踏みはずした麗人が花開き、実を結び、そして散っていったのか。

この母親自身、何年か前までは美しかったにちがいない。落胆のためやつれてしわも増えているとは言え、いまだに目鼻立ちも整っており、無造作に引っつめに結った白髪まじりの髪も、いまだに豊かでもとは鮮やかな赤褐色だったと思われる。愛情という辛い重荷を背負って孫の顔を見つめる落ち窪んだ黒い目が、実際には濃い青なのかどうかは定かでないが、そうだということは十分にありうる。年はようやく四〇といったところだろう。カドフェルはこれまでにも、門前通りでときおりこの女を見かけることはあったのだが、あまり注意を払わなかった。

「立派な赤子ではないか」カドフェルは言った。「きっと美しい娘に育つだろう」

「でもその辺の娘たちみたいに、あまり器量よしでないほうがいいんですよ」女は急に力を入れて言った。「母親に似て美人になって、同じ道をたどるよりどんなにいいか。もちろんこの子の父親が誰かは知っていなさるんでしょ？　もうすっかり知れわたってるらしいから！」

「彼女が残していったこの子に罪はない」カドフェルは言った。「世間もこの子に対しては、この子の母親に見せたより深い思いやりを示してくれるとよいのだが」

「あの子を見捨てたのは世間じゃなくて」ネストが言った。「教会なんですよ。世間から悪く言われたって、あの子は生きてゆけたでしょう。でも司祭に教会から締め出されては、もうおしまいだったんですよ」

「信仰は彼女にとってそれほど大切だったのか？」カドフェルが尋ねた。「破門されたら生きてゆけぬほどに？」

「もちろんですとも。あれがどんな子だったか知らないんでしょう！　あれは美人で、向こう見ずで、無分別だったけど、頭もよくて、やさしくて、思いやりのある子だったんですよ。家のことはよくやるし、あんな向こう見ずでもとても傷つきやすい娘でね。他人を傷つけることは絶対にできなくて、自分はすぐに傷ついちゃうんだから。でも、いくら欠点だらけでもわたしにとっちゃかけがえのない、かわいい娘でしたからね。こう言ったって、とても分かっちゃもらえないだろうけど！　あの子は誰に対しても、頼まれればいやとは言えないたちでね、自分の力でできることならどんなことでも。それで男たちはそれを見抜いてたんですよ。そしてあの子は罪の意識もなく――そもそも罪とはどんなものかがあの子には分かってなかったんだから――男たちの要求を受け入れちゃったんです。誰かがふさぎ込んでれば付き合ってやり、乞われれば付き合い、誰かが不当な仕打ちや非難を受けて世をはかなんでいるといえば、また付き合ってやる、といったぐあいにね。そうやってはそのたびに、これは重大な罪かもしれないと反省するんです。理由は分かんないけどアダム神父さまにそう言われたから、とね。それでアダム神父さまのところへ飛んでって、泣いて告解をし、改心しますと約束して、ほんとにそう決心するんです。神父さまはあの子がほかの娘たちとはちがうことをちゃんと見抜いていて、いつも優しく公平に諭《さと》してくれ、軽い苦行を課して、赦免を拒否するようなことは絶対にしなかった。でも娘はそのたびに改心を誓っては、またどこかの男の軽口や憂鬱そうな目に出会うと、たちまちそれを忘れて罪を犯し、そしてまた告解をし、苦行を課せられる、ということの繰り返しだったんですよ。確かにあの子は、年がら年じゅう男たちから離れられなかった。でも、教会から祝福と慰めをもらわずに生きてゆくことができなかったんです。教会から締め出された時、あの子はひとりぼっちで出かけて行って、ひとりぼっちで死にました。ほんとにあの子は生きてる間じゅう、わたしの苦しみだったけど、でも喜びでもあったんです。いまわたしには苦しみだけが残っていて、なんの喜びもない――あの揺りかごの中にいる、怖いような喜びは別としてね。あらあの子ったら、すやすや眠ってるわ！」

「あの子の父親が誰か、あんたは知っておるのか？」カドフェルはしばらく考えた末に尋ねた。

ネストは首を振り、口もとにかすかな、冷やかかな微笑を浮かべた。「いいえ、知りません。娘はその男が非難されるかもしれないと気づいた時、それを明かさない決心をしたんです。このわたしにさえも。もっとも娘自身、自分を身ごもらせたのがどの男かを知っていたかどうか！　でも知っていたはずだわ。あの子は頭がおかしいわけでも、足りないわけでもなかったんだから。その辺の娘たちよりよっぽど利口でしたよ。ただ慎重さというものがまるっきり欠けてただけでね。当の男と直談判《じかだんぱん》することはあっても、あの陰険な司祭に秘密をばらすようなことは絶対にしなかったでしょうよ。かわいそうに、娘は彼に詰問されたんですよ！　彼は娘を脅《おど》し、娘をどなり散らしたんですから。でも娘は、自分の罪に対してなら答えもするし、罪滅ぼしもするけれど、他人の罪はその人自身の問題だから、告白も本人の口からすべきだ、と答えたそうですよ」

立派な答えだ！　カドフェルは嘆息しながらうなずいた。

蠟燭はすでに冷えて固まっていた。彼はそれを合財袋にしまい、いとま乞いをしようと女のほうに顔を向けた。「では、もしまた赤子がむずかったりして、わしに診てほしかったら、シンリックに話すか門番小屋に伝言を残すかして知らせてくれれば、いつでも来るから。おそらくあの強壮剤で元気になるとは思うが」彼は扉の掛け金に手をかけたまま、もう一度振り返って尋ねた。「その子の名前はなんとつけたのか？　エルネッド？　母親の名をとって」

「いいえ」女は答えた。「この子の名前を選んだのはエルネッドなんです。しかも幸いなことに、アダム神父さまから洗礼を授けてもらえたんですよ。ご病気になって亡くなられる前に。この子の名前はウィニフレッドです」

女が最後に口にしたその名前は、カドフェルが門前通りを帰ってゆく間もずっと心の中に鳴り響いていた。そうか、教会から見はなされ、破門されたというあの娘が産んだ子が、この町の守護聖人の名をもらったのか。聖ウィニフレッドなら、エルネッドの未熟な信仰心の誠実さも認めてくれていただろうし、この世に残された赤子と死んだ母親とのどちらの居場所もちゃんと知っていて、守ってくれるにちがいない。母親の遺骸は、エイルノス神父よりはるかに情《なさけ》の厚いセント・チャド教会の信者たちが、手厚く葬ってくれた。目撃者のない死の情況に関しては、誰もが善意のキリスト者らしい疑念を表明しながらも。それにしても、ここシュロップシャーの男のもとに嫁いで来たウェールズの女たちの血統は強いものだ。ネストの夫だったイングランド人の森番については、カドフェルは何も知らなかったが、あの不運な娘が、結局は命取りとなったあの凄《すご》いほどの美しさを受け継いだのが、母親のほうからであることは間違いないと思われた。そして揺りかごの中の幼児ウィニフレッドもまた、将来は同じ顔になろうと思われた。おそらく、人びとの崇敬の的であるあの名前を選んだことは、保護者を失った孤児を守るための勇敢な意思表示だったのだろう。この異郷にあっては、美しさと寛容さに恵まれ過ぎた女を待ち受けているのが不幸だけだとすれば。

彼がいま訪ねて来たばかりのあのあばら屋には、人一倍エイルノスを憎む理由のある者がいた。もし想念だけで人を殺せるものならば、あの女が彼を殺したとしても不思議はなかろう。だがあの凍てついた晩に、彼のあとをつけていって背後から襲いかかり、ましてや転倒させて意識を失わせた揚句に水車池に投げ込んだとは、とうてい考えられぬ。それに彼女は、片時も目をはなさずに守ってやるべきものを家に抱えていたのだから。しかしあの女の胸にくすぶる復讐の炎は、どこかの男を駆り立てて、代わりにそれをやらせたかもしれぬ。もし、それほど親身になってくれる勇敢な友がいたならば。エルネッドの腕の中で、世の中への恨みを忘れてつかの間の慰めを得た男たちの中には、進んでその役目を引き受けようとした者が一人といわずいたのではあるまいか？　とくにその男が自分の蒔《ま》いた種を知っていた場合には。つまり幼児ウィニフレッドの父親ならば。

この分では、とカドフェルは、勝手な想像をめぐらしている自分に苦笑しながら考えた。ちょっとよい男とみれば、その顔に殺人犯の特徴が表われていはせぬかと、横目で窺うことにもなりかねぬ。わしは自分の務めに精を出し、しかるべき懲罰を与えることはヒューに任せるべきなのだ――ヒューとてもそれを喜ぶことはなかろうが！

彼は門番小屋の真向かいの、司祭館に通じる曲がった路地の入口まで来た時、ふと、それまで重く垂れこめていた雲の間から薄陽が射し始めているのに気づいて足を止めた。冷たく澄んだ青空から氷のようにきらきら輝く光が射しているのではなくて、折り重なる雲の間から、太陽がおずおずと、遠慮がちに顔を出しているにすぎなかった。軒先からずり落ちそうになっている凍った雪や、つららが、弱い陽の光を受けて湿っぽいやわらかな輝きを放っている。こんな弱々しい日光でも、まともに当たる軒先からは時おり雫《しずく》さえ落ちていた。シンリックの予想どおり、夕暮れまでには暖気がやって来るのかもしれぬ。そうすれば、あの不吉な影は依然として住民のもとを去らぬとしても、少なくともエイルノスを礼拝堂から連れ出して、地下に埋葬することができるのだ。

カドフェルはいま、修道院にも作業場にも急いで帰る必要はなかったから、もう半時間ばかり時間をつぶしても差し支えはなかった。何となく路地に入って司祭館のほうへ歩いて行ったが、どうしてここを訪ねてみる気になったかは、我ながらはっきりしなかった。ハメット夫人の怪我が順調に治っているか、頭を打った後遺症に悩まされていないかなどを確かめるのはもちろん当然の義務だが、単なる好奇心が動機の一部であることも否めない。ここにも、エイルノス神父に対してきわめて複雑な感情を抱いている女が一人いた。いま彼女の心は、身分と生活の安定を保証してくれた彼への感謝と、欺かれたことを知った彼が怒り狂った時の絶望感との間を揺れ動いていることだろう。欺かれていた事実を司祭が聞いてしまったことを彼女が知っていて、司祭は当然、自分が育てたあの青年の正体を暴《あば》き、投獄されるよう取り計らうにちがいない、と考えたとすれば。カドフェルの見たところ、ダイオタは主人である司祭に畏怖《いふ》と畏敬《いけい》の念を抱いてはいても、自分の育てたあの青年のためならかなり思いきったこともやりそうに思えた。だがクリスマスの朝の彼女の様子を思い出した時、そうした疑念はたちまち吹きとんだ。夜通しむなしく帰りを待っていた時には、不吉な思いも頭をよぎっただろうが、捜索隊が遺体を運んで来るまで彼女がエイルノスの死を知らなかったことは、ほぼ明らかである。カドフェルは何度となく、ただそう思いこんでいるだけかもしれぬと自省してみたが、その都度あの朝の記憶がその疑念を打ち消してくれた。

狭い路地は司祭館で行き止まりになり、その向こうは小さな円形の原っぱになっていた。

いまは踏み荒らされた雪に覆われていて、ところどころに小さな緑の草むらがたくましく顔を出している。司祭館の窓のない広い壁はこの囲われた遊び場に面しており、子供たちはその壁でボール遊びに打ち興じた結果、大目玉を食らったのだった。そこではいま、門前通りの腕白どもが五、六人で遊んでいた。雪のボールを作っては、原っぱの隅の壊れた棚にのせた的に、できるだけ遠くから当てようとしている。的に使っているのはスカルキャップと呼ばれる丸い黒帽子で、司祭や修道士が頭巾では不便な時に、剃髪《トンスラ》を寒さから守るためにかぶるものである。ちぎれた縁飾りの端が微風に揺れていた。

エイルノス神父の遺体を水から引き上げた時、この小さな持ち物だけは気づかれぬままに忘れられていた。カドフェルは立ち止まって眺めながら、司祭が門番小屋の松明に照らし出された時の姿格好と、恐ろしい形相《ぎょうそう》とを克明に思い出してみた。頭巾で顔が隠れてはいなかった。そうだ、かぶっていたのはこの帽子に間違いない。顔に影さえ落とさない、この小さな丸い帽子だった。だからこそ、あの不吉な怒りがはっきりと見てとれたのだ。

投手《なげて》の一人が、単に幸運だったのか腕がよかったのか、的を草原に打ち落とした。栄冠を射止めた少年は、勝ったとなったら急に興味が失せたらしく、面白くもなさそうに帽子を拾いに行き、片手にぶら下げたままそこに立った。一方、子供らしく移り気なほかの連中は、はやくもつぎの遊びについてさかんな議論を始めた。かと思うと、突然、サギの群れが飛び立つように遠くの広い原っぱ目がけて駆け出した。勝った少年もあとを追おうとしたが、皆いのだから。カドフェルが進み出て行く手を阻むと、少年は彼を認めてすぐに立ち止まった。好きな時に追いつけばよいのだから。カドフェルが進み出て行く手を阻むと、少年は彼を認めてすぐに立ち止まった。例の顔役の妹の子で、一〇歳になる利発な少年である。魅力的な、不思議な笑顔の持ち主だ。

「そこに持っておるのは何かな、エディ?」カドフェルは少年が手にしている帽子に目を落として言った。「ちょっと見てもよいかな?」

少年は快く、無頓着に帽子を手わたした。子供たちはおそらくここ数日間、これを使ってさんざんいろんな遊びをして、もう飽きてしまっていたのだろう。また何か小さな遊び道具を見つければ、このまま忘れてしまうにちがいない。カドフェルが受け取った帽子を調べてみると、へりに縫いつけてある縁飾りの一部がほどけてぶら下がっていた。その部分をへりに当ててみると、およそ小指の長さほどがちぎれてなくなっていることが分かった。その場所は布もちぎり取られていて、縫い目はさらに上までほころびていた。上質の布で仕立ても良く、縁飾りは羊毛の手編の組紐だった。

「どこでこれを見つけたのか、エディ?」

「水車池で」少年はいそいそと答えた。「破れちゃったから、誰かが捨てたんでしょう。ぼくたち朝早く池が凍ってるかどうか見に行ったんだけど、池はまだ凍ってなくて、代わりにこれを見つけたんだ」

「いつの朝かな?」カドフェルが尋ねた。

「クリスマスの朝。やっと明るくなりかけたころに」と言って、少年は急に真面目くさった顔つきになった。だが賢い少年にありがちなように、何を考えているのかは察しがつかなかった。

「水車池のどのあたりか？　水車小屋の側か？」

「ちがうよ。ぼくたち向こう側の道から行ったんだもん。あっちは浅くて、一番先に凍るのはあの辺だからね。こっち側は放水路のせいでなかなか凍らないけど」

確かにそうだった。池全体が凍ってしまうまでは、放水路のところだけ強い水流があるから、この帽子のような軽いものは押し流されて、浅瀬の淀みまで運ばれて行くのだ。

「では、これを拾ったのは葦の茂っておるあたりだな？」

少年は静かにうなずいた。

「この帽子が誰のものかは知っておるのだろう、エディ？」

「知らないよ、修道士さま」エディはそう答えると邪気のなさそうな笑顔を見せた。そうか、とカドフェルは考えた。この少年もかつてアダム神父に文字を習っていて、彼の死後、狭量な指導者に引き継がれた不幸な子供らの一人だったのだ。虐待されて傷ついた子供らは、その虐待者に対して思いやりがなくて当然だろう。

「そうか、ならばよい。ところでこの帽子はもう必要ないのだろう？　わしにくれぬかな？　お父さんのところにリンゴをいくつか届けておこう。損な取り引きではあるまい。この帽子のことはこれきり忘れるがよい」

「いいよ、修道士さま」少年はそう言うとくるりと背を向け、厄介払いできた賞品には目もくれずに、スキップしながら遠ざかって行った。

カドフェルは手のうえの小さな、薄汚れた物体を見下ろしながら立っていた。手のぬくもりで氷が融けて湿っぽくなっているが、へりのほうはまだばりばりに凍っている。あのエイルノス神父が、このように縁飾りもちぎれ、縫い目のほころびた帽子をかぶっているところなど想像もつかぬ！　仮りにこんな状態でかぶっていたとしたら、どういう情況が考えられるか？　この帽子はクリスマスの朝以来、つまり放水路からの水流によって浅瀬に押し流されていたのを葦の間から拾われて以来、さんざんもみくちゃにされていたのだから、その間にこんなに傷んだということも考えられる。帽子が脱げ落ちたあと、重い死体のほうは張り出した岸の下へと徐々に押しつけられていったのだ。

この帽子が忘れられていたように、ほかにもまだ忘れられていることがあるのではなかろうか？　あの時捜すべきだったのに、思いつかなかったことが？　何かありそうだとしきりに気がもめるのに、カドフェルはどうしても思い出すことができなかった。

彼は帽子を合財袋に押し込み、司祭館の前まで戻って扉をノックした。出迎えたのは、いつものように黒の小ざっぱりとした服装をした、穏やかな表情のダイオタだった。彼女はすぐに一歩下がって、笑顔は見せぬもののいそいそと、彼を暖かな小さな居間に招き入れた。

鎧戸に角《つの》の薄片をはめこんだ二つの小窓から、褐色を帯びた光が射し込んでいるだけで、室内は暗かった。だが部屋の中央にある土を固めた炉床のうえでは、薪が赤々と燃えており、傍らに置かれたクッション付きのベンチには若い女が一人腰かけていた。女は黙ってこちらを見ているらしかったが、昼間の明るい戸外からはいって来た者の目には、すぐには誰とも分からなかった。

「どんな具合か尋ねようと思って、ちょっと寄ってみたのだ」カドフェルは部屋にはいると後ろ手に扉を閉めながら言った。「それと、擦り傷のほうもまだ薬が必要かどうか確かめようと思ってな」

ダイオタはいつもの真面目な、心配そうな顔にかすかな微笑を浮かべ、カドフェルの前に来て向かい合って立った。「それはご親切に、カドフェル修道士さま。もうすっかり良くなりました。ほんとに感謝しております。傷もこのとおり治りましたし」

こめかみの傷を見せるように彼が手で合図をすると、彼女は素直にそちらの頰を窓のほうに向けた。傷はすでに小さなかさぶたになり、周囲の青あざも黄色みを帯びてかなり薄くなっていた。

「よしよし、順調に治っておるな。痕《あと》はぜんぜん残らぬだろう。だがもう何日かは、軟膏を塗っておいたほうがよかろう。この寒さでは、皮膚が乾いてひび割れる恐れがあるから。それから頭痛などはせぬかな?」

「いいえ、ぜんぜん」

「それはよかった！　では、わしは帰って仕事に戻るとしよう。お客さんもおることだし、邪魔をしてはわるいから」

「いえ、どうぞご遠慮なく」先客はさっとベンチから立ち上がって言った。「わたしはもう、おいとましようと思っていたところですから」彼女はふっくらとした若々しい顔を光のほうに向けて進み出てきた。眉のあたりの顔の幅が広く、意志の強そうな顎に向かってしだいに細くなっている、あの顔だ。ブルーベルのように青く魅力的な、間のはなれた二つの目が、カドフェルを正面からじっと見つめていた。「ほんとうにすぐお帰りになる必要があるのなら」良家の子女らしく、落ち着いた自信を見せて、サナン・ベルニエールが言った。「わたしもそこまでご一緒させていただきます。実はあなたとお話ができる機会を待っていたのです」

この手の少女には従わぬわけにはいかなかった。ダイオタもあえて引き止めようとはせず、カドフェル修道士も、たとえ断わりたかったとしてもそうはしなかったろう。法でさえサナン・ベルニエールの意志と衝突したら敗者となるかもしれぬ、とカドフェルは興味ぶかく感嘆しながら考えた。彼女がこれまでやってきたことを振り返ってみると、あらゆる障害を排除して意志を貫くことは確実と思われた。

「それはわしもたいへん嬉しい」カドフェルは言った。「歩くといってもほんのそこまでだが——そうそう、料理用のハーブがもっと必要なのではないか？　蓄えは十分にあるから、よかったら小屋まで一緒に来て、欲しいだけ持って行くがよい」

サナンはそれを聞くと鋭い視線をちらりとカドフェルに向けてから、不意にえくぼを見せたが、笑いを紛らすためにダイオタに腕を回し、娘が母親にするように彼女の痩せた頬に口づけした。それからマントを羽織ると扉を開き、先に立って路地に出て行った。二人はしばらく黙っていたが、門前通りに出る前に彼女が口を開いた。

「どうしてわたしがハメット夫人に会いに行ったか、お分かりになりますか？」

「女としての同情心からであろうな、たぶん」カドフェルが言った。「身近な者を失ったことに対する、それと孤独感に対する——ここではまだ、彼女は事実上よそ者……」

「それはちょっと！」サナンが不意にさえぎった。「彼女はあの司祭のところで働いていただけです。夫を失った女にとっては安定した生活ではあったでしょう。でも、彼がいなくなったからといって寂しい……？　もちろん孤独ではあるでしょうが」

「わしが言っておるのはエイルノス神父のことではないぞ」カドフェルが言った。

彼女はもう一度、その驚くほど青い目でカドフェルを真っ直ぐに見て、大きく溜め息をついた。「そうですね。彼はあなたのところで働いていたのですから、彼のことはご存じなのですね。ハメット夫人は彼の親戚ではなくて乳母だということを、彼はお話ししたのですね。彼女は自分の子供に恵まれなかったので、彼のことが息子のようにかわいいのです。実はわ二人はすでに修道院の門番小屋の前まで来ており、彼女はむずかしい顔をして地面を見つめながら、ためらうように立っていた。

「いまでは彼が——あのニニアン・バシラーが——エイルノス神父を殺したというもっぱらの噂なのです。司祭が彼を執行長官に引き渡そうとしたからという理由で。それでわたしは、ハメット夫人もその噂を聞いて、一人で心配しているに違いないと思ったのです。いま彼は姿を消し、追跡されて、命までも狙われているのですから！」

「それであなたは、彼女を慰め、安心させてやるために来ておったのか」カドフェルが言った。「とにかく薬草園まで一緒に来るがよい。料理用のハーブがまだ間に合っておるならば、何か別の理由を考えればよい。咳の薬を少し持っておっても悪くはなかろう。もう一、二週間もすれば、どうせ流行り始めるのだから」

彼女は目を上げ、顔を輝かせて微笑んだ。「わたしが一〇歳の時くださったのと同じ処方ですか？　あのころからみると、わたしはずいぶん変わりましたから、この前お会いした時には誰だかお分かりにならなかったでしょう。それにとても健康ですから、あなたが必要になるのはせいぜい、七、八年に一度ぐらいでしょうね」

たしも……彼と話したことがあるのです……偶然に。彼がわたしの継父に手紙をよこしたことはご存じでしょう？　いまでは知らない人はありません。わたしは好奇心からその青年に会ってみたかっただけなのです」

「いまわしを必要としておるならば、それで十分だ」カドフェルは先に立って庭園のほうへ広場を横切りながら、簡潔に言った。

彼女はこの男の城の中を、遠慮がちに目を伏せてついて行った。そして作業小屋という安全地帯にたどり着くと、ようやくくつろいでベンチに腰を落ち着け、小さな両足を火鉢のほうに伸ばした。ややあって彼女はひと息深く吸い込み、こんどは他人の耳を気にせずに安心して話の続きを始めた。

「わたしがハメット夫人に会いに来たのは、彼の命が脅《おびや》かされていると聞いて彼女が何か馬鹿なことをやるかもしれない、と思ったからなのです。彼女はニニアンを熱愛していますから、いざとなったらどんなことでもやるでしょう——ほんとうにどんなことでも！——彼の身の安全のためならば。自分が罪を着るような途方もない話を作り上げて、名乗り出ることだってありえます。ええ、きっとやるでしょう、彼のためならば！　それで彼の嫌疑が晴らせると思ったら、殺害者は自分だと偽りの自白さえしかねません」

「それであなたは」カドフェルは、注意ぶかく観察していることを気づかせまいとして、自分の城の中を静かに動き回りながら言った。「沈黙を守って静かに待つようにと忠告しに行ったのか。彼はまだ自由の身で、差し迫った危険はないのだから、と言って。そういうことか？」

「はい。それで、もしまた彼女を訪ねられたり、彼女がここに来るようなことがあったら、あなたからも説得してくださいませんか。自分を傷付けるようなことはいっさいするな、と」

「彼女に会って、そういう話をしたのは、彼に頼まれたからなのか？」カドフェルは率直に尋ねた。

彼女はかすかな笑みを浮かべたが、まだ洗いざらい打ち明ける気にはなれないらしかった。

「それはただ、彼がどんなに彼女のことを心配しているか分かった、いえ、想像できたからです。わたしが彼女と話したことを知ったら、彼は喜ぶでしょう」

そうであろうとも、そして何時間もしないうちに彼はそれを知るだろう、とカドフェルは考えた。それにしても彼女はいったいどこに彼を隠したのだろうか？　ここシュルーズベリとその周辺には、彼女の父親のかつての家臣がかなりいるはずである。ベルニエールの娘のためなら、彼らは相当のことまでやろうとするに違いない。

「わたしは」サナンはカドフェルのしていることを興味ぶかそうに目で追っていたが、真顔になってゆっくりと話し始めた。「あなたがニニアンのことを、わたしの継父が密告する前から見抜いていらしたことを知っています。また彼が自分は何者か、現在の目的は何かを打ち明けたこと、それに対してあなたが、所属する党派がどちらであろうと誠実な人間を敵にまわす理由はないから、君の不利になることをする気はない、とおっしゃったことも知っています。そしてあなたは、彼の秘密を守ってくださいました。いまはもう、秘密ではなくなってしまいましたけど。彼はあなたを信頼しています。ですから、わたしもあなたを信じようと思います」

「いや」カドフェルは急いで言った。「なにも話してくれるな！　わしがあの青年の居場所を知らなければ、わしからそれを聞き出すことは誰にもできぬ。それにわし自身、正々堂々と知らぬと言える。わしは勇敢な青年が好きだ。たとえわが身をかえりみず、無鉄砲な行動をしようとも。彼はわしに、現在の唯一の目的は、いかなる犠牲を払っても女帝のもとに行き、彼女に仕えることだと言った。自分の望むことに努力を傾けるのは当然の権利であり、彼が無事に生き延びて目的地に着くことをわしも願っておる。あれほどの向こう見ずなら、運命さえも味方につけてしまうかもしれぬ」

「確かに」彼女はちょっと頬を染めて微笑しながら言った。「彼はあまり慎重とは……」

「慎重？　その言葉の意味さえ知っておるかどうか。怪しいものだ！　なんの警戒もせずにあのような手紙を書き、署名までして人に送るほどだからな。そのうえ、どんな姿をしてどこにおるかまで知らせるとは！　いや、彼の居場所は絶対に言ってくれるな。だが彼を隠したのがどこであろうと、つねに注意して見張っておる必要があるぞ。つぎはどんな突拍子もない愚かな真似をしでかすか、知れたものではない」彼はせっせと小瓶に薬を詰めていた。これさえ持っていれば、彼女が薬草園を出て行く時の立派な口実になる。木の栓をした上から首の部分だけ薄い羊皮紙で覆い、亜麻布にくるんで彼女にわたしてやった。「そらお嬢さん、これで問題はなかろう。ところで、できるだけ早く彼を出発させたほうがよいぞ」

「でも、彼はまだ出発しないでしょう」彼女はそう言って嘆息したが、その顔には苛立《いらだ》ちよりむしろ誇りが感じられた。「この問題が解決し、ダイオタの安全を確かめるまでは、ここから動くつもりはないと思います。それに準備もありますし——ある程度の資金も……」彼女は勇気を奮い起こすように褐色の頭をひと振りしたかと思うと、すっと立ち上がって足早に出て行こうとした。

「彼にとって何より必要なのは」カドフェルが思いやりを込めてその背に言った。「一頭の駿馬《しゅんめ》であろう」

彼女は戸口のところでにわかに振り返り、すべての遠慮を捨てて輝くような笑顔を見せた。「一頭の馬です！」そして勝ち誇ったように小声で付け加えた。「わたしも女帝側の人間です。だから彼と一緒に行くのです」

9

その日カドフェルは、一日じゅう落ち着かない気分だった。サナンが明かした秘密への不安と、執拗《しつよう》に耳もとを離れないブユの羽音のように意識の底に鳴り響いているある思いとが、同時に彼を悩ませていたのである。エイルノス神父の死体を引き上げた時、当然気づくべきだったあの帽子のことを忘れていたくらいだから、ほかにも何か見落としているものがあるのではないか。あの時思いつくべきだった何かが、いまからでも思い出して捜し当てれば謎の解明に役立つ何かが、きっとあるにちがいない。

彼は悩みつつも日課を果たし、夕べの祈り《ヴェスパー》にも食堂での夕食にも参加した。そして降誕節の六日目に当たる一二月三〇日の聖歌にも、心を集中しようとむなしい努力をしていた。

暖気の訪れを予言したシンリックは正しかった。密かな、思わせぶりの到来ではあったが、午後の半ばごろにはその気配がはっきりと感じられた。木々は凍りついた霜のレースを脱ぎ捨てて、黒々とした枝を低い空にくっきりと広げていた。屋根から落ちる水滴が軒下の雪に点々と黒い穴をあけ、これまでは白一色だった道路や原っぱにも、黒土や草の緑が顔を出し始めた。明日の朝までには土を掘り返すのも可能になり、塀ぎわの予定された場所にエイルノス神父の墓を掘ることができるだろう。

カドフェルはスカルキャップを丁寧に調べてみたが、これといった決め手も見つからず、死体を発見した時これを忘れていたことが改めて悔やまれた。帽子が傷んでいる点は、頭に受けた一撃と関連がありそうでもあり、同時に矛盾のようにも思われた。というのは、そうした情況下では、頭を打たれたはずみに帽子は地面に落ちたであろうから。むろん、攻撃者が司祭を池に突き落としたあとで帽子も投げ込んだ、ということも考えられる。だがあの暗闇で落ちた帽子に気づくだろうか？　いや、おそらく帽子のことなど考えもしなかったろうし、かりに考えたとしても、見つけられなかったのではあるまいか。霜で白くなる前の草むらにこんな小さな黒い物が落ちていても、見えにくいはずだから。それに残しておいたら危険だと殺害者が気づくこともまずあるまい。人を殺したばかりの人間が、暗闇の草むらを捜し回ることなどありえようか？　できるだけ早く現場から逃げることしか頭になかったはずである。

それはそうと、カドフェルがこの一つを見落としていたということは、ほかにも大事なものを見落としていた可能性がある――いや、見落としているのだ！――、と彼の潜在意識はうるさく責め立てた。そうだとすれば、それはいまも水車場の周辺に、水べりか水の中か、あるいは水車小屋の中かにあるはずだ。そのほかのところは捜しても無駄であろう。

就寝前の祈り《コンプライン》までにはまだ半時間ほどあり、修道士はほとんどみな暖房室に集まっていた。身体の芯まで暖まっておくためで、それは賢い方法だった。こんな時刻に、こんな暗闇の中を、水車場の近くまで行ってみるなど愚の骨頂というべきだが、それでもカドフェルは行ってみずにはいられなかった。あの水車池と水車小屋、そして夜の寂しい雰囲気そのものが、あのクリスマス前夜の事件を再現してみせ、彼の記憶を刺激して、見落としていたもう一つの要因を思い出させてくれそうな気がして、どうしても心がそこに向いてしまうのだった。彼は広場を横切って、施薬所の横の引っ込んだ片隅にあるくぐり戸へと歩いて行った。そこから塀のそとに出れば、水車場はすぐそこだ。

月もなく、あちこちに星の瞬《またた》きが見えるだけの暗い夜だった。彼は少しの間じっと立って、目が闇に慣れ、物の形が浮かび上がって来るのを待った。枯れ草の原っぱと水車池の暗い水面が右手に見え、水車小屋の角で導水路を越える小さな木橋がすぐ目の前にあって、それをわたると水車池のせり出した岸に出られるのだ。彼はこつこつと小さな足音を響かせて木の橋をわたり、狭い草地を岸のほうへ歩いて行った。足もとには薄黒い水面が無気力に広がっており、ところどころ氷が融けてまだら模様になっている。

動く物といっては彼以外になく、物音一つ聞こえない。左手の岸には枝を刈り込まれ、すでに若枝が密生したヤナギの木が何本かあるのだが、そのしなやかな葉のない枝を揺らす微風さえもない。一本目の株は腰の高さで切り倒され、無数のひこばえが垂直に伸びているさまは、恐怖に駆られた巨人が頭髪を逆立てているように見える。その切り株のすぐ向こうの、ほんの数ヤード先から、彼らはエイルノスの死体を下のえぐれた岸に沿ってたぐり寄せ、放水路の出口近くの、草原《くさはら》が比較的なだらかに水面まで続いているところから、ようやく地上に引き上げたのだった。

あの朝の記憶は細部にいたるまで鮮明によみがえってくるのだが、その前夜何が起こったかは依然として闇の中だった。カドフェルはせり出した岸から戻ってまた橋をわたり、これといった理由もなく水車小屋の角を回って、穀物を運び込む大きな戸口の前まで下りて来た。両開きの扉は外側からかんぬき一本で留めるようになっている。ところが、その風雨にさらされて白っぽくなった木のかんぬきが、はずれたままになっているのがぼんやりと見えた。修道院の塀のくぐり戸に近い側にも小さな扉が一つあり、そちらは内側から留めるようになっている。ともあれこの重いかんぬきがはずされているということは、外から誰かが入ったのにちがいない。

カドフェルはかんぬきのはずれた扉に片手をかけて、そっと手の幅分ほど開き、片耳を隙間に押し当てて中の様子を窺った。何も聞こえない。もう少し広く開けて中にすべり込み、後ろ手に扉を閉めた。粉と穀物の暖かな匂いが鼻をくすぐった。キツネか猟犬のように鋭い嗅覚をもつ彼は、とくに暗がりではそれに頼ることが多かった。そしていま、きわめてかすかだが、よく知った別の香りを嗅ぎ分けていた。作業小屋にいる時には慣れてしまって意識しなかったが、ほかの場所では、その香りは執拗に彼の意識を刺激した。それはあたかも、彼の手を離れる権利のない盗まれた所有物の一つ、しかも貴重な品であるかのようだった。つねに薬草でいっぱいのあの作業小屋に出入りした者は、かならずその香りを衣服に浸み込ませ、行く先々に運んで行くのだ。カドフェルは閉じた扉に寄りかかってじっと待った。

やがてかすかな人の動く気配が耳に伝わってきた。それは、どんなに注意してもかさかさと音を立ててしまう褥《ふすま》や麦わらを、そっと踏む足音のようだった。どこか上のほうから、たぶん二階から聞こえてくるらしい。ということは、上げ蓋が開いておるな。案の定、誰かが身を屈めて慎重に降りてくる気配がした。カドフェルが安心させてやろうと暗闇をその方向に移動したとたん、人の身体がすとんと背後に飛び降りた。そして攻撃されぬよう片腕を彼の首に回し、もう一方の腕で胸のあたりを両腕ごと抱え込んで身動きできなくした。だがそうして二重に締めつけられていても、呼吸は楽で口をきくこともできた。

「なかなかやるのう」彼は軽い賛意を示して言った。「だが君には鼻というものがないのか？　五感のうち嗅覚がなくては、あとの四つがあっても何にもならぬ」

「そうかな？」笑いをこらえたニニアンの声が耳もとで囁いた。「さっきあなたが小屋に吹き込むそよ風みたいに音もなく入ってきた時、ぼくはすぐ、あの時途中でほうり出して来た油の鍋のことを思い出したんです。あれは大丈夫だったでしょうね」若く力強い両腕がカドフェルをぎゅっと抱き締め、それから静かに腕の力を抜いて自分のほうに振り向かせた。そして顔をよく見ようとするように腕の長さだけ引き離したが、暗がりでは輪郭がぼんやり見えるだけだった。「ぼくもあなたを驚かせたと思うけど、さっきあなたが扉を開けた時には、ほんとにぞっとしましたよ」ニニアンが非難がましく言った。

「わしのほうとて心中穏やかではなかったぞ」カドフェルは言った。「かんぬきがはずれておるのを見つけた時にはな。それにしても、君はあまりに冒険をしすぎるぞ。サナンの身にもなってみるがよい。いったいぜんたい、こんなところで何をしておるのだ?」

「ぼくも同じ質問をしたいけど」ニニアンが言った。「返ってくるのもたぶん同じ答えでしょうね。ぼくが危険を承知でここに来たのは、何か事件解明の手掛かりが見つかるかもしれないと思ったからですよ。こんなに日がたってしまっては、あまり期待はできないけれど。でもとにかく、真相が解明されるまでは誰もほんとうには安心できませんからね。あの男を襲ったのがぼくではないということを、ぼく自身は知っているけれど、皆がぼくに罪を着せようとしているのでは、ぼくだって心が休まるわけがないでしょう。ぼくが犯人ではないということが世間に知れるまでは、絶対にここを離れたくありません。たとえそれ以外に理由はなくてもね。でも実は、理由はほかにもあるのです。ダイオタがいます! ぼくが容易には捕まらないとなれば、彼らがダイオタに矛先《ほこさき》を転じることは目に見えています。殺人犯としてではなくとも、反逆者として。南部ではぼくを追っ手から逃れさせ、ここでは罪を覆い隠す手助けをしたという理由で」

「もし君の心配が、ヒュー・ベリンガーはハメット夫人を快く思っておらぬだろうとか、ほかの者が彼女を捕らえても黙認するにちがいないとか、そういったことだとしたら、そんな考えはただちに捨てるがよい」カドフェルはきっぱりと言った。「ところでせっかくこうして会えて、時間も場所もあるのだから、どこか一番暖かそうなところに腰を下ろして、二人で知恵を出し合おうではないか。二つの頭で考えれば、わし一人で思いついたのとは別のことが思い浮かぶかもしれぬ。その辺に穀物用の大袋がたくさんあるはずだ――何もないよりはましだろう……」

どうやらニニアンはかなり前からここにいて、内部の状態を詳しく知っているらしく、カドフェルの腕をとって自信ありげに一方の隅へ連れていった。木の壁ぎわには、折りたたんだ清潔な麻袋が積み上げてあった。二人は暖かいように脇腹をぴったりつけて座り、ニニアンは厚いマントで二人の身体を包んだが、そのマントはベネットの持ち物の中にはなかったものだった。

「さて」カドフェルはさっそく話し始めた。「まず第一に伝えておかねばならぬことは、すでに彼女から聞いておるとは思うが、今朝わしはサナンに会って話をしたので、君らの計画を知っておるということだ。だがわしはまだ、君《いま》からも彼女からも、すべてを打ち明けられてはおらぬ。もしも、君の出発を妨げておるこの忌わしい事件の解決にわしの協力を望むならば、すべてを話してくれるがよい。もちろんわしは、君が司祭を殺したなどとは思っておらぬし、君の邪魔をする気もまったくない。だがあの晩ここで起きたことについて、君はすでに話してくれた以上のことを知っておるとわしは信じる。どうか残らずに話してくれ。判断の根拠となることをすべて聞かせてくれ。あの晩君は、この水車場に来たのだろう？」

　ニニアンは深く悲痛な嘆息を漏らし、その暖かい息が顔を寄せ合っているカドフェルの頬にかかった。「はい、来ました。来ないわけにはいかなかったからです。ジファードからは、ぼくの手紙を受け取った、望みは分かった、というだけの返事しかもらえなかったし、彼が来るつもりか、来ないつもりかを知る方法はなかったので。でもぼくは提案した時刻よりずいぶん早く来ました。あの辺をよく調べて、来るか来ないか分かるまで隠れていられる場所を探そうと思って。それで結局、修道院の塀のくぐり戸のところに立って、誰か来たら見えるように扉を細く開けておいたのです。粉屋が教会に行くため猛スピードでやって来た時には、あわてて施薬所の陰に逃げ込んだけど、あとはあの場所を独り占めにして、道のほうを見張っていたんです」

「そこへやって来たのがエイルノスだったというわけか？」

「まるで稲妻みたいにあの道を突進して来ましたよ。暗かったからといって人違いということはありえません。あの独特な歩き方でしたから。あれは絶対にぼくの計画を聞きつけて、懲《こ》らしめに来たにちがいありませんよ。それ以外に、あんな時刻にこんなところに来るわけがないでしょう。すごい勢いで往ったり来たり、水車小屋をひと回りしたかと思うと岸のほうへ行ってみたり。まるで怒った猫が尻尾でぱたぱた地面を叩いてるような足音を立てて。そこでぼくは、この調子ではジファードまで泥沼に引き込む危険があると思ったんです。たとえぼく自身が窮地にあろうと、少なくとも彼だけはなんとか危険から救ってやらねば、と」

「それでどうした？」

「まだ時間はありました。ジファードが何も知らずに約束の場所にやって来るのをほっとくわけにはいきません。彼が来るかどうかは分からないにしても、来る可能性がある以上、危険を無視することはできません。ぼくは脱兎《だっと》のごとく広場を駆け抜け、門番小屋から出て、橋のたもとの藪《やぶ》の中に隠れました。彼が来るとすれば、あそこを通らないはずはありませんからね。実を言うと、ぼくはあの男の顔さえ知らないんですけどね。名前と女帝の臣下だというこことを人から聞いていただけで。でもそんな時刻に町から来る人はほとんどいないだろうし、年齢や風采《ふうさい》からそれらしいと思ったら、思いきって声をかけてみればいいと思ったんです」

「ラルフ・ジファードなら、たっぷり一時間も前に橋をわたっておったのだぞ」カドフェルが言った。「司祭を訪問するためにな。それで司祭は君と対決しようと大急ぎで水車場に向かったというわけだ。だが君がそれを知ろうはずはない。君が藪の中で見張っておったころには、ジファードはすでにわが家に帰っておったろう。君はそこにおった間に、誰かほかの者が通るのを見なかったか？」

「一人だけ見ました。でもその男はジファードにしては若すぎたし、風貌も服装も貧しく、身分が低そうでした。門前通りを真っ直ぐ行って、教会に入って行きましたよ」

おそらくセントウィンだろう、とカドフェルは思った。誰にも借りを残さず、自由で平和な心でキリストの誕生を祝うために、借金の返済に行った帰りだったのだろう。ニニアンが証人となって、彼の苦い借りはついに返さずじまいだったということを証明してやればよいのだが。

「それで君は、そのあとどうした？」

「彼が来ないことがはっきりするまで待って——約束の時間はとうに過ぎていました——それから夜半《マタン》の祈りに間に合うように、急いで教会に戻りました」

「サナンとはどこで会ったのだ？」カドフェルの笑顔は暗くて見えなかったが、声の調子から想像がついた。「まさか彼女は、水車場にやって来るような愚かな真似はしなかったろう。君と同様、継父が君に会う気かどうかはよく知らなかったのだから。だがどこへ行けば君に会えるかは知っておった。そしてジファードが拒否した君の願いに応えようと決意しておった。そうそう、そういえば、君も話してくれたとおり、君をよく見る方法まで講じておったのだ。結局君は、貴夫人の小姓が務まるということか、ちょっと磨きをかければ！」

カドフェルは厚いマントの中で、ニニアンの静かな笑い声を聞いた。「あの、初めて彼女に会った日、あの出会いがこんな結果になろうとは夢にも思いませんでした——それがいまは、すべてが彼女のおかげなのです。彼女は絶対にくじけません……あなたも彼女に会ったのだから、それに彼女と話したのだから、彼女がどんなにすばらしいか、分かるでしょう……カドフェル、実を言うとね——彼女はぼくと一緒に来るんですよ、グロスターへ。ぼくと結婚すると約束してくれたんです」彼の声は、すでに祭壇の前にいるかのように低く、厳粛な響きをもっていた。彼も何かを、または誰かを畏敬することがあるのかと、カドフェルは認識を新たにする思いだった。

「彼女は勇敢な婦人だ」カドフェルはゆっくりと言った。「それに確固たる意志の持ち主だ。わしとしても、彼女の選択に口を挟むつもりは毛頭ない。だが、若いの、君のために彼女にそれをさせるのは正しいことかな？　彼女は財産も、家族も、すべてを捨てることになりはせぬか？　そのことをよく考えてみたのか？」

「はい、考えました。そして彼女にもよく考えるように言いました。カドフェル、あなたは彼女の立場をどの程度ご存じですか？　彼女には捨てる土地はないのです。父親の荘園は、この町の包囲のあと、彼がフィッツアランとともに女帝を支持したという理由で没収されました。母親もすでに亡くなっています。そして継父は——彼女は彼について不満を抱いていませんが——義務感から彼女を大切にしてはきたものの、喜んでそうしているわけではないのです。彼には最初の結婚による息子が一人いて、財産を継がせることになっています。ですから彼女に土地も持参金もやらずにすめば、これほどありがたいことはないでしょう。でも彼女は母親が遺《のこ》してくれた大量の宝石を持っており、それは純然たる彼女の財産です。彼女は、ぼくと一緒に来ることによって失うものは何もないばかりか、この世で一番欲しいものを手に入れるのだと言っています。ぼくは彼女を心から愛しています！」ニニアンは急に驚くほど真面目な口調になって言った。「きっと彼女にふさわしい環境をつくってみせます。ぼくにはできます！　絶対にやってみせます！」

そうだろうとも、カドフェルは心の中でつぶやいた。結局、彼女は格好の掘出し物を手に入れたということだ。ジファードも、女帝への忠誠によって領地の一部を失っているのだから、いまあるものはすべて息子に残したいと考えるのは無理もない。心の底に残るかつての君主への忠誠心をあれほど冷酷に断ち切り、息子の自由とともに我が身の安全を確保しようとしたのは、自分のためよりはむしろ息子のためだったのかもしれぬ。人は環境によって傷めつけられた時には、本性に反することをするものだ。そしてあの少女は、ニニアンが立派な若者であることをひと目で見抜いたのだ。彼女なら彼にとっても不足はあるまい。

「では、無事にウェールズを通り抜けて幸運な旅ができるよう、心から祈っておるぞ」彼は言った。「旅には馬が必要だが、もう準備できておるのか？」

「ええ。彼女が用意してくれたのです。いまぼくが隠れている厩に入れてあります」ニニアンはなんの隠し立てもなく、軽率にその先を続けようとした。「あの向こうの――」

カドフェルが急いで青年の口をふさごうと闇を手探りしたので、青年は驚いて口をつぐんだ。「しっ、言ってくれるな！ わしは君の居場所も、馬を手に入れた方法も、知らぬほうがよいのだ。わしの知らぬことは、わしから聞き出すこともできぬ」

「でもぼくは、この嫌疑が晴れるまでは出発できません」ニニアンがきっぱりと言った。「ぼくはこの町であれどこであれ、逃亡中の殺人犯として人の記憶に残るのはいやですから。それに、ダイオタを現在のような不安な状態にしたまま出発することもできません。彼女にはすでに返しきれないほどの恩を受けています。彼女が安全に保護されていることを見とどけるまでは、どうしても行くわけにはいかないのです」

「君の名誉回復のためにも、わしらはあらゆる手段を尽くして解明への努力をせねばならぬ。あまり成果は得られなかったが、今夜二人してやったようにな。さて、君もそろそろ隠れ処《が》に戻ったほうがよいのではないか？ もしサナンが使いをよこして、君がいなかったら困るだろう」

「あなたはどうなんです？」ニニアンがやり返した。「ロバート副院長が僧坊を見回りに来て、あなたがいなかったら？」

二人は一緒に立ち上がって、くるまっていたマントを振りほどき、肌を刺す寒気にはっと息を吸い込んだ。

「そう言えば、まだ話してくれませんでしたね」ニニアンが、小屋の中より明るい戸外に向かって重い扉を押しながら言った。「どうして今夜ここに来てみる気になったか——ぼくは会えて嬉しかったけど。あなたに何も言わずに出てきたことが気になっていましたからね。でもまさかぼくを捜しに来たんじゃないでしょう！　見つけたかったのは、いったい何なんです？」

「それが分かっておればなあ。実は今朝、腕白坊主の一団が黒いスカルキャップに雪のボールをぶつけて遊んでおるのを見たのだ。その帽子は水車池の浅瀬の葦の間から拾ったというから、エイルノスのものだったことは間違いない。彼があの晩かぶっていたのはわしもちゃんと見ていたのだが、あのような小さなもののことゆえとんと忘れておったのだ。ところが今朝あの帽子を見てからというもの、一日じゅうある思いに取りつかれておってな。つまり、そのように彼が身につけていたのを見ておりながら、失念して捜そうともしなかったものがほかにもあるのではないか、となといっても、そうしたものが見つかることをそれほど期待してここに来たわけではなく、来てみればなにか思い出すかもしれぬと考えたに過ぎぬのだが。君のような若者には、何かをせねばと思いながら、それが何だかどうしても思い出せぬなどということはあるまいな？」カドフェルが尋ねた。「そして思い出すために、最初にそれを思いついた場所に行ってみる、などということは？　いや、あるまい、それにはまだ若すぎる。若者は何でも思いついたらすぐさま実行に移すものだ。だがわしらのような老人に尋ねてみれば、皆同じことを白状するだろうよ」

「で、それが何だったか、まだ思い出せないんですか？」ニニアンはこの忘れっぽい老人に優しく同情を示して言った。

「そうなのだ。わざわざここまで来てみたのにな。君のほうは成果があったのか？」

「いいえ。もともとそんなに期待はしてなかったけれど」ニニアンが悲しそうに言った。「ちょっと冒険して、完全に暗くなる前に来てみたんですけどね。でも少なくとも、ぼくは捜しに来たものが何かは分かっていますよ。クリスマスの朝、司祭の遺体が運ばれて来た時には、ぼくはダイオタと一緒でしたから、彼の物が何かなくなっているなんていうことは考えもしませんでした。で、結局それは、身につけていた衣服のようなものではなくて、容易に手から離れてしまうものでしたが、あとでぼくは、彼があの晩すごい足音を立てながらやって来た時、それを持っていたことを思い出したんです。彼についてイングランドをはるばる旅してくる間に、すっかりおなじみになっていたものですからね。彼がしょっちゅう振り回していた、あの大きな杖ですよ——肘までとどくほど長い、黒檀《こくたん》の、雄鹿の角の握りがついた——ぼくはあれを捜しに来たんですよ。きっとまだ、この辺のどこかにあると思うんです」

二人は草地がなだらかに下っている水辺まで来ていた。融けかけた雪のあちこちに、黒っぽく湿った草地がまだらに覗いている。前方には静まり返った平らな水面が、黒くかすんで見える対岸の傾斜地までつづいている。カドフェルは不意に立ち止まり、暗い水面を見つめながら喜びの声を上げた。

「そうとも、きっとある！」彼は心の底から言った。「きっとあるにちがいない！　実はな、若いの、きょう一日わしが追いかけておった幻もそれだったのだ。さあ、君は隠れ処に戻って安心して休むがよい。この捜索はわしに任せてくれ。君はわしの謎を解いてくれたのだから」


　翌朝までには地表を覆っていた雪の半分は融けてしまい、門前通りはぼろぼろに摩り切れたひと巻きのレースのようになっていた。広場の玉砂利も濡れて黒く光り、教会の東側の墓地では、シンリックが芝生を切ってエイルノスの墓を掘っていた。

　カドフェルはこの年最後の修士会を終えて出て来た時、例年よりずっと多くの問題が終わろうとしていることを強く意識した。聖十字架《ホーリー・クロス》教区の後任司祭の件が議題にのぼったことはまだなかったが、それはエイルノス神父が無事地下に埋葬されるまでは口にされることはないだろう。いまは修道士も教区民も、しかるべく荘厳な儀式とできる限りの哀悼《あいとう》の意をもって、彼を埋葬しようとしていたのだ。つかの間の暴虐《ぼうぎゃく》もようやく終わりを告げ、やがて感謝のうちに忘れられてゆくだろう。あすは新たな年の始まりである。神よ、願わくは、自らも教区民と同様に誤りを犯しやすい人間であることを知り、たがいに転ばぬように慎《つつ》ましく努力するような、謙虚な人物を遣わしたまえ、とカドフェルは心の内でつぶやいた。二人で支え合えばしっかりと立っていられる場合でも、一人が手を離せば相手も足を滑らせて転んでしまうかもしれぬ。弱々しい支えであろうとも、どんなに手を伸ばしても届かぬ頑丈な岩よりましなのだ。

カドフェルは塀のくぐり戸から出て水車池のほうへ歩いて行き、下側のえぐれた高い岸の、枝を刈込まれたヤナギの木々の間に立った。エイルノスの死体を発見した場所である。池は右手に向かって広く浅くなり、街道の下のあたりは葦の茂った浅瀬になっている。左のほうへはしだいに細く深くなり、ミオール川に流れ込んだあと、少し先でセヴァーン川に注いでいるのだ。死体はおそらく数ヤード右で水に落ち、放水路からの水流によって岸の下をここまで押し流されて来たのだろう。スカルキャップは対岸寄りの葦の間から見つかった。軽くて小さな物だから、葦や小枝やごみなどに引っかかるまでは流れ続けていたのだろう。だがあの重い黒檀の杖は、どこに運ばれて行く可能性があるだろうか？　頭を殴《なぐ》られた時手から飛んだにせよ、殺害者が死体を突き落としたあとで投げ込んだにせよ。死体と同じ方向に押し流されたとすれば、幅が狭く深くなっている左側のどこかに沈んでいるかもしれぬ。あるいはまた、放水路からの水流の反対側に落ちたとすれば、スカルキャップのように対岸に向かって流されていったことだろう。いずれにせよ、浅瀬をひと回りして捜してみても悪くはあるまい。

彼は導水路を越える小さな木橋をわたって戻って来ると、水車小屋を回って水べりへと下りて行った。そこには道と呼べるようなものはなく、三軒の小さな家の庭が水べりすれすれまで来ていて、ようやく歩けるくらいの草の生えた通り道があるだけだった。その道はしばらくは水面より少し高く、下がいくぶんえぐれた形になっているが、葦の茂る浅瀬に近づくにつれてしだいに低くなり、ついには一歩踏むごとにじゅくじゅくと水が湧いてくるようになった。粉屋の家の庭の前を通り、器量は好いが浮気者の小間使いと暮らしている耳の悪い老女の家を過ぎ、最後の家も通り過ぎてから、広い浅瀬のへりを回る形でもうしばらく歩いて行った。晒《さら》したような、くすんだ緑色の冬の葦の間から、銀色に光る水面がちらちらと覗いている。押し流されてきた枯れ葉や小枝や、かなり大きな枝までが大量にたまっているのに、黒檀の杖はどこにも見えない。割れた壺や陶器の破片、もう修繕は無理なほど大穴のあいた鍋まで、捨てられたものもたくさんあるというのに。

彼は水車池の広いほうの端を回って、街道の下の暗渠《あんきょ》からちょろちょろと水が流れ落ちているところまで来ていた。それからその小さな流れをまたいで、対岸の家々の庭の下を通る小道に入って行った。この三軒の家も修道院の家作である。少年たちはこの辺で帽子を拾ったのだが、どうも杖のほうはここにはなさそうに思えた。さっき見落としたか。あるいは放水路からの水流を越えてずっと遠くに投げ込まれたとすれば、死体の発見された場所の対岸を捜す必要がある。あの辺はまだ池の幅がかなり広いとはいえ、真ん中より向こうまで飛んだものはこの遠いほうの岸に流れつくはずだから。

彼は考えるためにちょっと立ち止まり、雪解けのぬかるみをこんなに歩き回らねばならぬのだから長靴を履いて来てよかった、と改めて思った。彼と同じウェールズ生まれの友人〝死人舟《しびとぶね》のマドッグ〟は、水と水の属性について知るべきことは知り尽くしているような男だった。彼ならば、何を捜しているかひとこと言えば、捜すべき場所を正確に指示してくれるにちがいない。だがここにはマドッグはいないのだし、時間もあまりない。なんとか自分で捜さねば。黒檀は堅くて重いとはいえ、木だから水には浮くはずだが、握りの部分は雄鹿の角だから、水平には流れず、静止している時も先だけ水面から出ているのではなかろうか。ミオール川やセヴァーン川のほうまで流されてしまうこともありえまい。彼は勇を鼓《こ》してまた歩き始めた。池のこちら側にはいちおう道らしいものがあり、初めはずぶずぶとぬかっていた道も緩《ゆる》い傾斜を上るにつれてしだいに乾き、水面より少し高い位置を靴を濡らさずに歩けるようになった。

彼はいま、対岸の水車小屋と同じ高さまで上って来ており、こちら側の三軒の坂になった小さな庭の前を通り過ぎたところである。髪を逆立てた巨人の頭のような、例のヤナギの切り株が、彼の進行に合わせて動いているように見え、いやでも注意を引いた。司祭の死体はそのすぐ向こうに、えぐれた岸の下に押しつけられるようにして横たわっていたのである。

それから三歩ほど行った時、ついに捜していたものが見つかった。融けかけた氷と岸から突き出た枯れ草の間に先端だけを覗かせて、すぐ足もとの氷の下にエイルノスの杖が沈んでいるのが見えたのだ。彼はその尖った先端をそっと摘まんで、水から引き上げた。これに違いない。まったく同じものが二つあるはずはない。黒くて長く、先端は金属で覆ってあり、溝のついた角の握りが付いている。握りと本体は浮彫り模様の付いた銀の環でつないであり、模様は長年の使用によってかなり磨り減っている。被害者の手から飛んだにせよ、あとから投げ込まれたにせよ、放水路からの水流のこちら側に落ちたのが、岸から突き出た枯れ草の中まで押し流されて来たのだろう。

杖の握りの部分から本体を伝って池の水が滴《したた》り落ちていた。カドフェルは杖のまんなか辺を摑んで横にして持ち、葦の茂る浅瀬を回っていま来た道を水車場のほうへ戻って行った。この戦利品については、まだ誰にも話すつもりはなかった。念入りに調べて可能な限りの情報を引き出すまでは、ヒューにさえも知らせる気はない。多くを望んでいたわけではないが、どんな些細なヒントも見逃したくなかったからである。彼は急いで塀のくぐり戸から入り、広場を横切って、作業小屋に逃げ込んだ。明るいように扉は閉めずにおき、戦利品を詳しく調べるために火鉢にも木片をくべ、小さなランプも灯《とも》した。

手の長さほどの握りの部分は薄茶色の重い角製で、焦げ茶の波状の溝が刻まれている。長年の使用ですべすべになっており、握ると微妙な湾曲がしっくりと手に馴染んだ。握りを留め付けてある銀の環は、親指のひと節くらいの幅で、丁寧に湿気を拭ってランプに近づけてみると、磨り減った蔦《つた》の葉模様の出っ張った部分がランプの黄色い光を反射した。環は磨り減って紗《しゃ》のように薄く、ちょっと固い物に当たっても破れそうなほどであり、ところどころへりがめくれ上がって、その先が小刀の刃先のように鋭く尖っていた。カドフェルはうっかり湿気を拭おうとして、指をちょっと切ってしまったほどだ。

これこそが、あの恐るべき武器だったのだ。エイルノス神父はこの杖を振り回しては、家の壁でボール遊びをする腕白どもを追い払い、授業では正しい答えのできない不幸な生徒の脇腹を小突いたり、肩を打ったりしていたのだろう。カドフェルはランプのそばで手のうえの杖をゆっくりと回してみながら、正義のつもりで犯す罪のことを思って首を横に振った。そうして杖の向きをあちこち変えてみているうちに、環の下のへりから一インチあまりのところを、ごく小さな水玉が動いているのが光って見えた。急いで杖の向きを変えると、同じ光った水玉がまた現われた。よく見ると、そのひと粒の微小な水玉は銀の環から滴るのではなく、環に絡《から》みついたごく細い糸のような、銀色に光ったり消えたりする物に付いているのだった。それは一本の長い灰色の毛髪だった。指先でつまんで引っ張ってみると、一方の端が環のへりの鋭い切込みの一つに絡みついているのが分かった。毛髪は一本だけではなく、もう一本は途中まで一緒にほどけてきたが、三本目は同じ切込みにしっかりと固く巻き付いていた。

彼はかなりの時間をかけて、環の下のへりの切込みに絡みついている毛髪をほどき取った。全部で五本あり、そのほか途中でちぎれた短いものも数本あった。五本とも長く美しい髪の毛で、茶色のものと白髪になりかけたものとがあり、剃髪《トンスラ》の頭にはもちろん、髪を伸び放題にしているのでないかぎり、男の髪にしては長過ぎた。ほかにも何か、血や擦りむけた皮膚の破片や衣類の糸くずなど、目印になるものが付いていたのかもしれないが、水に流されてしまったのだろう。だがこの毛髪だけは、磨り減った金属のへりにしっかりと絡み付いて、証拠として最後まで残っていたのだ。

カドフェルが杖の上のほうに向かって注意ぶかく手をすべらせてみると、銀の環に三、四カ所、針先のように尖った部分があるのが分かった。そこに絡み付いていた五本の貴重な髪の毛は、この杖を使った暴力によって誰かの頭から引き抜かれたものにちがいない。しかも女性の頭から！

カドフェルが訪ねた時、ダイオタは扉を開けて訪問者の顔を見ると、もっと広く開いて中に招き入れるべきか、それとも長い会話を避けるためにそのまま戸口に立たせておくべきか迷っている様子だった。顔つきは穏やかだが警戒心が窺われ、挨拶の言葉にも歓迎よりは諦《あきら》めの気持ちが感じられた。だがそのためらいも瞬時にして消え、彼女は素直に室内に戻った。カドフェルも続いて入り、扉を閉じて外界を遮断した。午後の早い時刻で室内もそれなりに明るく、土の炉床には火が赤々と、ほとんど煙も立てずに燃えている。

「奥さん」カドフェルはすぐに話しかけた。二人の顔の間には、一ヤード足らずのほの暗い、暖かな空間があるだけだった。

「今日はぜひお話しせねばならぬことがあって来た。それはあなたにとっても非常に大切なことであり、あのニニアン・バシラーの幸福とも関係のあることなのだ。わしは彼からすべてを打ち明けられておる。それによってあなたの信頼まで得られるかどうかは分からぬが、まあ腰を下ろして、わしの話を聞いてくれ。そしてわしの善意を信じてほしい。あなたには気の咎《とが》めるようなことは何もなく、心からの愛情があるだけなのだから。そのことは、わしが手掛かりを摑む前から神がちゃんと見ておられる」

彼女は急に顔をそむけたが、それは驚きや恐れからというよりは、心の平静を取り戻し、覚悟を決めるためと思われた。そして、この前来た時にはサナンが座っていたベンチに腰を下ろして、背筋を伸ばし、肘《ひじ》をぴったり脇に付けて、両足をきちんと床に揃えた。

「彼がどこにいるかご存じなんですか？」彼女は小声で尋ねた。

「いや、知らぬ。彼は教えてくれようとしたがわしが断わったのだ。だが安心するがよい。彼とはゆうべ話をしたばかりで、元気なことは分かっておるから。これから話さねばならぬことはあなたと、キリスト降誕祭前夜に起こった事件とに関係があるのだ。あのエイルノス神父が死んだ晩、そしてあなたが……氷で滑って転んだ晩に起こったことと」

彼女はすでに、何か自分が伏せておきたい事実をカドフェルが知っているらしいと感づいてはいたが、それが何かはまだ察しがつかず、無言のまま彼の顔を見つめて話の続きを待っていた。

「あの晩あなたは転んだ——そうとも！　まさか忘れてはおらぬだろう。凍った地面で足を滑らせ、戸口の敷石に頭を打ちつけた、ということだった。わしはその傷の手当てをし、きのうまた見たら、順調に治ってはおるものの、まだ青あざも、皮膚の破れたところも痕《あと》が残っておった。さあ聞いてくれ、今朝わしがあの水車池で何を見つけたかを。エイルノス神父の杖が、池の向こう岸に流れ着いておったのだ。そして磨り減って薄くなった銀の環の、へりがめくれて鋭く尖っているところに、あなたの物と思われる長い髪の毛が五本、巻き付いておったのだ。わしは傷の手当てをした時、あなたの髪をよく見たから、途中で切れているものが何本かあることに気づいておった。何なら、いまここに持っておるから比べてみせようか？」

彼女は両手に顔を埋め、節くれだった長い指でこめかみのあたりをぎゅっと押さえた。

「何で顔を隠す必要がある？」彼は優しく言った。「あなたに罪はなかろうが」

やがて彼女は涙のない白い顔を上げ、両手を頰に当てたまま油断のない目つきでじっと彼を見つめた。「あの貴族が来た時、わたしはここにおりました」彼女はゆっくりと言った。

「そして彼が何のために来たかが分かってしまったのです。彼の来る理由がほかにあるでしょうか？」

「あるまいな、確かに！　そして彼が帰ったあと、司祭はあなたに食ってかかったのだろう。

あなたを非難し、おそらく罵詈雑言《ばりぞうごん》を浴びせたのだろう。反逆者に協力し、嘘をつき、人を欺いたと言って……いまではわしらも彼の性格をよく知っておるから、彼がまったく思いやりを示さず、弁解にも懇願にも耳を貸さなかったことは容易に想像がつく。彼はあなたを威《おど》したのか？　まずあなたの秘蔵っ子をやっつけてから、恥ずべき罪を犯したあなたを解雇すると言って？」

彼女は姿勢を正して堂々と話し始めた。「わたしは自分の赤ん坊を死産したあと、あの坊ちゃんをこの胸で育てたのです。お母さんは病身の、とても優しい、お気の毒なご婦人でした。坊ちゃんがわたしのところに来た時は、わが子が帰って来たような感じでした。ですから坊ちゃんのためなら、彼から――わたしのご主人から――どんなひどい仕打ちをされようとかまうものか、という気持ちだったのです。信じてくださるでしょう？」

「むろん信じるとも」カドフェルは言った。「あの晩、エイルノス神父のあとを追って行った時、あなたの頭にはニニアンのことしかなかったのだ。　何としても、彼がニニアンの不意を襲ってお上に突き出すのを防がねばと。あなたは彼のあとを追ったのだろう？　そうにちがいない。でなければ、あの杖の磨り減った銀の環にあなたの髪の毛が付いておるはずはない。あなたは彼に追いすがって懇願した。それで彼はあなたを打った。杖をあなたに振り下ろしたのだろう」

「わたしが彼にすがり付いたからです」彼女は石のように冷たい表情になって言った。「水車小屋のそばの霜の降りた草原《くさはら》に膝をつき、彼のガウンの裾にすがり付いて、行かせまいとしたのです。彼の情けを乞い、懇願しました。でも彼に情け心はありませんでした。そうです、彼はわたしを打ちました。そうやって裾を掴まれ、邪魔されていることに我慢がならなかったのでしょう。すっかり逆上して、わたしを殺しかねないほどの見幕でした。少なくともわたしにはそう見えました。初めは彼の振り下ろす杖を除《よ》けようとしていたのですが、手を離さない限り何度でも打たれることが分かったので、掴んでいた裾を離して立ち上がり、一目散に逃げ帰ったのです。それが彼の見納めとなってしまいました」

「その時、誰かほかの人間の姿を見たり、声を聞いたりはしなかったかな？　あなたは無傷の彼を一人残してきたのか？」

「誓って申しますが」彼女は首を横に振りながら言った。「誰も見かけず、声も聞きませんでした。門前通りに出てからも。ただし目も耳もぼおっとしていて、頭はがんがんするし、絶望に気も狂いそうな状態でしたけど。最初に気づいたのは額から血が流れていることでした。家に着くなり暖炉のそばにうずくまって、恐怖のあまりがたがた震えていました。途中の記憶はほとんどなく、巣穴に逃げ帰る動物みたいに夢中で走って来たことしか覚えていません。一つだけ確かなのは、誰にも会わなかったことです。なぜならもし会えば、いやおうなしに気を取りなおして正気の女のように歩き、挨拶もしたでしょうから。必要に迫られれば、そのくらいのことはできるものです。彼から逃げたあとのことで、わたしに分かっているのはそれだけです。わたしはひと晩じゅう、彼の帰りを恐る恐る待っていました。わたしを許す気がないことは分かっていましたし、ニニアンに対してもすでに最悪のことをしたにちがいないと思っていましたから。もうわたしたちは二人ともおしまいだ——すべては終わりだ、と思っておりました」

「だが彼は戻らなかったのだな」カドフェルが言った。

「はい、そうなのです。わたしは頭の血を洗い流し、血止めをして、絶望のうちにお帰りを待っていたのですが。でも帰られなかったからといって、気が休まったわけではありません。彼への恐れはしだいに彼への心配に変わってゆきました。あの厳しい寒さの中で夜通し何かしているなんて、とても考えられませんもの。たとえ城まで行って、護衛を呼んで来たとしても、そんなに長くかかるはずはないでしょう。とにかく彼は帰らなかったのです。わたしがどんな夜を過ごしたか、考えてもみてください。彼のこの家で、一睡もせずに待っていたのです」

「しかも最悪の事態さえ予想されたわけだからな」カドフェルが優しく言った。「あなたが恐れたように、水車場からあなたが逃げ帰ったあと彼がニニアンと会って、ニニアンの手で不幸な最期を遂げたということもな」

「はい」彼女は小声で短く答えて身を震わせた。「そういうこともありえました。あのような血気にはやる青年が、いきなり詰め寄られ、非難され、おそらくは攻撃まで受けたとすれば……確かにそれは起こりえたことです。でも幸い、そうはなりませんでした」

「それで翌朝は？　あなたはそれ以上ほうっておくこともできず、他人が急を告げるまで待つこともできずに、教会にやって来たのだな」

「それで半分だけお話ししたのです」彼女はそう言ってちょっと苦笑したが、その顔は苦痛でゆがんでいるかのようだった。「そうする以外に仕方がなかったのです」

「わしらが司祭を捜しにいっておるあいだ、ニニアンはあなたのそばにおったのだから、当然、あの晩の自分の行動についてあなたに話したはずだ。自分が水車場を離れたあとで何が起きたかはまったく知らずにな。で、もちろんあなたもすべてを打ち明けた。だが二人とも、あの男がどうして死んだかは皆目《かいもく》見当がつかなかった」

「そのとおりです」ダイオタは言った。「それは誓って申せます。あの時も、そしていまも。それであなたはいま、わたしにどうしろとおっしゃるのですか？」

「ラドルファス院長の言われたとおり、このままここにおって、つぎの司祭がいつ来てもよいようにこの家を守っておればよい。そして、あなたをここに招いた教会があなたを見捨てることは決してない、という彼の言葉を信じることだ。わしは自分の知っておることをできるだけ役立てねばならぬ。だが、あなたの不利になるようなことは極力避けねばならぬし、現在分かっておるより多くのことが分かるまでは行動に移すわけにはゆかぬ。あなたからもっと情報が得られればなおよかったが、それは心配にはおよばぬ。真実はいつかは判明する。

そこに行きつく道は必ずあるのだから。あの晩、水車場に行った人間は、エイルノスのほかに三人おったのだ」カドフェルは戸口で立ち止まって言った。「一人目がニニアン、つぎがあなただ。さて、さて、三人目はいったい誰なのか?」

10

カドフェルが作業小屋に戻ってから三〇分ほどして、そろそろ日も暮れかけ、夕べの祈り《ヴェスパー》も間近に迫ったころ、ヒューがいつものようにひょっこりやって来た。州の問題について院長に相談に来た時には、かならずここにも顔を出す習慣になっていたのだ。彼が扉を開けると、湿った冷たい空気がさっと流れ込んで来た。厳しい寒気は緩《ゆる》んだが、夕方から立ち始めた風はふたたび雪を運んで来るのだろうか。それとも重く垂れこめた雲を吹き払って、明日は澄みきった青空をもたらしてくれるのだろうか。

「いま院長と話して来たのだが」ヒューはそう言いながら壁ぎわの座り慣れたベンチに腰を下ろし、火鉢のほうへ気持ちよさそうに足を投げ出した。「明日はいよいよ司祭の埋葬式だそうだね。シンリックはまた、彼のためにずいぶん深い穴を掘ったものだな。あの男では六フィートくらいは土をかぶせて押さえ付けておかないと、出て来てしまうんじゃないかと心配しているみたいにね。ところで彼はついに恨みを晴らさずに埋葬されるわけだな。いまだに誰が殺したか見当もつかないのだから。あなたは最初から、門前通りの住民はこぞって見ざる、聞かざる、言わざるを決め込むだろうと言っていた。クリスマス前夜、この教区を出歩いていた者など、一人もいなかったと全員が言い、教会に行った以外は家から一歩も出なかった、他人が通りを歩いているのも見かけなかった、と口を揃えて主張するにちがいない、とね。とんでもない時刻にこっそり出歩いている者がいた、と証言したよそ者が一人いるが、そんなのはあまり当てにならない。それで、あなたのほうの進行情況はどんなだろう？」

さっきダイオタと別れてきて以来、カドフェルも同じことを考えており、自分の得た知識をヒューに隠しておくわけにはゆかぬと思っていたところだった。彼女には、絶対に口外しないと約束したわけではなく、慎重を期すと言っただけだし、献身的愛情という罠《わな》にはまっているあの女に対してと同様、ヒューに対しても協力する義務はあるのだから。

「まあ、わしとしては上出来のほうだろう」彼はにこりともせずにそう言って、乾かし始めたばかりの錠剤の盆を横に置き、友と並んで腰を下ろそうとベンチのほうに行きかけた。

「ヒュー、もし君が来なかったら、わしのほうから出向いて行かねばと思っておったところだ。実はゆうべ、エイルノスがあの晩持っていたのを見ておりながら、翌日死体を運んで来た時にはとんと忘れており、その後も捜そうとしなかった物のことを思い出したのだ。実際にはそのような物が二つあって、一つはわしが自分で見つけたのではなく、クリスマスの朝、池が凍っておるかと見に行った子供らが拾った物をもらい受けたのだが。ちょっと待ってくれ、いま現物を持って来るから。それから説明するとしよう」

彼は二つの品を持って来て、どれほどの意味をもつかはまだ分からぬながら、細かな部分までよく見せようとランプを引き寄せた。

「この帽子は子供らが浅瀬の葦の間から拾ったのだ。このとおり、縫目の一つがほころびて、縁飾りが取れかけておる。それからこの杖――これは今朝になって、エイルノスの死体を見つけた場所の真向かいの水べりでわしが見つけた」彼は淡々と事実を語っていたが、ニニアンの名前を出すことだけは避けていた。それも時間の問題ではあろうが。「この銀の環を見てくれ。長年使い古して紙のように薄くなり、へりがめくれ上がっておる。そしてここの切込みに……」彼は剃刀《かみそり》の刃のように鋭く尖った部分に指先を当ててみせた。「こんなものが巻き付いておったのだよ！」

彼は植物の種子を選り分ける素焼の盆の一つに少量の獣脂を塗り付けて、銀の環からほどき取った毛髪を、風で飛んだりしないように貼り付けておいたのだった。ランプの黄色い光に近づけると、それらははっきりと見えた。

「こうした金属の裂け目なら、抜け毛が絡みつくチャンスだっていくらもあるだろうけどね」ヒューが半信半疑の面持ちで言った。

「それはそうかもしれぬ。だが一カ所に五本も付いておったとなれば問題は別だ。そうは思わぬか？」

ヒューも光った細い髪の毛に指先を触れてみながら、ゆっくりと言った。「女の髪だな。

若くない女の」

「君もすでに知っておるかどうか」カドフェルが言った。「この事件に関係のある女は二人しかおらぬ。そのうちの一人はまだ若い。白髪になるのは、神の御意ならば、まだかなり先のことだろう」

「残らず話してくれたほうがよさそうだな」ヒューがちょっと偉そうに、微笑を浮かべてカドフェルの顔を見ながら言った。「あなたは事件の始まりからここにいた。わたしはそこへ、最初の事件を混乱させること受け合いの、別の問題を抱えてやって来た。わたしとしては、バシラー青年が無事グロスターに逃れ、女帝のために戦うのを妨《さまた》げたくはない。わたしの職務と特別に関係のあるような、重罪を犯したのでない限りは。わたしはこの不快な殺人事件を、明日の埋葬式でエイルノスの死体とともに葬ってしまえたらと心から願っているのだ。町と門前通りの住民が心安らかに日々の仕事に励めるように。そして次の司祭が安心して赴任して来られるようにね。こんどはもっと気楽に付き合えるような司祭が来てくれるとよいのだが。ところでこの髪の毛は、見たところダイオタのもののようだな。あの婦人にはまだ明るいところで会ったことがないから、色が同じかどうかは分からないが、額の傷は室内でもはっきり見えた。戸口の敷石ですべって転んだとか——人からもそう聞いたし、自分でもそう言っていた。でもあなたは、あの傷の原因はまったく別だと考えているらしいね」

「彼女はあの晩、水車小屋の近くであの傷を負ったのだ」カドフェルが言った。「夢中で司祭の後を追って行った時にな。青年の欺瞞《ぎまん》行為には目をつぶって、余計な手出しをしないでほしい、復讐心に燃えた悪魔のように彼に襲いかかり、執行官を呼んで獄にぶち込むのはやめてほしい、と懇願するためにな。彼女はニニアンの乳母だから、彼のためならどんなことでもする気でいたのだろう。彼女はエイルノスのガウンの裾にすがり付いて、思いとどまってほしいと懇願した。それで彼は、どうしても彼女を振り払えないものだから、この杖を振り上げて頭を打ったのだ。もし彼女が手を離さなかったら、何度でも打ったにちがいない。彼女は気を失いかけながらも、やっとの思いでそばを離れ、命からがら家へ逃げ帰ったのだ」

彼がダイオタから聞いたことをそっくりそのまま話すのを、ヒューは真剣に聞いていたが、目もとには意味深長な笑みを浮かべていた。「で、あなたはそれを信じるのだな？」聞き終わると彼は言った。だがそれは問いというよりは事実として肯定したのであって、彼自身の考えとも矛盾しなかったのである。

「むろん信じるとも。全面的に」

「ほかに彼女が知っていることはないのだろうか？　ほかの誰かのこととか」ヒューが尋ねた。「彼女も門前通りの連中のように、秘密は漏らしたがらないだろうけどね」

「そうかもしれぬ。それはわしも否定せぬが、それでも彼女はこれ以上は知らぬと思うのだ。彼女はあの晩、生きた心地もなく命からがら逃げ帰ったのだから、彼女からこれ以上の情報が得られるとは思わぬな」

「あなたのところのベネットからも？」ヒューが悪戯《いたずら》っぽく言った。そしてカドフェルが鋭い視線を向け、ちょっと黙り込んだのを見て笑った。「いや、まあ、ジファードが彼を密告しようとした時、早く逃げろと警告したのがあなたでないことは認めるよ。しかし実際には、ほかの者がやってくれたからやらずにすんだだけの話ではないのかな？　我々が青年を捜しに来た時、あなたはいそいそと庭園のほうに案内してくれたけど、青年がすでにいないことはちゃんと知っていたんだろう。ほんの一五分前にはここにいるのを見た、というあなたの言葉は信じるよ。あなたは単純どころではない事実をいかにも単純なことのように話すのが得意だからな。あの若者が苦境に立っていることをはっきり知ったのは、いったいいつなのかな？　そして彼の信頼を勝ち得たのは？　いまこの瞬間にも、彼がどこにいるかはちゃんと知っているのだろう。尋ねるつもりはないが！」彼は急いで付け加えた。「いや」カドフェルは大満足で答え、さらにその気持ちを表わすために言葉を継いだ。「いや、知らぬのだ。だから尋ねてくれてもいっこうにかまわぬ。答えようにも答えられぬのだから」

「当事者さえも知ってはいけない厄介事に引き込まれたというわけか」ヒューがにやりとして同意を示した。「まあ、わたしからも、彼を見かけるようなことがあっても知らせないでくれと頼んだのだからな。もう一つの事件さえ片づけば、彼のことは見て見ぬふりをするつもりだ」

「あの件については」カドフェルが率直に言った。「彼も君と同じ気持ちなのだ。すべてが明らかになり、ハメット夫人の立場が保証されるまでは、ここを動かぬつもりなのだ。グロスターに行って女帝に忠誠を尽くすことを強く望んではおるが、彼女が苦境にあるうちはここに留まると言っておる。だがあの問題さえ片づけば、ただちに君らの領土から出発する予定なのだ。しかも二人で連れ立って！」カドフェルはそう言って、ヒューの訝《いぶか》しげな視線を受けながらいかにも満足そうな顔をした。「はて、またまたわしは君の知らぬことを知っておるのかな？」

ヒューは眉根を寄せてこの謎をゆっくりと考えた。「ジファードではない、それは確かだ！　彼が現在の苦しい立場からそうすぐ抜け出せるはずはないからな。この事件に関係のある女は二人いて、そのうちの一人は若い、とあなたは言った……あの無鉄砲な若者がこの土地で妻を見つけたとでもいうのか？　こんなに早く？　アンジューの若僧どもが機敏に行動することは、まあ認めるが！　それにしても……」彼は素焼きの盆のへりを指でこつこつ叩きながら首をひねった。「彼は修道院に住み込んでいたのだからな。ここには女はめったに来ないし、彼は与えられた仕事をきちんとやっていたと聞いている。町へ出かけて女たちに色目をつかっているひまはなかったはずだ。それにわたしの知るかぎり、地元のほかの小貴族に近づいた様子もない。ジファードの家族構成ならわたしもよく知っている。あの家では、あの青年の帯びている使命についてはとくに秘密にしていないらしいし、あそこにはとても魅力的な若い娘が一人いる。女帝派の家系に生まれ、勇敢で意志の強い娘だから、継父とは別の行動を取ることもありうる。それに単なる好奇心から、自由と命を危険にさらしてまではるばる海を越えてきた英雄物語の主人公をひと目見ようと、ここまでやって来た、ということも考えられるな。あのサナン・ベルニエール？　彼が連れて行こうとしているのは、彼女かな？」

「サナン、そのとおり。だが、その決定をしたのは彼女のほうだとわしは思う。二人はすでに出発の準備として馬を二頭隠してあるし、彼女にはなにがしかの財産もあるのだ。母親から遺産として受け継いだ宝石類で、持ち運びには便利だ。むろん、彼のために剣や短刀も準備してやったにちがいない。武器や馬を持たぬみすぼらしい格好で、彼を女帝やグロスターのロバートの前に連れ出すとは思えぬからな」

「彼らは本気でそう計画しているのだろうか？」ヒューは眉をひそめて疑念を表明し、そうとすれば自分はどう行動すべきかとひそかに考えた。

「むろん本気だ、二人とも。それはジファードもべつに気にせぬだろう。これまでは、彼女に対する義務はきちんと果たして来たらしいが、そうなれば持参金をやらずにすむのだからな。あの男もすでにかなりの財産を失っておるから、息子のことで頭がいっぱいなのだ」

「その計画によって彼女が得るものは何なのだろう？」ヒューが言った。

「彼女は自分の意志を貫くことができる。望んだものが得られる。つまり自分が選んだ男を。

彼女はニニアンを手に入れたのだ。損な取り引きではないとわしには思えるがな」

ヒューはそのような逃亡を許すことの当否を秤《はかり》にかけながら、しばらくのあいだ無言でじっと考え込んでいた。おそらくは、アラインを射止めんと決意したつい二、三年前のことも思い出していたのだろう。やがて彼の表情は和らぎ、黒い目と癖のある口もとを、例の悪戯っぽい笑いがかすめた。そして雄弁な眉を上下させながら、カドフェルの顔を盗み見た。

「そうか、わたしがそれをやめさせるのはここの広場を横切るくらいわけないことだ。そう、あの若者を隠れ処からおびき出して、わたしの腕に飛び込ませることもね。その気になりさえすれば。方法はあなたが教えてくれたのだから。ハメット夫人を捕らえるか、あるいは捕らえるつもりだと発表するだけで、彼女を守るために飛び出してくるだろう。そして彼女を殺人罪で告発すれば、彼女を無罪にし汚名を晴らすためなら、自分の犯していない罪さえ告白するかもしれない」

「確かにそれは可能だろうが」カドフェルはあまり関心を示さずに言った。「君はやらぬと思う。君もわしと同様、エイルノスを襲ったのは彼でもダイオタ夫人でもないと確信しておるのだから、自分を偽るようなことはすまい」

「だがわたしは」ヒューがにやりとして言った。「ほかの人間に対してこのトリックを使うかもしれない。そうすれば、実際にエイルノスを殺した男があの青年くらい誠実で勇敢かどうか分かるだろうから。実は今日は、ちょっとしたニュースを一つ持って来たのだが、あなたはまだ聞いてないだろうな。エイルノスの教区民の一人でちょっと痛い目に遇わせてやったほうがよさそうな男のことだ。世の中には、粗暴で手が早く、うっかり人も殺しかねないが、自分の犯した罪のために他人が犠牲になるのは見ていられぬ、といったタイプの人間も結構いるものだ。殺害者を餌で釣る方法は試してみる価値があると思うな。たとえ失敗したって、餌にされた人間の蒙《こうむ》る被害は知れたものなのだから」

「わしだったら、犬に対してでもそのようなことはせぬ」カドフェルが言った。

「わたしだってしない。犬は誠実で、いさぎよい動物だから。正々堂々と戦って、決して恨みを抱くことがない。敵を殺すとなったら、真っ昼間であろうと、目撃者が何人いようと、おかまいなしに公然とやる。むしろある種の人間に対しては、良心の呵責《かしゃく》を感じずにすむくらいだ。ところでその男は——まあ、べつに悪い奴ではないのだが、怖いもの知らずで、哀れなかみさんをかなり辛い目にも遇わせているらしい」

「何だかわけが分からなくなってきた」カドフェルが言った。

「じゃあ、分かるようにしてあげよう！　今朝、アラン・ハーバードがたまたま道で出会ったという男を連れて来てね。何でもアーウォルドの田舎の親戚で、職業は羊飼い、門前通りの彼の家でクリスマスを過ごすためにやって来たのだそうだ。アーウォルドのところには、早く子を妊《はら》みすぎた雌羊が二頭いて、ゲイエの向こうの小屋に入れてあったのだが、そのうちの一頭がいまにも子を産みそうになった。そこでその親戚の羊飼いが、クリスマスの夜半《マタン》の祈りと早暁《ラウズ》の祈りの直後のことだが、様子を見に行って、無事に子羊を取り上げてやった。そして家に戻ろうと、ゲイエのほうから門前通りに出て来たのが、ようやく夜が明け始めるころだった。その時彼は、誰を見たと思うかな？ 水車場に下りる小道から、ジョーダン・アーシャーが人目を忍ぶようにこそこそ出てきて、家のほうへ歩いて行ったというのだ。いかにも寝起きらしく、髪はぼさぼさ、目はとろんとして、そんな時刻に人に見られているとはつゆ知らず。この土地には知り合いなど数えるほどしかいないその男が、ジョーダンの顔と名前を覚えていたのは、たまたまその前日に、アーウォルドに頼まれて彼の店にパンを取りに行っていたからなのだ。彼はその話を単なる雑談として、まったく無邪気に話していた。ジョーダンの評判を聞いていて、どこかの女のベッドから帰るところを見たというのは、害のない話題だと思ったのだろう」

「あの小道から？」カドフェルが目を丸くして言った。

「そう、あの小道から。あの晩、あの小道を通った者は結構いたらしいな」

「最初がニニアン」カドフェルがゆっくりと言った。「君にはまだ話してなかったが、彼はジファードが来るか来ないか分からなかったものだから、早くにあそこへ行ってみたのだ。そして怒り狂ったエイルノスがやって来たのを見て、すぐに立ち去った。だからそのあと起こったことについては、司祭がいなくなったとダイオタが知らせに来た翌朝までまったく知らなかったのだ。そしてつぎが彼女だ、さっき言ったように。わしは、あそこに行った者がもう一人おるにちがいないと言っていた。それにしてもジョーダンが？　夜明けにこそこそと家に帰って行った？　そんなに長く恨みを抱き続けておるほど、彼が執念ぶかい男だとは思えぬがな。それではまるで、甘やかされた赤ん坊ではないか。腕のよいパン屋であること以外は」

「わたしもそう思う。しかしあの小道から出て来たのが彼であることは、まず間違いないだろう。クリスマスの早朝、長い徹夜の祈りのあとで出歩いている者がほかにもいるとは夢にも思わずにね。ところが現実は、お産の近い雌羊の面倒を見に行った羊飼いがいたというわけだ！　ジョーダンとしては運が悪かったとしか言いようがないな。実はまだその先があるのだ、カドフェル。わたしはジョーダンのかみさんから直接話が聞きたいと思って、夫がパン焼きに忙しい時間を見計らって行ってみたのだ。まず夫の行動について取り沙汰されていることを話して聞かせ、彼があの晩どこにいたかはすでに証明ずみであることを納得させた。彼女はもう、実を付け過ぎた枝みたいに重みに耐えかね、折れる寸前のように見えた。かわいそうに、あの女がこれまでに産んだ子供の数ときたら、なんと一一人。それでたったの二人しか生きていないのだ。それにしても、いったいどうやってそんなにたくさんの子供が作れたのか。家で寝ることなどめったにないというのに。記録天使に訊いてみるしかないな。あのかみさんだって、決して器量の悪い女ではない。あれほど悩み疲れて、やつれてさえいなければね。しかも、いまだに夫を愛しているのだ！」

「それで今回のことについては」カドフェルは嘆息しながら尋ねた。「彼女はほんとうに事実を話したのか?」

「もちろん、そして当然ながら夫のことを心配していた。彼女が真実を話したことは間違いない。彼はあの晩ずっと家をあけていたそうだ。べつに珍しいことではないが。しかし人を殺したということはありえない! その点については、彼女は頑として譲らなかった。夫はハエ一匹殺さない男だと言って。しかしながら、哀れなかみさんに対しては実にひどい仕打ちをしてきたのだ。彼女によれば、彼はあの晩、最近の浮気相手のある娘と過ごしたのだそうだが、それが例の、粉屋の隣りに住んでいる老女の小間使い、あのあばずれ娘なのだ。水車池のそばの」

「ああ、それならばずっとありうることだな」カドフェルが顔を輝かせて言った。「それは事実だろう! わしらは次の朝、エイルノスを捜しに行った時彼女とも話したのだがね」彼は興味ぶかげにあの朝のことを思い出していた。たてがみのような黒髪に、物怖じしない好奇心まる出しの目をした、一八そこそこのはすっぱ娘のことを。あの時彼女は、〝ゆうべはわたしの知っている人なんて誰も来なかったわ。来るわけがないでしょう〟と言っていた。そうだ、彼女はべつに嘘をついていたわけではないのだ。自分の秘密の愛人を、闇に乗じて密かに水車場にやって来た者の一人に数えることなど、考えもしなかっただけのことだ。ジョーダンの目的は一目瞭然で、罪がないとは言えぬが自然で無害なことなのだ。彼女は自分の理解に基づいてしゃべっていたのである。

「その時彼女がジョーダンのことをひと言も口にしなかったとは！　いや、するわけがないな。彼のやってたことを知っていようと、あなたが尋ねていたのは彼のことではないのだからな。いや、彼女を責めるつもりはまったくない。それに彼女に時間のことを尋ねても無駄だろうな。彼が来たのはもちろん、何時に帰ったかさえ、正確には分からないだろう。まあ、夜が明けるころというくらいしかわね。彼が耳の悪い老女の家の戸口に立って、予告を受けていた鋭い耳に囁きかける前に、男を一人殺すことだってできたのではないかな」

「彼がそんなことをしたとは思えぬ」カドフェルが言った。

「それはわたしも同じだ。しかし考えてみれば、不利な条件が揃っているからなあ！　彼があの場所に行ったことはかみさんが認めている。羊飼いは彼が帰るところを見た。エイルノス神父があの同じ道にはいって行ったことはすでに明らかで、彼はハメット夫人が逃げ帰ったあともあそこで獲物を待っていた。そこへ教区民の一人がやって来て、とんでもない家の戸口に立ってそっと声をかけ、若い女に招き入れられるのを目撃したとしたら、どうなるだろう？　しかもそれが、かつて自分に恨みを抱いた男であり、よからぬ噂をさんざん聞いていた男だったとしたら？　その結果は？　彼は罪びとを嗅ぎ出す名人だから、最初の目的はけろりと忘れて直ちにその獲物の追跡に向かったかもしれない。あの老女は石のように耳が聞こえない。少女のほうは、たとえその衝突を目撃して結果を見とどけたとしても、そんなことはおくびにも出さず、当たらずさわらずの受け答えをしていたかもしれない。もしそうだとしたら、ねえカドフェル、不運にも司祭は盛りがついて気の立ったウサギを追い立てたがために、池に落ちて命を落とすという最悪の事態に陥ったということかな」

「だがエイルノスの頭の傷は」カドフェルがショックを受けて言った。「後部にあって、しかもかなり深い。男が争うとしたら、向かい合ってやるはずではないか」

「それはそうだが、一方がよろけて心ならずも一瞬、背を向けてしまうということもありうるだろう。だがあなたは傷の状態をよく知っている。わたしも知っている。しかし、一般の人びとは知っているだろうか？」

「すると君は、さっき言ったことをほんとうにやる気なのか？」カドフェルが驚いて尋ねた。

「もちろん、やるつもりだ。明日の朝、エイルノスの埋葬の時に――彼をもっとも憎んでいた者でさえ、彼が無事に地下に葬られるのを見とどけに来るはずだから、こんな絶好のチャンスはないだろう。それで成果が上がれば、我々は回答が得られ、この騒ぎは一件落着で、町には平和が戻る。そうゆかぬ場合には、ジョーダンをしばらく怖い目に遇わせるのも悪くはないだろう。ほんのいく晩かね、たぶん」ヒューは悪戯っぽい笑みを浮かべ、ちょっと考えてから続けた。「いつもより固いベッドで、しかも一人で眠らねばならぬ。今後は自分のベッドで過ごすのが一番安全だと思い知るだろう」

「彼を救い出そうとする者がついに現われなかったらどうするのだ？」カドフェルがいくぶ

ん皮肉っぽく言った。「そして君がさっき話してくれたことが事実だったとしたら？　つまりジョーダン自身がそのお尋ね者だったとしたら、その場合はどうするのか？　もしも彼が冷静さを保ってすべてを否定し、あの娘が彼に有利な証言をしたら、君は無駄に餌を引き止めておくことにはならぬか？」

「ああ、彼がそういう人間でないことはあなたもよく知ってるはずだ」ヒューが平然と言った。「骨太で景気のいいやつだが、あまり気骨のある人間ではない。もし実際にやったのなら、初めのうちこそ声高に否定するかもしれないが、石の床《ゆか》でふた晩も過ごせば、べらべらとあらゆることをまくし立てるにちがいない。自分は自己防衛をしたにすぎぬとか、司祭が水に落ちたのは単なる事故だとか、落ちた司祭を引っ張り上げることができなかったから怖くなって逃げたのだ、とかいったことを。また事件を誰にも話せなかったのは、司祭との感情のもつれが周知の事実であることを知っていたからだ、とかね。二、三日、独房に閉じ込めたからと言って、べつに害はないだろう。万が一、それ以上も頑《かたく》なに抵抗を続けるようならば」ヒューは立ち上がりながら言った。「彼には罰を逃れるだけの資格があるというものだ。教区の連中もそう思うだろう」

「君もなかなかずる賢いな」カドフェルは非難とも称賛ともつかない調子で言った。「こうして付き合っていられるのが不思議だよ」

ヒューは戸口で振り返って、肩越しに輝くような笑顔を見せた。「それも神の思《おぼ》し召《め》しだろうよ」そう言って迫りくる夕闇の中を砂利を踏んで大またに歩み去った。

夕べの祈り《ヴェスパー》では悔悛《かいしゅん》の念を込めて厳粛な聖歌が歌われ、また、夕食後の修士会会議場での朗読でも、死者の埋葬に関する箇所が選ばれた。今年最後のこの日はまだエイルノス神父の影が重く垂れこめており、新たなる年、キリスト紀元一一四二年は、真夜中の一二時にではなく、明日の埋葬式が終わって墓が閉じられた時、ようやく訪れることだろう。教会暦では、明日は降誕節の八日目、そしてキリストの割礼《かつれい》の祝日だが、門前通りの人びとにとっては悪夢の取り除かれた慰めの祝日となろう。それにしても、なんと惨《みじ》めな最期であったことか。司祭ともあろう者が。

就寝前の祈り《コンプライン》までの三〇分間は、一日の最後の楽しい自由時間だった。「明日は教区ミサのあとすぐに、エイルノス神父の埋葬式を挙行する」皆が暖房室に引き上げようとした時、ロバート副院長が言った。「司式はわたしがやるが、説教は、ご自身の希望により院長どのがされることになっておる」副院長の甲高《かんだか》い、抑制のきいた声には、どことなく曖昧な響きが感じられ、あたかも、院長のこの決定を死者への敬虔《けいけん》な敬意として歓迎すべきか、あるいは自分が熱弁をふるうチャンスを奪われたことを悔やみ、憤慨すべきかと、ひそかに迷っているかのようだった。「夜半の祈り《マタン》と早暁の祈り《ラウヅ》は死者のための典礼でおこなう」

つまりその二つの祈りは長引くということだ。とすれば、就寝前の祈り《コンプライン》のあとすぐ床につくのが賢明であろう。カドフェルはすでに火鉢の火を泥炭で覆って、夜通しゆっくりと燃え続けるようにしておいた。万が一、深夜に厳しい寒気が舞い戻って来て、水薬などの医薬品が凍ったり、瓶が破裂したりすると困るからである。今夜は霜が降りるほどには気温も低くなく、風も少しはあるし、薄曇りの空模様からもそれほど冷え込む危険はなさそうだった。彼は感謝の気持ちで仲間の修道士と一緒に暖房室に行き、くつろいだ半時間を過ごそうと腰を下ろした。

日ごろは無口な連中もこの時だけは気軽に口を開き、副院長さえも皆の饒舌《じょうぜつ》ぶりに眉をひそめはしなかった。当然ながら、今夜の話題はエイルノス神父の短い支配とその不気味な死、そして明日の埋葬式に関するものだった。

「では院長どのは、みずから故人に賛辞を呈するつもりなのだな」アンセルム修道士がカドフェルの耳に囁いた。「それは傾聴に値するだろう」聖務におけるアンセルムの担当は音楽だったから、口で話される言葉にはそれほど関心がないとはいえ、その効力や影響力は十分に認めていたのである。「彼は喜んでロバートに任せるものと思っていたけれど。ニール・ニシ・ボヌム（よいことだけ）……それとも、あの男を連れて来たことへの罪滅ぼしになるとでも思っているのだろうか？」

「そういう気持ちもあるかもしれぬ」カドフェルは同意した。「だがそれだけではなくて、真実のみを語ろうとの決意によるものとわしは思う。ロバートでは、美辞麗句を並べてみずからの雄弁に酔うだけに終わりかねぬが、ラドルファスは誠実と明確さを重んずる人間だから」

「難しい役目だな」アンセルムが言った。「わしは言葉を使う役目でなくて幸いだった。ところで、次の教区司祭についてはまだ何も話がないが、住民は皆、ラテン語などできようができまいが、知った男がなることを望んでおるだろう。土地の人間で気心の知れた者なら、あまり虫の好かぬ男でさえ歓迎するにちがいない。悪魔でさえ気心が知れていれば付き合えるというものだ」

「もう少し望みを高く持っても悪くはあるまいよ」カドフェルが溜め息まじりに言った。「天使にはほど遠くとも、自分の欠点をよく知った、きわめて平凡な男が門前通りには最適であろう。ここ数週間、そうした人間に恵まれなかったのは残念なことだった」

　大きな石の炉床には、丸木の薪が安定して燃え続けていた。中心部はすでに熱い灰に変わっており、就寝前の祈りの鐘が鳴るまでには少しの無駄もなく、ちょうどよく燃え尽きることだろう。日中の寒い戸外の労働でこわばっていた顔も、いまは満足げなバラ色になり、ひびの切れた手もカドフェルが配った軟膏のおかげですべすべになっている。気の合った者同士、何人かずつ寄り集まって、皆慎みぶかく小声で話し合っており、その声が混ざり合って、楽しげな蜂の巣のざわめきのように聞こえていた。一日のほとんどを戸外で過ごした若者の中には、身体が暖まるにつれて目を開けているのに苦労している者もいた。今夜の就寝前の祈りは、夜半の祈り《マタン》が長く厳粛なものとなることを考慮して、たぶん短くしてくれるだろう。「いよいよ明日は年が変わるのだな」施薬所係のエドマンド修道士が言った。「新しい年の始まりだ」

誰かが言った。「アーメン！」そう言ったのが単に習慣からにせよ、信仰心からにせよ、カドフェルはその言葉にこだわった。「アーメン」は、終結、決意、平和の実現などに伴って唱えられるものであり、彼らはいまのところまだ、そのどれにも到達できそうになかったからである。

僧坊の狭い個室のカドフェルのベッドから西へ一マイルほど離れたところの、干し草のいっぱい詰まった牛小屋の二階で、ニニアンは、サナンがどこからか見つけてきてくれたマントにくるまって寝ていた。腕にはまだ、二時間以上も前に帰って行った彼女の身体のぬくもりが残っていた。彼女は、継父がセント・チャド教会の夜のミサから帰らぬうちにと、乗って来た小馬を町の厩に返しに行ったのだった。ニニアンは彼女に、夜は一人で出歩かぬほうがよいと再三忠告していたのだが、恐怖心というものを置き忘れてこの世に生まれて来たかのような彼女は、やろうと思ったことは何でもすぐに実行に移した。いまのところ彼女に対して何の権限も持ち合わせない彼は、それをどうすることもできなかったのである。森のはずれにあるこの二階建ての牛小屋は、森を取り巻く放牧地の所有者であるジファード家のものだが、ここで牛の世話をしている年輩の牧夫は、かつてはサナンの生家で働いていた男で、いまだに彼女の誠実で献身的な召使いだった。彼女が購入して、ここに隠してある二頭の馬は彼の喜びであり、サナンの結婚計画に関与していることは、彼の誇りであるとともに一生の楽しい思い出ともなろう。

今日、彼女はやって来て、この二階の干し草の中でニニアンとともに過ごしていった。二人で一枚のマントにくるまり、腕を絡み合わせていたが、まだ肉体の喜びのためではなくて、その期待と慰めのためだった。二人は冬眠中のヤマネのように心地よく、だが心の底から湧き起こる喜びをはっきりと意識しながら、一時間ちかく語り合った。彼女が行ってしまったいま、彼はその記憶をしっかりと胸に抱き締め、そのぬくもりによって夜通し心を暖めようとしているのだった。きっといつの日か、いつの夜か――願わくはその日が近からんことを――彼女が起き上がって出て行く必要も、彼がしぶしぶ腕を開いて彼女を行かせる必要もなくなることだろう。そして夜は完全なものとなるのだ。星がきらめき、情熱の炎が走る、素晴らしい夜に。だがいま、彼は一人で横たわり、うずく心を抱えて、彼女のことを、明日のことを、そして彼には不当と思える自分自身の借りのことを思い悩んでいた。

さっき彼は、頬をくすぐる彼女の髪と、喉《のど》もとに吹きかかる彼女の暖かい息とを快く感じながら、最近の数日間に起きたことを残らず報告する彼女の話に熱心に耳を傾けていた。カドフェル修道士が司祭の黒檀の杖を見つけたこと、彼がダイオタを訪ねてあの晩何が起きたかを聞き出したこと、エイルノス神父の埋葬式は明日、教区ミサの後おこなわれる予定であることなどについて。彼がダイオタを心配して思わず起き上がろうとした時、彼女は両腕を彼の首に回して自分のほうに引きもどし、心配する必要は少しもないと言った。ダイオタとは、司祭の埋葬式に一緒に行く約束をしてあるし、彼女の世話をすることだって彼には負けないつもりだし、彼女にどんな危険がふりかかろうと彼に劣らず勇敢に対処できるつもりだから、と。そして、自分がまたここに来るまでは、この隠れ処から絶対に動いてはいけない、と言った。しかしながら、彼女が容易には主張を曲げない女であるように、彼もまた、そう易々《やすやす》と説得されるような男ではなかったのである。

それでも彼女は熱心に説得を続けた結果、不慮の事態が生じて直ちに行動する必要がある時以外は、ここで彼女を待つという約束を取り付けた。彼女はそれで満足するより仕方なく、二人は約束の口づけをした。そして当面の心配はわきに押しやって、もっと先の希望を囁き合った。ウェールズの国境までは何マイルあるのだろう？　一〇マイル？　それよりあまり遠くないことは確かだ。ポウイスは未開の地であろうが、女帝の兵士に対して敵意を抱くはずはない。少なくともスティーブン王の役人に対してよりは。また本能的に、イングランドの法の執行者に対してより追われている者のほうに味方するだろう。そのうえウェールズには、サナンの遠い親戚もいる。祖母がウェールズ人で、サナンというイングランドにはない名前も彼女からもらったものなのだ。それに万が一、森で無法者に出会っても、ニニアンは武術の腕も確かだし、見事な剣と立派な短刀も干し草の中に隠してある。それらの武器は、シュルーズベリの包囲の時、あの戦いで命を落としたジョン・ベルニエールが使ったものである。二人は無事に旅を終えてグロスターに到着し、そこで皆に祝福され、晴れて結婚式を挙げることができるだろう。

だが、いまはまだ出発できない。ダイオタに対する危険がすべて除去され、修道院長の保護のもとに生活の安定が保証されるまでは。いまこうして一人で干し草の中に横たわっていると、この困難な情況はとてもすぐには終わらなそうな気がした。明日という日はエイルノスの遺体を休息場所に葬るであろうが、彼の死にまつわる不吉な影までも葬ってくれるわけではない。あす一日がダイオタにとって何事もなく過ぎようとも、来たるべき日々のためにはなんの解決にもならないのだ。

ニニアンは解決策が思い浮かばぬことに苛立《いらだ》ちながら、夜おそくまで目を覚ましていたが、逝《ゆ》く年と来る年との境い目ごろ、ようやく浅い眠りに落ちた。そしてこんな夢を見た。果てしなく続く森の小道を、両側から覆いかぶさるイバラやキイチゴに行く手を阻まれながら一心に歩いている。前を行くサナンに何とかして追いつこうとするのだが、彼女は甘く酔うようなハーブの香りだけを残して、しだいに遠ざかってしまうのだった。

巨大な船を伏せたような内陣では、いま夜半の祈りが行なわれていた。死者のためのミサの荘厳な祈りの文句が四方の壁や天井にこだまして、昼間には経験することのできない音響効果をかもし出していた。詩篇の朗読の合間には、聖具係のベネディクト修道士が聖書の指定部分を読み上げ、その見事な、朗々たる声は円天井いっぱいに響きわたった。そして区切りごとに、司式者の唱える短句とそれへの応唱が続くのだった。

「レクイエム　エテルナム……」

「エト　ルクス　ペルペトゥア……」

ベネディクト修道士の、低音の素晴らしい声が響きわたる。「〝我が心生命《いのち》を厭《いと》う……我が魂の苦しきによって語《ものい》わん　我神に申さん　我を罪ありとしたもうなかれ　何故《なにゆえ》に我と争うかを我に示したまえ……」

ヨブ記には慰めはあまりない、カドフェルは自分の席で熱心に耳を傾けながら考えた。だが、すばらしい詩がある――つまるところ、詩とはそれ自身、一種の慰めではあるまいか？　ヨブは困難や衰退や死といった、みずからの歎きの対象までも、壮麗な挑戦の詩に歌いあげている。

「〝願わくは汝我を陰府《よみ》に隠し汝の怒りの息《や》むまで我を掩《おお》い……

〝我が気息《いき》はすでにくさり　我が日すでに尽きなんとし　墳墓《はか》我を待つ……我は黒闇《くらやみ》に我が床《とこ》を展《の》ぶ　我朽腐《くさり》に向かいて汝は我が父なりと言い　蛆《うじ》に向かいて汝は我が母なりと言う然《され》ば我が望みはいずくにかある……

〝願わくは彼しばらく息《や》めて我を離れ我をして少しく安《やす》んぜしめんことを　我が往《ゆ》きてまた帰ることなきその先に斯《か》くあらしめよ　我は暗き地死の陰の地に往かん　この地は暗くして晦冥《やみ》に等しく死の陰にして区分《わいだめ》なし　かしこにては光明《ひかり》も黒闇《くらやみ》のごとし……〟」

そして最後に、希望というよりは確信に近く、それ自身が安心のもとである嘆願の言葉が唱えられた。

「主よ、永遠の安息を彼らに与え……」

「絶えざる光を彼らの上に照らしたまえ……」

早暁の祈り《ラウズ》のあと、カドフェルはすでに夢現《ゆめうつつ》のようによろめきながら、夜間用階段を昇ってベッドに戻った。だがその間も、さっき唱えた嘆願の言葉が胸に鳴り響いており、やがて眠りに落ちるころには、それは願いを克《か》ち取る勝利の叫びにまで高まっていた。永遠の安息と絶えざる光を……どうかエイルノスにさえも。

エイルノスばかりでなく、我らすべてに、カドフェルは眠りに落ちながら考えた。煉獄《れんごく》の旅は長かろうが、いかに曲がりくねった道も結局はそこに通じているのだ。

11

新年、一一四二年の第一日目は、灰色の空と湿った空気に包まれて明けた。だが雲は薄く、やがては太陽も顔を出し、夕暮れに向かって霧が立ち込めるまでの日中の一、二時間は、暖かな陽差しを送ってくれそうだった。日ごろは早朝の祈り《プライム》のかなり前に起き出すカドフェルも、今朝は鐘の音とともに目覚め、寝不足でまだぼんやりしている仲間たちと夜間用階段を降りて行った。早朝の祈りのあと、彼は作業小屋に行ってすべての物に異常がないことを確かめてから、祭壇のランプに注ぎ足す新しい油を持って戻って来た。シンリックはすでに蠟燭の芯を切り揃え、ちょうど回廊から墓地のほうへ出て行ったところだった。前日に境界の塀ぎわに掘って、丁寧に板で覆っておいた墓が、きちんときれいになっているかどうかを確かめに行ったのだ。遺体を納めた木の柩《ひつぎ》は布に包まれて、教区祭壇の前の棺台に安置されていた。ミサの後、柩は行列とともに北側の扉から出て門前通りを右へ行き、角を曲がるとすぐ馬市広場に面した大きな両開きの門から入って、墓地へと運ばれて行くのだ。俗人たちは修道院の広場を通らずに、この門から出入りすることになっていた。宗規を守るのに必要な静穏《せいおん》を保つためには、ある程度の分離はやむをえなかったのである。

広場にはミサの始まるずっと前から、控え目だがせわしげな人の往来があった。修道士たちは今日一日の仕事の準備や、昨日やり残した雑事を片づけるために、忙しく動き回っていた。門前通りの人びとも教会の西の大扉のそとに集まり始めており、門番小屋のあたりをうろつきながら友だちを待っている者もいた。皆感情を抑えた、堅苦しく神妙な顔付きをしているが、目だけは油断なく周囲を窺っている。あの恨めしい存在の影からほんとうに抜け出すことができたのかどうか、まだ自信がなかったのだろう。おそらく今日一日が終われば彼らもほっと安堵《あんど》の吐息をつき、隠れ処から這い出て、隣人同士おおっぴらにおしゃべりを楽しめるのだろうが。おそらくは！　だが、もしヒューの罠《わな》が空振りに終わった場合はどうなるのか？

カドフェルにとっては、この計画自体が心配の種だった。だがこの未解決状態が永久に続き、時の経過とともに疑念や恐怖も薄れて、ついには忘れられてしまう場合のことを思うと、なおさら不安だった。謎が解明され、犯人が処罰され、一件落着となったほうがはるかによい。そうなれば、少なくとも一人を除いたすべての者の心が安らぐのだから。いや――その一人さえも。もっとも心が安らぐのはその一人かもしれぬ！

門前通りのお偉方もそろそろ顔をみせ始めた。顔役のアーウォルドはしかつめらしい顔をして、町長を自称することの妥当性と正当性を誇示するかのように堂々と振舞っていた。仕事場から駆けつけた鍛冶屋、ウェールズ人の蹄鉄師《ていてつし》リース・アプ・オエイン——門前通りの職人たちの何人かはウェールズ人だった——、アーウォルドの親戚の羊飼い、そしてパン屋のジョーダン・アーシャー。大柄でたくましく、肉づきもよいこの男は、ほかの者たちと同じく感情を顔に出さない努力をしているものの、自分の名誉を傷つけた男の埋葬を見とどけることへの満足感を隠せない様子である。貧しい人びとも来ていた。司祭のところで働いていて、農奴か自由民かと疑われ、大いに自尊心を傷つけられたアルガー。エイルノスに境界の石を動かされ、自分の土地まで耕されたエアドウィン。赤ん坊に洗礼を授けてもらえず、聖別されない墓地に葬らざるをえなかったセントウィン。何かにつけて黒檀の杖で打たれるので、エイルノスの授業に出たがらなくなった少年たちの父親など。当の少年たちも大人から少し離れたところに集まって、囁き合ったり、時々門のなかを覗き込んだりしていたが、決して入ってこようとはしなかった。警戒するような顔が急に皮肉っぽい笑顔になったり、ひそひそ話が忍び笑いに変わったりしているのは、虚勢を張ったり突然また怖くなったりしているのだろう。門前通りの犬たちも人びとの興奮と不安を鋭く嗅ぎつけて、見まもる群衆の間を駆け回り、通る馬の足にかみつこうとしたり、物音を聞きつけては一斉に吠《ほ》え立てたりしていた。

女たちは大部分が家に残っており、ジョーダンの妻はもちろん夫のかわりにパンを焼いていた。いま彼女は、早朝から使っていたかまどの灰を掻き出して、すでに丸めて窯に入れるばかりになっている次の一窯分《バッチ》を焼く準備をしているところだった。これから起ころうとしている騒ぎからこうして離れていられるのは、彼女にとっては幸いだった。むろんヒューは、夫がさらに重い罪を着るのを防ごうとして夫の外泊を認めたに過ぎないこの哀れな女までを、事件に巻き込むつもりはなかろうが。いずれにせよ、この件はヒューに任せておくほかない。彼は概して人間や事件を扱うのはうまいのだ。女たちの中にも、少数の老婦人や中年婦人、堅実な職人の妻など、出かけて来ている者もいた。他の者が離れていた時もつねに教会に来続けていた人びとで、どんな小さな儀式にも欠かさず出席する信心ぶかい連中である。教区ミサばかりでなく修道士の夕べの祈り《ヴェスパー》にまで、院内で暮らしている平信徒のような黒の慎ましい服装で出席する彼女らが、今日の埋葬式を無視するはずはない。

カドフェルは、次々と到着する人びとを半ばうわの空で眺めていた。するとダイオタ・ハメット夫人が門から入って来るのが見えた。サナンが片手を差し出して、肘のあたりをそっと支えている。その様子を目にして、彼は一抹《いちまつ》の不安とともに新鮮な快さを覚えた。美しい二人の婦人がぴったり肩を寄せ、慎重に気をくばった多分に傷つきやすい威厳を保ちながら、きわめて平静に、決然とやって来るのだ。春と秋とがたがいに支え合っているかのようだ。隠れ処に取り残されているニニアンも、この日の様子を詳しく聞きたがることだろう。それを知るまでは、一瞬たりとも安心できないにちがいない。結果はどうあれ、あと二時間もすれば、当面の問題は片づくのだ。

二人は門から広場に入って来ると、明らかに誰かを捜しているようにあたりを見回していたが、先にカドフェルを見つけたのはサナンのほうだった。彼女が顔を輝かせてダイオタの耳に何か囁くと、未亡人はこちらを振り向くなり、すぐに彼のほうに歩き始めた。二人が捜していたのが自分だと分かったので、カドフェルも途中まで出迎えた。

「ミサの前にお目にかかれて幸いでした」未亡人が言った。「先日いただいた軟膏が、まだ半分ほど残っているのですが、わたしはこのとおりもう必要ありません。無駄にしてはもったいないですし、こんな寒い季節には使い道はいくらもおありだろうと思いまして」軟膏はベルトに付けた小袋に大切にしまってあり、取り出すのに少し手間どった。彼女は木の栓で密封された粗末な陶器の小瓶を掌にのせて、控え目な微笑とともに差し出した。「わたしの傷はもうみんなよくなりましたから、誰かほかの人のためにお使いになってください。ほんとうにありがとうございました」

掌のかすり傷は最後の一つも糸のように細く白い線となり、ほとんど見えないほどになっていた。こめかみの打撲傷もヒヤシンスの球根ほどに小さくなり、青あざもほとんど消えている。

「また必要が起こった時のために、そのまま持っておってくれてもよかったのに」カドフェルは差し出された小瓶を受け取りながら言った。

「もしまた必要になったとしても、その時もここにいてお世話を受けられることを願っておりますから」ダイオタが言った。

彼女は軽く上品なお辞儀をして、教会のほうへ歩き始めた。カドフェルは彼女の肩越しに、サナンの信じきった青い目が笑いかけているのを見た。ブルーベルのように青く、澄みきった空のように明るいその眼差しは、いまや共謀者に送る合図のように打ち解けていた。それから彼女も向きを変え、年長の婦人の腕をとって、二人並んで遠ざかって行った。そして広場を横切り、門から出て、西の扉から教会の中へと姿を消した。

ニニアンが目を覚ました時、戸外はすでに完全に明るくなっていた。だがゆうべは夜中まで眠れずにいて、そのあと深い眠りに落ちたために、まだ頭は重く、集中して何かを考えるのは難しかった。彼は起きあがると、はしごを使わずに二階から跳び降りて、もやもやした気分を振り払おうと、冷たくさわやかな、湿った朝の空気の中に出て行った。階下の馬房はすでに空っぽだった。サナンの召使いのスウェインが、もう町の近くのあばら家からやって来て、二頭の馬を柵で囲った小放牧場に連れ出していたのだ。馬たちは厳しい寒さの間ずっと屋内に閉じ込めてあったから、少し運動をさせるためである。新鮮な空気と明るい光の中で、彼らも自由を楽しんでいることだろう。元気いっぱいの若馬で、しかも運動不足ときては、捕まえて鞍を置くのは容易ではなかろうが、今日彼らが必要になることはまずあるまい。牛小屋にはまだ牛たちがいた。川沿いの草地に連れ出してもらえるのは、スウェインが近くにいて、それとなく見張っていられる時だけである。この牛小屋と厩は、樹木の生い茂る丘陵に囲まれた広い谷間《たにあい》に建っており、谷は一方がセヴァーン川に向かって開けているだけだから、周囲は人目につかない気持ちのよい場所だった。西側の斜面の下をセヴァーン川に注ぐ小川が流れている。ニニアンは眠い目をこすりながら小川まで行き、上着とシャツを脱いでちょっと身震いすると、頭と両腕を流れに突っ込んだ。あまりの冷たさに一瞬たじろいだが、急にすっきりと目が覚め、思考力が戻ってくるのを感じて嬉しくなった。顔から水滴を振り払い、ふさふさとカールした豊かな髪を両手でぎゅっと絞ると、次は水辺の草原《くさはら》を全速力で二、三回、円を描いて駆け回った。それから脱ぎ捨ててあった衣類を拾い上げて厩に駆けもどり、手近にあった清潔そうな麻袋で全身がぽっぽとほてってくるまで勢いよく擦った。そして今日一日のために身なりを整えた。長く、寂しい、心配な一日となろうが、少なくともいまはさわやかな気分で希望に満ちていた。

彼は指を櫛《くし》がわりにして髪をできるだけきれいに梳《と》かしつけると、一枚のわらの俵《たわら》のうえに腰をおろし、サナンが用意してくれた食糧袋からパンの大きな塊を一つとリンゴを一個とり出して、食べ始めた。その時、牧夫が石ころ道を近づいてくる足音が聞こえた。いや、誰かほかの人だろうか？　スウェインではないかな？　ニニアンは、リンゴで頰を膨《ふく》らませたまま、かむのをやめて、じっと聞き耳を立てた。口笛が聞こえない。スウェインならいつも口笛を吹いている。それにこの足音は、やけに急いでいるらしい。枯れ草と小石を踏みつける音がはっきりと聞こえてくる。ニニアンは接近者にも負けぬ早業で二階に跳び上がり、上げ蓋のうえで息を殺して身構えた。

「坊ちゃん……」開け放した戸口で警戒心のみじんもない声が呼んだ。そうか、やっぱりスウェインだったのか。それにしても、今朝に限っていやに急いで、口笛を吹く余裕もなく、息まで切らしているとは。「坊ちゃん、どこにいるんですかい？　はやく降りて来てください！」

ニニアンはほっとひと息大きく吐き出すと、上げ蓋から後ろ向きにすべり降り、いったん両腕でぶら下がってから牧夫の横に跳び降りた。「やれやれ、スウェイン、いったいどうしたの？　驚かせないでよ。いま短刀を取りに行ったんだぜ！　絶対に君ではないと思ったから。君の足音ならもうすっかり覚えたつもりでいたけど、今日はまるで別人みたいだったね。どういうわけ？」安堵した彼は、貴重な味方である友の身体に腕を回して荒っぽく引き寄せたが、すぐに押しもどして、頭のてっぺんから爪先までしげしげと眺めた。「おやおや、晴れ着まで着込んじゃって！　いったい誰のためなの？」

スウェインは白髪まじりのずんぐりとした中年男で、ぼさぼさの茶色い顎鬚を生やし、きらきら光る目をしていた。ふだんの彼は、どんなに暖かな冬用の衣類を中に着込んでいるかは知らないが、いつも同じ丈夫な布のズボンとつぎだらけのくすんだ茶色の上着を着ており、それ以外の服装をしているところをニニアンは見たことがなかったのだ。ところが今朝の彼は、つぎの当たっていない緑色の上着に、頭から肩まで覆う焦げ茶の頭巾をかぶっていた。

「いまシュルーズベリから帰って来たところなんですよ」彼は簡潔に言った。「コーヴァイザー町長の店に修繕に出してあった女房の靴を取りに。今朝は夜が明けるとすぐここに来て、あの馬たちを放してやってから——そうだ、もうあいつらも入れてやらなくちゃあ——いったん家に帰って着替えをして町へ行ったんだが、仕事着に着替えるひまも惜しんでここに飛んで来たんだ。と言うのはね、坊ちゃん、こんな噂を聞いたんですよ。執行長官が門前通りの司祭の埋葬式に出席して、そこで殺害者を取り押えるつもりらしい、とね。だからできるだけ早く坊ちゃんの耳に入れたほうがいいと思ってさ。たぶん噂はほんとうだろうから」

ニニアンは唖然《あぜん》として口をぽかんと開けたまま、しばらく無言で立ちつくしていた。「まさか！　執行長官は彼女を捕らえる気じゃないだろうな？　噂はどうなの？　ああ、神さま、ダイオタだけはお助けを！　何の罪もない彼女が捕らえられるなんて！　しかもぼくのいないところで！」彼は夢中でスウェインの腕をつかんだ。「それは確かなの？」

「とにかく町じゅうがその噂でもちきりなんですよ。皆興奮しちゃっててね。きっと逮捕の現場をひと目見ようと、猫も杓子《しゃくし》も橋をわたってぞろぞろ駆けつけるんでしょう。皆、誰とは言わないけれど、見当はつけてるらしいですよ、二人か三人に。その不運な奴が誰になるにせよ、逮捕が実行されるだろうという点では、皆の意見が一致してますがね」

ニニアンはそれまでずっと手に持ったままだったリンゴをいきなりほうり投げ、必死の覚悟を決めて、両の拳《こぶし》を激しく打ち合せた。「ぼくは行かなきゃならない！　教区ミサが始まるのは一〇時だから、まだ間に合う……」

「行っちゃ駄目です。お嬢さんが言ってた――」

「彼女が言ったことは分かってる。でもこれはぼく自身の問題だ。何としてもダイオタを救わねば、いや、救ってみせる。執行長官が告発するとしたら、彼女をおいてほかに誰がいる？　でも彼女は絶対にわたさないぞ！　そんなことがあってなるものか！」

「でも行ったら見つかっちゃいますよ、坊ちゃん！　長官の考えてるのがそのご婦人じゃなかったらどうするんです？　彼はちゃんと証拠を摑んでいるのかもしれない。そうしたら坊ちゃんは、これまでの努力をみすみす棒に振るだけですぜ」

「いや、見つかる心配はまずないよ。群衆にまぎれ込んでいれば――ぼくの顔をよく知ってるのは修道院の人たちと、門前通りの何人かだけだから。もちろん」彼は厳しい表情になって言った。「誰かが彼女に手を出したら、すぐに飛び出して行くけどね。そればかりか復讐してやる。でもそのあとまた群衆にまぎれてしまうことはできるさ。そうだろう？　スウェイン、その上着と頭巾を貸してくれ。頭巾さえかぶっていれば、誰も気付きはしないよ。皆この仕事着を着ているぼくしか見たことはないんだから。その上着じゃ、皆の知ってるベネットには立派すぎるから……」

「じゃあ、馬に乗って行きなさい」スウェインはそれ以上の抵抗はやめて、頭巾を脱ぎながら言った。それから緑色のゆったりとした上着を頭越しに脱いだ。

ニニアンは放牧場のほうをちらりと見たが、久しぶりに戸外に放たれた二頭の馬は後足を蹴り上げながら嬉しそうに跳ね回っていた。「いや、時間がない。走っていったほうが早いくらいだ。それに馬で行くと目につきやすいし。エイルノスの葬儀に馬で来る者なんて数えるほどしかいないだろうからね」彼はスウェインの体温で暖まっただぶだぶの上着の裾から頭を突っ込み、すぐにくしゃくしゃの髪と上気した顔を出した。「剣まで振りまわすつもりはないけど、短刀だけは隠し持っていよう」彼は二階から短刀を取って来て、人から見えないように上着の下のズボンのベルトにくくりつけた。

戸口からいまにも駆け出そうとしたニニアンは、急にまた不安に駆られたように戻って来て、牧夫の腕をつかんで言った。「スウェイン、万が一ぼくが捕まった時には――サナンが君には損をさせないように取り計らってくれるだろう。この上等な上着は――ぼくのじゃない……」

「いいから、早く行きなさい！」スウェインが少しむっとして言って、青年の身体を森のほうに向けて押し出した。「わしならいざとなったら麻袋を着てだって過ごせますさあ。それより無事に戻って来なされよ。さもないと、わしはお嬢さんに首を掻《か》かれることにもなりかねない。街道に出る前に頭巾をかぶるのを忘れなさんなよ、このばか坊ちゃんめ！」

ニニアンは原っぱを駆けぬけ、木の生い茂った斜面を昇って、森の小道を指して進んで行った。その道を一マイルかそこら行き、ミオール川を越えればすぐに、町に入る橋の手前で門前通りに出られるのだ。

シュルーズベリの町を賑わしていたこの興味ある噂がラルフ・ジファードの耳にとどいたのは、かなり遅くなってからだった。午前九時ごろ女召使いの一人が牛乳を取りに出かけるまで、家の者は誰も外出しなかったからである。彼女は使いの途中でこの噂を聞き込み、たっぷり油を売って来たので帰りが遅かったうえに、そのニュースが執事に伝わるまでには、またさらに時間がかかった。ようやく噂の内容を知った執事は、ただちにジファードに伝えに来た。その時ジファードは、そろそろこの町の家は管理人に任せて、本拠である東北の荘園に戻るべきではないかと考えていたところだった。ここでの居心地のよい滞在を延期するのも悪くはないし、荘園の運営を監督なしに自力でやってみたいという、若い息子の望みを叶《かな》えてやるのも嬉しいことだったが。息子は現在、継娘より二つ年下の一六歳だが、姉が女としても成熟し、一家の家政面を任されていることにかすかな嫉妬を覚えているらしい。それに隣りの荘園の娘との縁談が整って、すでに婚約もしているのだから、腕試しをしてみたがるのも当然であろう。彼が自分の腕に自信をもって立派にやっていることはまず間違いなかったが、それでも父親というものは、慎重を期してそれとなく目を光らせていたいものなのだ。息子と継娘のあいだに悪感情はなかったが、にもかかわらず、サナンが無事に結婚して家を出ることを若いラルフは歓迎するにちがいない。ただし、彼女の結婚に莫大な費用がかかるのでなければ！

「旦那さま」午前も半ばごろになって、物思いにふけっている彼のところに老執事が来て言った。「いよいよ今日は、あの気がかりな事件も片づきそうな気配です。もうすぐに！　すでに町じゅうが、どこの店でも家でも、その噂でもちきりのようです。ヒュー・ベリンガーが司祭の埋葬式で殺害者の名を公表して逮捕するつもりらしい、と。フィッツアランの回し者であるあの青年をおいて、ほかに犯人が考えられましょうか？　彼は一度は逃げたものの、今度ばかりは追い詰められたようですな」

執事はこれをよい知らせとして伝え、ジファードもそう受け取った。あの厄介者が捕らえられ、この事件に関する自分の行為が明らかな忠節と見なされれば、まずはひと安心である。あのならず者が自由の身でいるうちは、多少とも関係のあった者はみな、不快な影響を蒙《こうむ》る可能性があるのだから。

「では彼を狩り出すのにわしも一役買ったということか」ジファードはそう言って、溜め息をついた。「悪くすると、彼が捕まる時わしにまで嫌疑がかかる危険もありえたからな。やれやれ！　うまく片づいてくれてよかった。誰も巻き添えを食わずに」

彼はそう考えて満足したが、自分が密告せずに青年が捕らえられたとしても、同じように喜んだにちがいない。あの行為に対しては、いまだに何となく気が咎《とが》めていたからである。

だがいまや、司祭を殺したのが実際にあの青年だと判明すれば、彼が良心の呵責《かしやく》を感じる必要はなくなるのだ。必要はなくなるのだ。彼はやるべきことをやったにすぎないのだから。

やがて彼は、最後の土壇場で何かまずいことが起こりはせぬかという迷信めいた気持ちと、首尾よい成功をこの目で見とどけたいという相反する欲求とから、急に思い立って、遅ればせながら事件の結末を見に行こうと決心した。

「教区ミサのあとだな、埋葬式は？　いまごろ皆は院長の説教を聞いているところだ。いまから出かけて、事件の結末を見とどけるとしよう」彼は椅子から立ち上がり、中庭越しに馬丁を呼んで、馬の支度をするようにと命じた。

ラドルファス院長の説教はしばらく前から始まっていた。やや音程の高い声で、ゆっくりと言葉を選びながら、厳粛に自分の考えを述べていた。内陣はいつものように薄暗く、陰影に富む巨大な闇のアーチの下の、ぼんやりと照らし出された空間は、人の一生の縮図のようであり、頭上の闇そのものにも豊かな影の濃淡があった。参列者でいっぱいの身廊《ネイブ》はもう少し明るく、大勢の人いきれであまり寒くもない。内陣の修道士たちと俗人の会衆とがこうして一堂に会して祈る時、両者の間の隔たりは縮まるどころか、むしろ際立つように思われた。カドフェル修道士は考えていた。わしらはここにおる、そしてあなたがたはそこにおる、にもかかわらず、我々は皆同じ肉を持ち、魂は同じ最後の審判に遇《あ》わねばならぬのだ、と。

「聖人の群れに加えられるか否かは」ラドルファス院長は頭を高々ともたげ、語りかけているかのように会衆のほうは見ずに、アーチ形の天井に視線を向けて言った。「我々の理解しておるいかなる規準によっても決せられるものではない。聖人の群れが、罪を犯したことのない人びとからのみ成るということはありえない。なぜなら肉体を持つ者のうち、一人だけを除き、ただの一度も罪を犯したことがないと言える者はおらぬからである。おそらくその群れには、高邁《こうまい》な目標を定めてそれに到達すべく最善を尽くした者をも加える余地があるにちがいない。そしてここに眠る司祭の生涯も、そのようなものであったと我々は信じる。そうだ、たとえ目標を達成できなくとも、さらには、それらの目標を抱いた心が誇りと偏見によって曇らされ、自己の卓越のみを貪欲《どんよく》に追求しておったがために、目標そのものが片寄ったものであったとしても、それでよいのだ。なぜなら完全無欠の追求さえも、それが他人の権利や必要を侵害する場合には、罪となりうるからだ。脇道にそれて他人に手を貸したがために少々の不足が生じようとも、脇目もふらずにみずからの報いを追い求め、人を孤独と絶望に陥《おとしい》れるよりははるかによいのである。たとえ仕事ぶりが不完全で、少々の誤りがあろうとも、つまずいた者を助け起こす人間のほうが、他人をかえりみずに一路邁進《いちろまいしん》する者よりははるかによいのである。

また、人は悪を慎むだけでは足りず、積極的に善意を示すことが大切である。祝福された者の群れには当然、大罪を犯した者をも迎え入れる余地があると思われる。ただし彼らが隣人を愛し、他人の必要から決して目をそらさず、できる限りの善行をなし、他人への迷惑を慎んだならば。すなわち彼らは隣人の必要を悟り、神の要求を、我々に示されたとおりに理解したからである。彼らは隣人の顔を己れの顔よりはっきりと見たばかりでなく、神の顔をも見たのである。

さらにまた、この世に生まれながらこの世の罪を犯すことなく死亡した者は、すべてが、〝殉教した罪なき嬰児《えいじ》〟（ヘロデ王の命令で殺されたベツレヘムの幼児たち）と同様に清浄であり、彼らは我が主キリストのために死んだのであって、キリストは彼らを迎えて甦《よみがえ》らせ、永遠の生をお与えくださるのだ。たとえ名前を持たずにこの世を去ろうとも、天国には彼らの名前が記録されておる。そしてその名前は、他の者に知られる必要はないのだ――その日が来るまでは。

しかし我々は、等しく罪の重荷を背負う我々は皆、己れに対する神の評価について思い悩んだり、己れの長所や功績を数え上げたりすべきではない。なぜなら我々は、魂の価値を測る術《すべ》を持たぬからである。それは神の仕事である。我々のなすべきことは、一日一日をあたかも生涯の最後の日であるかのように、内なる真実と思いやりの限りを尽くして生き、夜ごと、明日はこの世における第一日目で新たな汚れなき人生の門出であるかのように、床につくことなのである。いつの日か、すべてが明らかになる時が来るだろう。その時我々は、いま神の手に委ねていることの真相を知るだろう。それを信じて、万人復活の日の到来を固く信じて、我々はいま、我が教区司祭を我が主キリストの手に委ねるのだ」

院長はようやく会衆のほうに視線を向けて、祝福の言葉を唱えた。おそらく彼は、いま述べたことをここにいる何人が理解しただろうか、また実際に理解する必要のある者が何人いるだろうか、と考えていたにちがいない。

ミサは終わり、身廊を埋める人びとは、行列の先頭のよい場所を確保しようと早くも北の扉のほうへ移動し始めた。内陣ではまず院長、副院長、副院長補佐の三人が棺台のほうへ降りて行き、修道士たちが整然と二列になって後に続いた。担い手たちが柩を持ち上げ、開かれている北側の扉から門前通りへと出て行った。どういうわけだろう、とカドフェルは、こんな場合に不謹慎とは知りながら、不思議なことに気づいて考えた。このような時かならずといってよいほど、一人だけ歩調を乱している者がいる。というか、少しばかり足の長さが足りなくて、歩調を合わせるために、不自然な大またになっている者がいるのだ。ひょっとして物事を、たとえ死でさえも、深刻に受けとめすぎるという誤りを犯さぬための、神の配慮なのだろうか?

行列が北の袖廊《ポーチ》から出て、修道院の塀に沿って右折するころまでは、カドフェルは門前通りが人で溢れ返っていることにべつだん驚きもしなかった。しかしよく見ると、見物人は教区民だけではなくて、町民の半分もが詰めかけているらしいのだ。なるほど、と彼はその理由を悟った。きっとヒューは、自分の計画についての噂が城壁内にはじわじわと広まり、直接の関係者である門前通りの住民にまで伝わって警戒心をあおるひまはないように、仕組んだのにちがいない。だからシュルーズベリの名士ばかりでなく、好奇心を満足させるためにいくらでも時間を使えるような名もない連中までが、事件の結末を見とどけにやって来たのだろう。

　結果はいったいどうなるのか、カドフェルにはまだ見当がつかなかった。ヒューの策略によって良心の呵責を感じた男が、濡《ぬ》れ衣《ぎぬ》を着た隣人を救おうと名乗り出ることは確かにありえよう。しかしまた、真犯人がほっと胸を撫で下ろして、予期せぬ贈り物として——むろん神からではなく、ほかからの——懐《ふところ》におさめてしまう可能性も否めない。彼は門前通りを一歩一歩進みながら、断片的な情報がもつれ合って頭の中を駆けめぐるばかりで、何の脈絡も見出せぬことに苛立っていた。その時、泥んこの轍《わだち》で足を滑らせた拍子に、さっき僧衣の懐に押し込んだ膏薬の小瓶が胸に当たるのを感じた。それはあたかも、しっかりしろと心の内側から小突かれたかのようだった。ダイオタはその小瓶を、仕事で荒れた形のよい掌にのせて差し出した。その掌には、ふつうの人の手と同じように何本かの筋があり、長年の労働から深くしっかりと刻まれていた。だがそれらの筋と交差するように、すでに消えかけてほとんど見えなくなってはいるが、白い糸のような別の線が数本、手首から指の付け根のほうへと走っていた。

　あの晩が凍えるような寒さだったことは事実である。彼自身滑らぬように気をつけて歩いたから、はっきり記憶に残っている。戸口の凍った敷石で足を滑らせ、前のめりに転んだ者は、当然、身体を支えるために両手を差し出すだろう。したがって、転んだ拍子に頭をぶつけるのは避けられないとしても、もっとも強い衝撃を受けるのは両方の掌である。しかしダイオタはそうやって転んだのではなく、頭の傷もまったく別の情況で受けたものだ。彼女があの晩、転んで膝をついたのは事実だが、その時は夢中でエイルノスのガウンの裾をつかんでいたのであって、両手を凍った地面につきはしなかったのだ。ではいったい、あの掌のかすり傷はいつ、どこで負ったものなのだろうか?

彼女はまだ、洗いざらい彼に打ち明けたのではないかもしれぬ。故意にというわけではなく、これで全部だと思い込んで。だが、いまはどうすることもできない。この葬式の行列の中で場所を変えることは不可能だ。それは彼女も同じである。いま彼女のところへ行って、記憶の糸をたぐってもらい、あの時忘れていたことまで聞き出すわけにはゆかぬのだ。この荘厳な儀式が終了するまでは、もう一度ダイオタと話すことは望めないだろう。だが目撃者はほかにもいるかもしれぬ。本来は無口でも、何か説明するとなったら雄弁になるような連中が。とはいえこの埋葬式で礼を失する振舞いは避けねばならぬ。彼は仕方なく、ヘンリー修道士と歩調を合わせて門前通りを進んで行き、馬市広場の角を曲がった。まだだめだ! だが門から入ってしまえば、たぶん! 埋葬が終わった後は、修道士が列をつくって通りを回って帰ることはなく、気の合った者同士が何人かずつかたまって、それぞれ沐浴や食堂での昼食に向かうはずである。とにかく門から入ってしまいさえすれば、彼がこっそり姿を消しても気づく者はいないだろう。

　東門についている両開きの大扉は、葬式の行列を迎え入れるためにいっぱいに開かれていた。門を入ると右手が広い墓地になっていて、左手には菜園の向こうに院長宿舎の細長い屋根と、垣根に囲まれた小さな花壇とが見わたせる。教会の東側の壁に沿って修道士たちの墓が並び、教区司祭の墓は地続きではあるが少し離れたところにあった。この修道院は創設から五八年しかたっていないから、墓の数はまだあまり多くない。教区そのものはもっと古く、最初は木造の小さな教会だったのを、ロジャー伯爵が石造りに変えて、新設された修道院に寄贈したのである。墓地は木立に囲まれた草地になっていて、夏には野の花も咲き乱れる心地よい場所である。塀ぎわには掘ったばかりの墓穴《はかあな》が、芝生にあいた傷口のように黒く見えている。シンリックは、柩《ひつぎ》を墓に下ろす前に載せておく架台を準備し、穴にかぶせてあった板をどけて、きちんと塀に立てかけているところだった。

　門前通りの住民の半数ちかくと多くの町民が、何が起こるかひと目見ようと、開いた扉から修道士に続いてなだれ込んで来た。カドフェルはしだいに列から遠ざかり、好奇心満々の群衆の中にうまくまぎれ込んだ。ヘンリー修道士はまもまく彼のいないことに気づくだろうが、こんな情況だから見過ごしておくにちがいない。ロバート副院長が朗々と埋葬の祈りを唱え始めたころには、カドフェルは修士会会議場の角を回って広場を小走りに横切っていた。施薬所の横のくぐり戸から出て、水車池に行くために。

ヒューは執行官を二人と若い守備兵を二人従えて、全員が騎馬で城からやって来た。しかし馬は修道院の門番小屋につなぎ、葬式の行列が門前通りから墓地へと入ってしまうまでは姿を現わさなかった。そして群衆の目が副院長と柩に注がれている間に、ヒューは二人の守備兵を開いた門のそとに立たせて、一度門から入った者は出るのを禁じるかのように見せかけ、自分は二人の執行官を連れて中に入って、群衆のあいだを目立たぬように進んで行った。しかし棺台に近づくまでの三人の慎重な歩みと終始無言の控え目な態度とは、目立たぬようにとの意図とは裏腹に、皆の視線を引きつける結果となった。そのため三人がヒューの予定した位置に、すなわち彼自身は柩をはさんで副院長のほぼ真向かいに、二人の執行官はジョーダン・アーシャーの一、二歩後ろの左右に立つまでには、多くの目が彼らを盗み見ており、ひそかに場所を変える者もあちこちに見えた。だがヒューは、埋葬式が終了するまでは行動に移らなかった。

シンリックは数人の手を借りて柩を持ち上げ、吊り綱を調節しながら墓の中に降ろした。穴の周りから土がばらばらと柩に降りかかった。最後の祈りが唱えられた。あたりは水を打ったように静まり返り、群衆は息を殺して見まもっていた。やがて深い嘆息とともに、皆はゆっくりと動き始めた。嘆息は一陣の突風のように、人びとの喉からいっせいに漏れ出た。そして群衆は、その突風に吹き寄せられる落葉のように移動し始めた。その時ヒューが、いまにも犯人を逮捕するぞといわんばかりの大声で、明快に叫んだ。

「院長どの、ならびに副院長どの……すでに門に見張りを立てたことをお許しください——塀のそとにではありますが。わたしが目的を遂行するまでは、誰もここから出ては困るのです。このような機会に参上せねばならなかったことは恐縮のいたりでありますが、ほかに方法がなかったのです。わたしはここに、王の法の名において、殺人犯を逮捕しにまいりました。エイルノス神父を殺害したと思われる重罪犯人を捕らえにまいったのです」

12

見つかったのはごく小さなものだったが、それで十分だった。カドフェルはエイルノスの死体がその下に横たわっていた高い岸のへりに立っていた。死体は水車小屋の放水路からの水流によって、えぐれた岸の下に押しつけられていたのだ。そばには腰の高さほどのヤナギの切り株があり、白っぽい緑色のひこばえが頭髪を逆立てたように密生しているが、そのうちの何本かが折れていた。斧の刃の跡がついた切り株の断面は、長い間風雨や陽に晒されていたために乾いて枯れたようになっている。そのぎざぎざの一つに、指の長さほどの黒い毛糸くずが一本からみついて、風に揺れているのが目に止まったのである。それはほつれた羊毛の組紐の一部と思われ、あの黒いスカルキャップの、縁飾りの欠けていた部分と長さが一致した。最初、切り株には少量の血とか、おそらくは皮膚の破片などもついていたのだろうが、厳しい寒気のあと暖気がやって来たために、そうしたものは洗い流されてしまったものと思われる。風に揺れる毛糸くず以外には、何も残っていなかった。そして帽子は遠くに飛ばされたために、流れに乗って葦の間まで運ばれて行ったのだろう。

カドフェルはその小さな毛糸くずをもって急いで引き返した。広場を半分ほど来た時、向こうから抗議、動揺、狼狽《ろうばい》の叫びが入り乱れて聞こえてくるのに気づき、彼は歩調を緩めた。もう急ぐ必要はなかったからだ。罠は仕掛けられ、かかった獲物は捕らえられたにちがいない。防ぐにはもう遅い。だが少なくとも、何か危険が生じた場合に彼が修正することは可能だし、何も起きなければなおさら結構だ。説明したり証拠を見せたりするのは、あとからでもよいのだ。

ニニアンは、ほとんど走り続けて来たため顔を真っ赤にして、ミオール川を越える橋の少し手前で見通しのよい小道に出た。そこで急に思い出したように歩調を緩め、スウェインの頭巾を目深にかぶって顔を隠した。もうすぐ、シュルーズベリに入る橋の手前で門前通りに出るからだ。そして通りに出ようとした時、彼は一瞬、軽い驚きを覚えて足を止めたが、すぐに自分は幸運だったのだと気づいてほっとした。まだ大勢の人が町のほうから修道院に向かって道を急いでおり、その中にまぎれ込めば、姿を隠すのは容易だと思われたからだ。彼は人の流れに混じって、周囲の会話に聞き耳を立てながら歩いて行った。すると自分の名前が期待をこめて囁かれているのが時々聞こえてきた。なるほど、今日の逮捕をそのように考えている人たちもいるのだな。しかしヒュー・ベリンガーの心にあるのがぼくだということはまずありえない。ぼくについてはもう何日も前に手掛かりを失っているのだから、それを今日また嗅ぎ当てることはないと思っていいだろう。だが人びとの会話からは、あの女とか、司祭の家政婦とかいった言葉も聞きとれた。彼らは彼女の名前すら知らないらしい。またある者は、ニニアンの知らない二、三の名前を挙げてさかんに臆測をめぐらしていたが、それらの名前の主がエイルノスの頑固な厳格さに苦しめられた者たちであるのは明らかだった。

門前通りが修道院の門番小屋から先もすでに人で埋まっているところをみると、どうやら彼は、遅れて噂を聞き込み慌《あわ》てて町から駆けつけた人びとの群れに、危うく間に合ったらしかった。ニニアンが門番小屋の前まで来た時、ちょうど北の扉から司祭たちが現われ、続いて柩が、そして修道士たちの厳粛な行列が出て来た。この危険は避けねばならぬ。少なくとも、最悪の事態となってみずから名乗り出る覚悟をするまでは。この人たちは全員が彼の顔を知っているばかりか、中には身体つきや歩き方から見破ってしまう者さえいるかもしれない。彼は物見高い群衆の間を縫って通りの反対側にわたり、狭い路地にすべり込んで、修道士の列が行き過ぎるのを待った。修道士に続いて教区のお偉方が出て来た。彼らは体面上、教会から真っ先に飛び出して墓地で見物に都合のよい場所を取るなどという、はしたないことはできないからである。さらにその後から、門前通りの連中がぞろぞろと出て来た。旅芸人の後を追う子供や犬のように好奇心に顔を輝かせているが、事件の結末について声高に語り合うことだけは誰もが慎んでいた。

最後に一人取り残されては前方に出しゃばるのと同じくらい危険だから、ニニアンは頃合を見計らって路地から抜け出し、行列の最後尾にまぎれ込んで門前通りを進んで行った。そして馬市広場の角を右に曲がり、墓地に入る開いた門の前まで来た。

どうやら彼のほかにも数人、起こることはすべて見たいが人目にはつきたくない、という者がいるらしく、彼らは群衆の外側をうろつきながら、門から中を覗き込んでいた。あるいは門の両側に城の守備兵が一人ずつ立っているのを見て、中に入るのを警戒していたのかもしれない。二人の守備兵は何気ない風を装い、門から入る者に干渉もしないのだが、それでも皆が警戒の目を向けていたのである。

ニニアンは広い出入口付近より中へは入らずに、人の頭の間から首を伸ばして、墓を取り巻いている人びとのほうを窺った。院長と副院長は二人とも並はずれて長身だったから、二人の顔は他から浮かび上がってはっきりと見えた。ロバート副院長が意識的に甘美な口調で、群衆の隅々まで行きわたるように朗々と埋葬の祈りを唱えるのが聞こえてきた。副院長は実に素晴らしい声の持ち主であり、あらゆる儀式の場を借りてその美声を劇的に披露するのを楽しみとしていたのである。

ニニアンが一、二歩わきに寄ってみると、黒いフードをかぶったダイオタの、青白い卵形の顔が見えた。司祭の家のただ一人のメンバーである彼女は、当然ながら棺台のすぐそばに立っていた。その肩に寄り添うもう一つの肩の曲線と、腕を組んでいるもう一本の腕とはサナンのものにちがいなかったが、どんなに苦労して首を左右に伸ばしてみても、その都度もっと高い頭が邪魔をして、愛しい彼女の顔を見ることはできなかった。

司祭たちが墓のへりまで進み、群衆もそれに合わせて、少しずつ移動した。柩が下ろされ、最後の祈りが唱えられた。修道院の高い塀のすぐ下で、エイルノスの柩のうえに最初の土塊《つちくれ》が投げ入れられた。埋葬式は終わりに近づき、厳粛さを乱すようなことは何も起こらなかった。式の終了を悟った群衆は早くもざわめき、靴や衣類の触れ合う音を立て始めた。ニニアンはひそかに胸を撫で下ろした。が、つぎの瞬間、心臓が口から飛び出しそうになった。甲高く澄んだ声が、墓のそばからはっきりと叫んだのだ。

「院長どの、ならびに副院長どの……すでに門に見張りを立てたことをお許しください……」

激しい心臓の鼓動にかき消されて、ニニアンは次の言葉を聞き逃したが、それが執行長官の声であることは明らかだった。修道院の敷地内においてまで、そうした権限を持ちうる者がほかにいるだろうか？　そして最後の部分は、彼にもはっきりと聞きとれた。

「わたしはここに……エイルノス神父を殺害したと思われる重罪犯人を捕らえにまいったのです」

そうだったのか、結局は噂のとおり、彼とダイオタにとって最悪の事態となったのか。驚いた群衆はしばらくのあいだ押し黙り、やがて動揺と興奮のざわめきが突風のように巻き起こった。そのためニニアンは、息を殺して耳をそばだてていたにもかかわらず、そのあとのやり取りを聞きとることができなかった。一緒に門のそとに立っていた連中の中には、騒ぎの一部始終を見逃すまいと群衆の間に押し入って行く者もあり、その時馬市広場の角を曲がって近づいて来た速歩の蹄《ひづめ》の音に気づいた者は一人もいなかった。突然、塀の中から荒々しい叫び声と、がやがやいう抗議の声が聞こえてきた。群衆は皆、前の者を質問攻めにしては、不正確な答えを後ろに伝えていた。ニニアンは意を決して、いまにも門の中に飛び込み人垣をかき分けて、防御のすべもなく敵に囲まれている大切な二人の女性のところに駆けつけようとした。すべては終わりだ。命までとは言わないが、自由はすべて奪われたのだ、と思いながら。彼は大きくひと息吸い込むなり、顔のすぐ前にある肩に手をかけようとした。好奇心に駆られた連中が警戒心を忘れて広い出入口をふさいでいたのだ。

その時塀ぎわの墓の近くから突然あがった憤慨と困惑の叫びを耳にしたニニアンは、ほとんど反射的に足を止め、門のそとに引き返した。それは抗議し、無罪の証明を天に求める男の声だった。ああ、ダイオタではなかった！　ダイオタではなくて、男だった！

「執行長官さま、誓って申しますが、わしは何も知りません……あの日は昼も夜も、神父など見かけもしなかったんだ。ずっと家におったんですから。女房に訊いてくださいよ！　誰にもかすり傷ひとつ負わせちゃいないから。ましてや神父になんて……誰かが嘘をでっち上げたにちがいない！　院長さま、どうか神さまに訊いて……」

男の名前が群衆の口から口へと伝わって、ついにニニアンの耳までとどいた。「ジョーダン・アーシャー……ジョーダン・アーシャーだそうだ……彼らが捕らえようとしているのは、ジョーダン・アーシャー……」

ニニアンは極度の緊張の反動から急に全身の力が抜け、ぶるぶる震えながら立っていた。そして自分の危険な立場も忘れて、スウェインに借りた頭巾が背中にずり落ちているのにも気づかずにいた。背後で蹄の音が止まり、雪解けの浅いぬかるみの中をちょっと移動する気配がした。

「おい、そこの若いの！」

背中を鞭の柄で鋭く小突かれて振り向くと、みごとな葦毛の馬の鞍から身を乗り出すようにして、見下ろしている乗り手の顔が目の前にあってぎょっとした。大柄で血色がよく、筋骨たくましい五〇代の男で、服装も馬具もきわめて粋《いき》であり、声にも風貌にも貴族的な威厳があった。目鼻立ちの整った立派な顔に顎鬚をたくわえ、少し太り始めてすっきりとした線は失われているものの、かつての美貌がしのばれた。二人はしばし顔を見つめ合っていたが、ふたたび鞭の柄がじれったそうに、だが優しくニニアンの肩を小突き、きびきびとした声が命令した。

「そうだ、君だよ、若いの！　ちょっと中に行ってくるあいだ、この馬の手綱を持っていてくれ。あそこで何が起きてるか、君は知っておるか？　誰か大騒ぎをしておるようだが」

ダイオタへの不安が一挙に吹きとんでほっとしたニニアンは、思わずこぼれるような笑みを見せた。そして媚《こ》びるように額を拳でとんとんと叩き、一文無しの田舎者の馬丁ベネットに戻っていそいそと手綱をとった。「よくは知りませんけど、だんな」彼は言った。「そこらの人の話では、男が一人、司祭を殺した罪で捕まったらしい……」彼は絹のようになめらかな馬の額から、ぴんと立てた両耳の間を掌で撫で上げた。葦毛の馬は頭をひと振りすると、柔らかな鼻づらを人なつっこく寄せてきて、暖かな息を吹きかけながら嬉しそうに彼の愛撫に応えていた。「かわいい奴ですね、だんな！　責任をもっておあずかりします」

「では殺害者は捕まったのかな？　こんどばかりは噂もほんとうだったのか」乗り手はひらりと馬から降りるなり、肩でぐいぐい人垣をかき分け、道をあけろと横柄《おうへい》に命じながら、あたかも大鎌で草を薙《な》ぎ倒すように群衆の間を進んで行った。あとに残されたニニアンは、つややかな馬の肩に頰を押しつけながら、入り混じって湧き起こるさまざまな感情をかみしめていた。こみ上げてくる笑いと感謝の念、何の心残りも制約もない自由な旅立ちへの歓喜と期待。だが同時に、一人の男の時ならぬ死と、その殺害者とされた男の運命を思うと、一抹の苦い悲しみを感じずにはいられなかった。少したってから、ふと気づいて、彼はすべり落ちていた頭巾をあわてて引っぱり上げ、顔が隠れるように目深にかぶった。幸い周囲の人びとは墓地の騒ぎに気を取られていて、門のそとで主人の馬の手綱を持っている田舎の若者に注意を払う者はいなかった。馬はこのうえない隠れ蓑ではあったが、そのかわり門まで行ってみることはできなかったから、どんなに耳を澄ましても、中の騒ぎを聞き分けることはできなかった。必死の抗議の叫びが続いていることだけは明らかだが、見物人が思い思いに意見を述べる甲高い声は、たがいにぶつかり合って意味をなさない騒音として響いてくるだけである。したがって、ヒュー・ベリンガーか院長の分別ある言葉が混じっていたとしても、騒音にかき消されて聞きとることは不可能だった。

ニニアンは、静かに脈打つ馬の暖かな肌に額を押しつけて、この折よい救いの手に心から感謝した。

騒ぎが最高潮に達した時、声を荒らげることなどめったにない院長が、ここぞとばかりに一喝《いっかつ》した。

「黙れ！　そなたらはみずからを辱め、この聖なる場所を汚しておる。口を閉じるのだ！」

一瞬にして深い沈黙が支配した。だが少しでも手綱を緩めたら、またすぐ大騒ぎが始まることは目に見えていた。

「さあ、いまここで申し開きや否認をする必要のない者は、みな沈黙を守れ。必要のある者だけに話をさせ、それを聞くがよい。ところで執行長官どの、あなたはこのジョーダン・アーシャーなる男を殺人罪に問われるというが、いったいどのような根拠からそうされるのか？」

「それはある者の証言から、彼があの晩ずっと家にいたというのが嘘だと分かったからです」ヒューが答えた。「その者は何度でも同じ証言を繰り返すことと思います。もし隠すことがないのなら、彼が嘘をつく必要があるでしょうか？　またもう一つの証拠は、クリスマスの早朝に、彼が水車池の小道からこっそり出てきて家に向かうのを目撃した者がいることです。これだけの証拠があれば、嫌疑をかけて当然でありましょう」ヒューはてきぱきとそう言って、脅《おび》えたジョーダンの腕を両側から優しく押さえている二人の執行官をちらりと見た。「彼がエイルノス神父に恨みを抱いていたのは周知の事実です」

「修道院長さま」ジョーダンがぶるぶる震えながら早口でまくし立てた。「我が魂にかけて誓いますが、わしは司祭を手にかけてなどおりません。彼の姿を見てもおりません、第一あんなところへは行かなかったのですから……そんなの嘘です……彼らは嘘をでっち上げておるのです……」

「だが一方には、そなたがあそこへ行ったと断言できる者もおるらしいのだ」ラドルファスが言った。

「彼を見たと言ったのはわたしですが」アーウォルドのいとこの羊飼いが、自分の招いた思わぬ結果に当惑しながら言った。「彼に間違いありません。この目ではっきりと見たのですから。やっと明るくなりかけたところでしたが、わたしの話したことはすべてほんとうです。でも悪気じゃなくて、また例の楽しみをやって来たらしい、ということが話したかっただけなんです。彼の噂を聞いておったものですから……」

「おまえの噂とはどういうものなのか、ジョーダン？」ヒューが穏やかに尋ねた。

ジョーダンはごくんと唾《つば》を呑みこんで身もだえした。恥を忍んであの晩どこで過ごしたかを白状すべきか、あるいはさらなる危険を覚悟のうえでこのまま抵抗を続けるべきか、苦しい選択をせまられていたのだ。やがて彼は、汗びっしょりになって、もじもじしながら、出し抜けにしゃべり始めた。「ちっとも悪いことじゃないんですよ。わしだっていちおうは人から尊敬されてる人間ですから……あそこへ行ったからって、悪いことなんてしちゃいませんよ。あのう……あのう、夕方早くにちょっと用事があってね。慈善の用事で夕方……あそこに住んでる後家のウォレン婆さんのところに……」

「それでもっと遅くには、あの小間使いのあばずれ娘のところにな」群衆のどこからともなく声が飛び、笑いの渦が広がった。だが眼光炯々《けいけい》たる院長のひと睨《にら》みでたちまちおさまった。

「それは事実なのか？ それで運わるくエイルノス神父に見つかってしまったのか？」ヒューが尋ねた。「聞くところによると、あの司祭はそのような不行跡をきわめて重大視しておったらしいからな。おまえはあの家に忍び込むところを現行犯で捕まってしまったのか、ジョーダン？ 彼は罪に対してはその場で、しかも非常に厳しく、叱責したと聞いている。それでおまえは彼を殺し、池に投げ込んでしまったというわけか？」

「そんなことするもんか！」ジョーダンがわめいた。「誓って言うけど、彼には指一本触れちゃいない。たとえあの娘と罪を犯したとしても、わしのやったことはそれだけだ。あの家から一歩だって向こうへは行ってないんだ。彼女にも訊いてみるがいい。彼女だってきっとそう言うから……わしはひと晩じゅうあの家にいた……」

この騒ぎの間じゅう、シンリックは忍耐づよく黙々と墓を埋めもどしていた。急ぎもせず、見たところ背後の大混乱にもあまり注意を払わずに。そしてこの最後のやり取りの間にようやく顔を上げ、関節がぽきぽき音を立てるほど腰と背中を伸ばした。それからいきなりこちらを向いたかと思うと、刃先に鉄をかぶせた鋤を手に持ったまま、ずかずかと人垣の中央に進み出た。

ふだんはあれほど孤独で内向的なこの男が、こうして人の輪に割って入るなど思いもよらぬことだったから、皆はいっせいに口をつぐんで彼に注目した。

「ジョーダンをいじめるのはやめなさいまし、執行長官さま」シンリックが言った。「彼はあの男の死とはなんの関係もないんですから」彼は灰色の髪の下の、目の落ち窪んだ長い陰《いん》鬱《うつ》な顔をちょっと院長のほうに向けてから、またヒューに視線を戻した。「エイルノスがどうして死んだか、知っているのはこのわたしだけですよ」

あたりは水を打ったように静まり返った。それは院長の権威をもってしても現出することのできなかった、深い深い静寂で、群衆はそのなかに吸い込まれてしまったかのようだった。エイルノス神父が水車池に呑み込まれたように。聖堂番は古ぼけた黒のふだん着姿で堂々と、悪びれもせず、なんの不安も後悔もなくつぎの質問を待っていた。いまごろこんなことを言い出して誤解されなかったか、これでは舌足らずではなかったか、もっと早くに話すべきではなかったか、などということはいっさい念頭になく、説明を求められれば快く応じる気でいたのである。

「そなたは知っておったのか？」院長は驚いて、目の前の男を長いあいだ見つめたあとで、ようやく尋ねた。「では、なぜいままで黙っておったのか？」

「話す必要がないと思ったからです。誰かに危険が及ぶ恐れはなかったですからね。いまのいままでは。済んでしまったことは、そっとしとくほうがいいんです」

「つまりそなたは」ラドルファスが訝しげに尋ねた。「あそこにおって、現場を目撃したと申すのか？……ではそなたが……？」

「いいえ」シンリックは白髪まじりの長い頭をゆっくりと振りながら言った。「わたしは彼の身体にさわってもいません」その声は知りたがりやの子供に対するように忍耐づよく、穏やかだった。「たまたまあそこに居合わせて、現場を目撃しただけです。彼には指一本、触れてませんよ」

「では、どういうことなのか話してくれ」ヒューが静かに言った。「彼を殺したのは誰なのだ？」

「彼を殺した人はいません。人に暴力を振るう者は非業《ひごう》の死を遂げるものなんです。それは当然の結果です」

「では」ヒューがふたたび穏やかに言った。「そうなった事情を聞かせてくれ。皆が納得して、また平和に暮らせるように。彼の死は事故だったと申すのか?」

「事故じゃありません」シンリックは、深い眼窩《がんか》の奥の目をらんらんと輝かせて言った。「天罰ですよ」

彼は舌で唇を湿らせ、まっすぐに顔を上げて、皆の頭越しに聖母小礼拝堂の壁をじっと見つめた。あたかもこれから話すべきことが、生来無口で字が読めない彼にも分かるように、そこに書かれてでもいるかのように。

「あの晩、わたしは水車池に出かけて行きました。それまでにも、月のない晩の、皆が寝静まって人に会う心配のない時刻に、何度かあそこに行っていたんです。水車小屋の向こうの、あのヤナギの木が何本かあるところ、彼女が……あのネストの娘《こ》のエルネッドが……身投げしたところですよ。エイルノスはあの娘の告解を聞いてやらなかっただけでなく、教会への出入りを禁じて、信者たち皆の前で非難を浴びせ、教会から締め出しました。あんなことをするよりは、心臓をひと突きしたほうがまだましなくらいだ。そのほうがまだ親切でしょう。あの明るくて、美しい娘はもう永久に帰らない……わたしは彼女をよく知っていた。アダム神父がおられたころは、慰めを求めていつも教会に来てましたからね。彼は決してあの娘を見捨てたりはしなかった。それに彼女は、自分の犯した罪を思い悩んでいる時以外は、まるで小鳥のようだった。花のようだった。見ている者まで嬉しくなったものです。この世に美しいものは多くない。だから一人の人間がその一つを破壊して、埋合わせをしないなんてことが許されますか。それに罪を悔いている時の彼女ときたら、まるで子供のようだった……いや実際に子供だったんです。あの司祭は子供を追放した……」

彼はそこまで言うと、涙で目が曇って言葉が読み取れなくなったかのように、しばらく押し黙り、広い額にしわを寄せて、判読しようと苦心しているような様子をした。だが敢《あ》えて口を利《き》こうとする者はいなかった。

「あの晩も、わたしはあそこに立っていました。エルネッドが身投げをした場所に。すると彼があの小道をやって来たんです。わたしが立ってるところまでは来なかったんで、その時はまだ、誰かは分からなかったけど、とにかく男が一人、何かぶつぶつ言いながら、すごい勢いで水車小屋のところまで来たんです。何かひどく怒ってるようでしたよ。するとすぐあとから女が一人、転げるように追いかけて来て、彼に向かって叫ぶのが聞こえました。その女は泣きながら彼の足もとにひざまずいて、ガウンの裾にすがりつき、彼が振り払おうとしても手を放そうとしなかった。すると彼は、女を打ったんです——音までちゃんと聞こえるほどに。女は呻《うめ》き声を上げただけだったが、わたしは、この調子じゃ殺人も起こりかねないと思って、すぐ二人のほうへ駆け出したんです。だから現場はちゃんと見ています——暗闇だといっても、すでに目が慣れてましたから。彼がもう一度杖を振り上げて、女が身を守るために両手でそれを摑んだことも、彼がそれを力まかせに引っ張って、女の手から抜き取ったことも、はっきり見ました……女はすぐに彼から逃げました。そしてよろめきながら小道を駆け戻ってゆく足音が聞こえてきました。でも同時にわたしが聞いた別の音を彼女が聞いたかどうか、そしていまわたしが知ってることを彼女が知ってるかどうか、それは分かりません。彼が後ろによろめいて、ヤナギの切り株に倒れかかる音を、わたしは聞きました。ヤナギの小枝がぶつかり合って折れる音も、聞きました。そして彼が池に落ちた時の水しぶきの音も——それはそんなに大きな音じゃありませんでしたがね」

ふたたび深く、長い沈黙があった。彼は記憶の糸を正確にたぐろうとして、じっと考えていた。正確さこそ、いま彼に要求されていることだったのだ。水車池から戻ったカドフェル修道士は、恐れおののく修道士たちの列の後ろに加わって、シンリックの話の後半だけを聞いた。だが彼の手には、シンリックの話の立派な裏づけとなる、あの小さな薄汚ない証拠物が握られていた。ヒューの罠は空振りに終わり、誰もが罪に問われる危険を脱していた。カドフェルは無言の群衆の間から、ダイオタの立っているほうをすかし見た。サナンが彼女の腰に手をまわしている。二人とも頭巾でしっかりと顔を包んでおり、ダイオタは、あの銀の環の尖った先で傷を負った手で、マントの胸をかき合わせていた。

「わたしはその場所まで行って、水の中を覗いて見ました」シンリックは言った。「その時初めて、エイルノス神父だとはっきり分かったんです。彼はわたしの足もとに浮いていた……気絶していたのか、ただ頭がぼおっとしていただけなのか。でも彼の顔だということはわかった。目は開けていました……わたしは彼を見捨てて、そのまま置き去りにした……彼があの娘《こ》を見捨て、泣いて訴える彼女を締め出したように。そして涙ながらに懇願するもう一人の女を打ったように……でも彼を生かすのが神の意図であったなら、彼は生きていたはずです。ああなるしかなかったんじゃないですか、あの場合？ それに神の特権を奪うことなど、このわたしにできるでしょうか？」

彼はこれらすべてのことを、教区祭壇用に購入した蠟燭の数を報告する時と変わらぬ冷静さで語った。すべてを明確に説明するために、よく考え、ゆっくりと言葉を選びながら。いまは明確さこそがもっとも重要だったからである。しかしラドルファス院長は、彼の話に予言めいた響きさえ感じていた。かりにこの男が司祭を救いたかったとしても、救うことはできただろうか？ 司祭はすでに救いがたい状態だったのではあるまいか？ またあの暗闇で、皆が夜のミサに急ぐ時刻で援助を求めるのは不可能な時に、溺れた男を救えた者などこの世にいるだろうか？ おまけに高い岸の下側は深くえぐれていて、あの大柄な司祭を引っ張り上げるにはたいへんな力が必要なのだ。そのようなことは不可能であると考えて、シンリックの言うとおり神意として受け入れるべきであろう！

「では、院長さま」何か意見や質問が出るかと礼儀正しく待っていたシンリックが言った。

「もうご用がなければこれでご免こうむって、墓のほうに戻ろうと思います。しっかり埋めるためには、ほとんど昼間いっぱいはかかるでしょうから」

「そうしてくれ」院長はそう言って、じっと彼を見た。二人はしばらく目と目を見つめ合っていたが、院長の目に非難の色はなく、シンリックの目にも不安の影すらなかった。「そうしてくれ。終わったら、わたしのところに賃金を受け取りに来るように」

シンリックは出て来た時と同じ動作で仕事に戻って行った。恐れおののきながら無言で見守っていた人びとは、彼の大またな足取りにも鋤を動かす静かな規則正しいリズムにも、なんの変化もないことに驚いていた。

ラドルファスはまずヒューの顔を見てから、二人の見張りに挟まれ、不意に恐怖から解放されてぐったりしているジョーダン・アーシャーに視線を移した。一瞬、院長の厳しい顔を微笑の影がかすめた。「執行長官どの、この男にかけられた嫌疑はすでに晴れたと思う。ほかにも良心の呵責をおぼえるような罪を犯しておるならば」院長はそう言って、うろたえているジョーダンに鋭い目を向けた。「それらについては告解をするようわたしから忠告する。また今後とも、そのようなことは絶対にせぬようにと！　彼もそうした生活態度がもたらした今回の危険についてはとくと考え、この日を貴重な教訓とするであろう」

「わたしとしても、事件の真相が判明し、住民の誰もが殺人を犯していなかったことが明らかになって、嬉しい限りです」ヒューが言った。「マスター・アーシャー、家に帰って、誠実で貞淑な妻を持ったことを感謝するがよい。弁護に立ってくれる者がいて幸いだったな。

もしあのような証言がなかったら、おまえにとってはきわめて不利な、有力な論拠があったのだからな。彼を放免せよ！」ヒューは二人の執行官に命じた。「そして仕事に戻らせよ。当然ながら、彼はあのような立派な証言を得たことへの感謝として、教区祭壇に贈り物をすべきである」

ジョーダンは二人の執行官が押さえていた手を放すと、地面にくずおれそうになった。ウィル・ウォーデンが機嫌よくさっと片手を差し出し、腕を支えて立たせてやった。長引いた事件もようやく終わった。しかし思いがけない展開を目のあたりにした群衆は、まだ茫然と立ちつくしており、彼らを動かすにはさらに院長の散会の祝福が必要だった。

「さあ行け、善良なる者どもよ」院長がややぶっきらぼうに言った。「エイルノス神父の魂に祈りを捧げよ。なお隣人の欠点は、己れの欠点に心を留めるうえで役立つことを忘れるな。さあ行け。そして教区に関する許認可権を持つ我々が、そなたらの必要をつねに考慮しておることを信じてほしい。とりわけ何かの決定を下す際には」そして院長が力強く、簡潔に散会の祝福を述べると、ようやく群衆は動き始めた。雪が融けるように音もなく、無言で立ち去り始めた彼らも、門から出たとたんに舌が滑り始めることだろう。町も門前通りも、今朝の出来事についてのさまざまな、時には矛盾する話でもちきりになることだろう。そして長い年月の間には、過去のある時住民が目撃した重大事件の記憶として、神格化されてしまうのだ。

「さあ、修道士たち」翼をばたつかせ、くーくー鳴き声を立てているハトのような我が群れに向かって、ラドルファスがきびきびと言った。「各自の日課に戻り、昼食の準備をせよ」

彼らは恐る恐る列をくずし、誰もが最初はただ漫然と、やがて行くべき場所を思い出したように、ゆっくりと散って行った。焚き火から飛び散る火花のように、風に舞う埃のように、彼らは意外な新事実にまだ茫然としながら墓地を後にしたのである。その時明確な意図と方法のもとに務めに励んでいたのは、シンリックただ一人だった。彼は塀の下で黙々と鋤を動かしていた。

ジェローム修道士は、自分の頭にあるベネディクト修道会の宗規や生活態度とはほど遠い彼らの行動に深い困惑を覚えながら、はぐれたひよこたちを集めて食堂や洗面所に向かわせ、まだその辺をうろついている教区民を塀のそとに追い出しにかかった。そうして通りへいっぱいに開かれた門の近くまで来た時、そとの門前通りに馬の手綱を持って立っている青年の姿が目に止まった。青年は門から流れ出てくる群衆に時々素早い視線を走らせていたが、目深にかぶった頭巾のために顔はよく見えなかった。だがジェロームの鋭い目は、青年の雰囲気から何かを感じとった。頭巾と上着には見覚えがないし、頑《かたく》なに顔をそむけているので確信は持てないが、しばらくこの修道院で暮らしたあと奇妙な情況で姿を消した、あの青年の面影が感じられたのだ。ああ、ほんの一瞬でも、顔をこちらに向けてくれさえすれば！

カドフェルはサナンとダイオタの様子をそれとなく見守っていた。すると二人は、すぐには帰ろうとせず、礼拝堂の壁の陰に隠れるようにして、群衆の大半が門のほうへ移動するのを待っていた。サナンがダイオタの腕をさっと摑んで引き止めるのを見た時、カドフェルはその理由を考えてみた。彼女は群衆の中に、いまここで会うのを避けたい人でも見つけたのだろうか？　彼はそれらしい人を探して、引き上げてゆく人びとの背中に目を走らせた。すると確かに、ここで会うのは彼女にとってまずかろうと思える人物が一人いた。そういえば、カドフェルが水車池から戻って来た時には、すでに彼女もダイオタと同じようにマントの頭巾で顔を隠していた。誰かに気づかれまいとしているように。

やがて二人の女性はゆっくりと、警戒を怠らずに皆のあとについて歩き始めたが、サナンの目は終始、もうすぐ門から出ようとしているその長身の男の背に注がれていた。こうしてサナンとカドフェルは同時に、ジェローム修道士が門の近くで一瞬ためらってから、意を決したように通りへ出て行こうとするのを見たのである。そして二つのよく似た女の背が――一方はまっすぐで自信に満ち、もう一方は痩せて前かがみになっているが――寄り添って行くのを見守っていたカドフェルは、当然、門前通りで主人を待っている馬と、その手綱を持っている青年にも気づいたのだった。

ジェローム修道士はまだ確信がなかったが、たとえ正当な理由も許可もなく塀のそとに出ることになろうとも、絶対に確かめてやろうと決意していたのだ。もし彼の警鐘《けいしょう》が的はずれでなくて、逃走中の王の敵を王の執行官に引渡すことができれば、それは十分に正当な理由と見なされよう。さっき執行官は、門のそとに見張りを立ててあると言っていた。その兵士たちにひと声かけて、獲物が目の前に、身の安全を信じて立っていることを教えてやりさえすればよいのだ。ただしこれが実際に、かつてベネットと呼ばれていたあの青年ならばの話だが。

だがジェロームには確信が持てなくとも、サナンにはひと目で分かった。もちろんカドフェルにも。この土地でこの二人ほど、青年の身体つきや物腰をよく知っている者はほかにいなかったろう。いまジェローム修道士は二人の目の前で、明らかな悪意をもって彼に襲いかかろうとしており、二人にはそれを防ぐ手だてはなかった。

サナンがダイオタの腕をさっと放して、前方に進み出た。同時にカドフェルが反対側から近づきながら、「ブラザー!」とジェロームの背中に向かって叫んだ。だがその声はあまりに独善的で、勝手に憤慨している調子だったので、当のジェロームはべつに気にもとめず、彼の注意をそらそうとしたカドフェルの努力は無駄に終わった。獲物の臭跡を嗅ぎつけたジェロームの気をそらすことは、エイルノス神父の場合と同様、不可能に近かったのである。しかし危機一髪で、ほかから救いの手が現われた。

思わぬ結果に安堵し満足して、足どりも軽く戦場を引き上げてきたニニアンの馬の主は、ジェロームより一、二歩先に門を出た。実際には、門前通りに足を踏み出す時に彼を追い越したのだ。予期した結末ではないにせよ、彼は大筋では満足していた。己れの不忠を疑われたり、身分の証しである領地を奪われたりする恐れが消え去ったいま、自分をあれほどの不安に陥れたあの青年に対しても、もう恨みを抱いてはいなかった。ふたたびこの土地に舞いもどって人に迷惑をかけることがない限り、無傷で逃してやろうではないか。

ニニアンが振り向くと、馬の主が近づいてくるのが見えた。と同時に、ジェローム修道士のイタチのような顔が、明らかな悪意に燃えて目の前に迫ってくるのに初めて気がついた。もう逃げるひまはない。そのまま立っているより仕方なかった。だが幸い、間一髪の差で旦那のほうが先に着き、さらに幸いなことに、彼は塀のなかで目撃したことにご満悦だった。彼は手綱を差し出す馬丁の肩を機嫌よくぽんぽんと叩き、ニニアンは急いで鐙《あぶみ》に手を伸ばして、彼が乗るのを手伝った。

これで十分だった！　ジェロームが通路の真ん中で急停止したので、あとからきたアーウォルドが衝突し、にこやかに大きな手で脇に押しやって通り過ぎて行った。一方、馬の主は気軽にニニアンに礼を述べ、銀貨を一枚握らせると、ゆったりとした速歩で門前通りを遠ざかって行き、馬市広場の角を曲がって見えなくなった。そしてつかの間の彼の馬丁は、駆け足でそのあとを追った。

ああ、助かった！　ニニアンは修道院の高い塀に沿って角を曲がり、皆から見えないところまで来ると、歩調を緩めてほっと胸を撫で下ろした。そして事件の結末に安堵した気前のい旦那が別れぎわに握らせてくれた銀貨を、嬉しそうに掌のうえでくるくると回した。あの人に神の祝福がありますように！　誰かは知らないけれど、あれは命の恩人だ——少なくとも、ぼくを窮地から救ってくれたのだ！　きっと身分が高く、この土地ではよく知られた人なのだろう。だが彼の馬丁までもがよく知られてなくて幸いだった。あるいは馬丁は五〇歳過ぎの、髭を生やした人たちばかりなのかもしれない。でなかったら、ぼくはどうなっていたか分からない。

ああ、助かった！　カドフェルは深い安堵の吐息をつきながら考えた。そして聖母小礼拝堂の東側の大窓の下でまだ真剣に話し込んでいる、ヒューとラドルファス院長のところへ戻って行った。救いとは奇妙なところから、思いもかけぬ友の手を経てやって来るものだ。それに、なんとありがたい結末であったことか！

ああ、助かった！　サナンはそう思ったとたん、それまでの恐怖と不安が一気に吹き飛んで、勝ち誇ったように笑い出した。どういうことが起こったのか、ニニアンはまったく知らないのだ！　あの二人のどちらもが！　ああ、事実を話して聞かせる時の、彼の顔がはやく見たい！

ああ、助かった！　ジェロームは感謝のうちに己れの職務に戻りながら考えた。もしあの青年に声をかけていたら、とんだ大恥をかくところだった。結局、たまたま身体つきや身のこなしが似ていただけだったのだ。折よく彼の主人が現われて、人違いだと分からせてくれたのは、なんたる幸運であろうか。ラルフ・ジファードが、わざわざ告発したあの青年をかくまうことなどまずありえぬだろうから。

13

「もう一つ尋ねたいことがあるのだが」修道院長が言った。「答えてもらってないばかりか、まだ口にもしなかった問題だ」

彼は食卓が片づけられ、客に最後のぶどう酒が注がれるのを待った。ラドルファスはどんな問題であれ、食事中に用事の話をすることは決してなかった。きわめて禁欲的であるとは言え、食卓の楽しみというものを重視していたからである。

「何でしょうか？」ヒューが尋ねた。

「彼が話したことはすべて真実であろうか？」

ヒューはテーブル越しに鋭い視線を向けた。「シンリックのことですか？　どんな人間についても、絶対に嘘をつかないと断言することはできないでしょう。しかし世間では、シンリックは必要な時以外はけっして口をきかないが、いざ話すとなったら的を射たことを言うと言われています。ジョーダンが告発されるまで沈黙を守っていたのも、それで頷《うなず》けましょう。シンリックはとても口の重い人間です。ですから今朝、あの短い時間にあれだけのことを我々に聞かせてくれたのは、例外と言うべきです。一日のうちにあんなに多くの言葉を口にしたことは、生まれてこのかたなかったのではないでしょうか。絶対必要なことを話すのさえ苦労なのに、わざわざ嘘をつくとは思えません」

「今日の彼はなかなか雄弁であったな」ラドルファスが苦笑いを浮かべて言った。「それにしても、彼の証言の裏づけとなるような、確かな証拠があるとよいのだが。もちろん彼は、水に落ちた司祭に背を向けて立ち去っただけかもしれぬ。生死の問題は神に、または、こうした奇妙な事件における正義の判定者と彼が見なすなんらかの〝力〟に任せて。あるいは彼自身が司祭に一撃を加えたのかもしれぬ。あるいはまた、彼の言うように、事の成行きを見守っていて、気を失った司祭が水に落ちるのに手を貸したかもしれぬ。もちろんわたしは、シンリックが巧みに嘘をついて事実を隠すような人間だとは思わない。しかしそれは、何とも言えぬ。また彼が、たとえ激しく挑発されても、暴力を振るう男だとも思わない。だがそれもまた、何とも言えぬのだ。そしてさらに、彼の言ったことがすべて事実だとしても、あの男をどうすべきなのか？　彼をどう扱うべきなのであろうか？」

「わたしとしては」ヒューがきっぱりと言った。「どうすることもできませんし、また、どうしようとも思いません。彼は法を犯してはいないのですから。人の死を見て見ぬふりをするのは、罪ではあるとしても、犯罪ではありません。わたしは自分の職分を忠実に守ろうと思います。罪びとをとり扱うのはあなたの領域であって、わたしの役目ではありません」しかし彼は、次のことは言わずにおいた。すなわち責任の一半は、飼い主を失い、新しい牧羊者を選ぶすべを持たぬ羊の群れを任せるのに、エイルノスというよそ者を連れて来た者にもあるのだということを。だがその思いは、司祭についての苦情を最初に耳にした時以来、院長自身の心にもあったはずである。彼は自分の誤りに目をつぶったり、責任を回避したりするような男ではないのだから。

「これだけは確信をもって言えますが」ヒューが言った。「エイルノスに追いすがって杖で振り払われた婦人について、彼の言ったことは事実にちがいありません。ハメット夫人は最初、凍った地面で転んだと言っていましたが、それは嘘でした。あの傷は司祭が負わせたものです。彼女自身あとになって、怪我の手当てをしてもらったカドフェル修道士に白状しています。ところで院長どの、カドフェル修道士の名前が出たついでに、彼をここにお呼びになってはいかがでしょうか。わたしも今朝の出来事以来、まだ彼と話す機会がなかったのですが、どうもこの件について、また何か新発見があったらしいという気がしているのです。というのは、今朝わたしが墓地に着いた時、彼は修道士の列にいませんでしたから。それとなく見回してみたのですが姿は見えず、あとになって、門前通りからではなく、広場のほうからやって来ました。しかるべき理由もなく、彼が葬儀に欠席するはずはないでしょう。何か情報を手に入れたのに、わたしがそれを聞かない手はありません」

「それはわたしも同じであろうな」ラドルファスはそう言って、卓上の小さな呼び鈴に手を伸ばし、その小さな鈴の音は、控えの間から秘書のヴァイタリスを呼び出した。「ヴァイタリス修道士、すまないがカドフェル修道士を捜して、ここに来るように頼んでくれないか」

彼が出て行って扉が閉まったあとも、院長はしばらく黙って考え込んでいたが、ようやく口を開いた。「むろんわたしはいま、エイルノスが欺かれていたことを知っておる。それは彼の罪を多少なりとも軽減するだろう。そしてあの婦人は――聞くところによると、彼女はあの青年の親戚ではないそうだな。彼女がかくまってやり、ベネットと呼ばれておったあの青年の――彼女は三年ものあいだ、あの司祭の模範的な召使いだった。唯一の罪はあの青年をかくまったことであり、それも愛情ゆえに犯した罪だ。彼女に罰を与えるつもりはまったくない。少なくともわたしの権限においては。彼女にはここで静かな生活を送らせてやろうと思う。ここに連れて来たのは、このわたしなのだから。もし次に来る司祭に身の回りの世話をする母親や姉妹がいなければ、エイルノスの時と同じように彼女が仕えればよい。そして告解の時以外に司祭の前にひざまずいたり、司祭に打たれたりすることのないように望む。またあの青年については……」彼は諦めと寛容の入り混じった表情で過ぎた日を振り返り、ちょっと首を振って微笑した。「冬の凍結前の畑の荒起こしをさせるために、カドフェルのところにやったことはよく覚えておる。菜園で長い畝《うね》を掘っておるところをわたしも見たことがあるが、少なくともまじめに仕事をしておった。フィッツアランの従者は、畑起こしを恐れも恥じもしなかったらしい」彼は目を上げ、首をかしげて、ヒューの顔を見た。「もしかすると、あなたは知らなかった……?」

「つとめて知らないようにしていたのです」ヒューは言った。

「そうか……彼が殺人で手を汚さなかったのはわたしも嬉しい。彼の手はすでに土で十分に黒くなっておったから。鋤き込むには大き過ぎる雑草を引き抜く作業で」ラドルファスはそう言ってかすかな微笑を浮かべ、低く垂れこめた真珠色の空を窓越しに見上げた。「彼は立派にやると思うが、この国であのような若者が武装して戦わねばならぬとは、これほど残念なことはない。だが少なくとも、剣を抜くのは暗闇で密かにではなく、戦場で堂々と戦う時だけにしてほしいものだ」


カドフェルは院長の机のうえにエイルノス神父の遺品を並べた。黒壇の杖、縁飾りの一部がちぎれている薄汚れた黒いスカルキャップ、そして縁飾りのちぎれた部分と長さの一致する、ほつれた毛糸くずを一本。

「シンリックの話したことはすべて真実で、これがその裏づけとなる品々です。実は今朝、ハメット夫人の掌をもう一度よく見て、手当てをした際の傷の状態を思い浮かべた時、あの傷の原因にはたと思い当たったのです。あれは転んだためではありませぬ——彼女は転びはしませんでした。それから頭の傷はこの杖によるものです。と申すのは、この銀の環のめくれたへりに、彼女の白髪になりかけた薄茶色の長い髪が数本絡み付いておったからです。ごらんのとおり、ここは紙のように薄く磨り減って、端がめくれ上がり、ところどころに割れ目ができています」

ラドルファスは、その剃刀の刃のように鋭く尖ったへりに痩せた長い指を当てて見ながら、厳しい表情でうなずいた。「なるほど。掌の切り傷もこの環が原因なのだな。彼はこの杖を二度彼女に振り下ろした、とシンリックは言っておった。それで彼女は頭を守るために、夢中で杖にしがみついたと……」

「……そして、彼がそれを力まかせに引っ張り、強引に彼女の手から抜き取った、と」ヒューが言った。「そうやって我が身の破滅を招いたのだ」

「二人のおったところは水車小屋から何歩も離れていなかったと思われます」カドフェルが言った。「なぜならシンリックはその少し先の、ヤナギの切り株のあるところにおったのですから。池に張り出しているあの一本目の切り株の、片側のひこばえが何本か折れており、乾燥してひび割れた切断面にはこの黒い毛糸くずが絡み付いておりました。司祭が気を失ったか目がくらんだかして水に落ちた時、帽子は頭から飛んだものと思われます。しかしこの一本の毛糸くずだけは、彼女の髪がこの銀の環に絡み付いておったように、しっかりと切り株に絡み付いておったのです。杖も彼の手から飛びました。あの辺は、冬には枯れ草がもしゃもしゃと絡み合っていますから、彼女が手を放し、彼が後ろによろめいた時、足を取られたとしても不思議はありませせぬ。彼はあの切り株のうえに仰向けに倒れました。そしてずっと前に斧で切り倒されたあのぎざぎざの切断面に、後頭部をしたたか打ち付けたのです。あの傷は院長どのもごらんになりましたね。もちろん執行長官どのも」

「ああ、見たとも」ラドルファスが言った。「それであの婦人は、自分が逃げたあと彼がどうなったかはまったく知らなかったのだろうか？」

「彼女は自分がどうやって家に帰り着いたかさえろくに覚えておりませぬ。そして恐怖に震えながら、夜通し司祭の帰りを待っておったのです。青年への復讐を果たして帰宅した彼に、さんざん罵られた揚句に追い出されるものと覚悟して。しかし彼は帰りませんでした」

「彼を救うことは可能だったと思うか？」院長は死んだ司祭に対しても、激怒し憤慨した信者たちに対してと同様に哀れみを感じていたのだ。

「あの暗闇では」カドフェルが答えた。「いかなる男がいかに努力をしても、あの岸の下から一人で彼を引き上げるのは無理だったと思います。それにたとえ協力が得られたとしても、引き上げる前に溺れ死んでおったでしょう」

「罪を犯すのを承知で言うが」ラドルファスはちょっと苦笑してから、諦めの表情になって言った。「それを聞いて安心した。いずれにせよ。殺害者はいなかったということだな」

「罪を犯すと言えば」そのあと薬草園の作業小屋で、ヒューとくつろいで雑談していたカドフェルが言った。「わしも己の良心に問うてみねばな。わしは時々院外の病人のところへも呼ばれて行くし、名付け子を訪問することもできる。それはわしだけに与えられた特権だが、その外出許可を己れの目的に利用すべきでないことは言うまでもない。ところがクリスマス以来、わしはずうずうしくもそれを三、四回もやったのだ。実は今朝も許しを得ずに抜け出した。院長どのも気付いておられるはずなのに、それについてはひとことも言われなかったな」

「彼は当然、あなたが明日の修士会で白状するものと思っているだろう」ヒューがわざと真面目くさった顔をして言った。

「それは分からぬ！　彼はそれを望まぬだろう。わけを説明せねばならぬが、わしにはいま、彼の気持ちがよく分かるのだ。ここにはラドルファスやわしのような、世故《せこ》にたけ、突風にも耐えうる人間もおるとはいえ、鳩小屋をあまり強風が吹き抜けては困るような、世間知らずもおる。だから彼はこのところずっと、エイルノスの影響を心配しており、この件が早く片づいて、忘れられてしまうことを望んでおるのだ。わしの予感ではな、ヒュー、門前通りはもうすぐ新しい司祭を迎えるだろう。それは我々選ぶ側にとってばかりでなく、直接に影響を蒙る信者たちにとっても、よく知った歓迎すべき人物であるはずだ。エイルノスを忘れるのにそれ以上の方法はなかろうから」

「公平にみて」ヒューが考えぶかげに言った。「院長ほどの才覚のある人物にとっても、教皇の遣外使節が推薦する司祭を拒否するのはきわめて難しい問題だったろう。それにあの司祭は見かけも堂々として、口は立つし、学問もあった……きっとラドルファスは素晴らしい人物を連れて来たつもりでいたのだろう。どうか次に来るのが、慎みぶかく謙遜な、平凡な男でありますように」

「アーメン！　ラテン語ができようとできまいと！　そしてこのわしは、王の敵の、つまり罪びとであるばかりでなく法に背《そむ》いた者の、共犯者とは言わぬが幸運を祈る者だ！　さっきわしは、己れの良心に問うてみねばと言ったが、実はあまり本気ではないのだ——それがつねに災いのもとなのだが」

「あの二人はもう出発しただろうか？」ヒューが穏やかな笑顔で、赤々と燃える火鉢の火を見つめながら言った。

「いや、今夜じゅうには出発すると思うが、日暮れまでは発たぬだろう。彼女がラルフ・ジファードになんらかの言づてを残しておればよいのだが」カドフェルはそう言って、ちょっと考え込んだ。「彼は決して悪人ではない。いま多くの人間がそうであるように、追い詰められておるだけなのだ。それも主として息子のためにな。彼女はべつだん彼に対して不満を抱いてはおらぬ。彼が運命に妥協し、女帝への望みを捨てた以外はな。彼より三〇歳以上も若い彼女には、それは理解しがたいことにちがいない。君やわしのような者にはとてもよく分かるがな、ヒュー。若者には思いどおりにさせて、我が道を模索させるべきなのだ」

彼は若い二人のこと、とくにニニアンのことを思ってほほ笑んだ。あの活発で大胆で小生意気な、生まれて初めて鋤を持ったというのにたちまちこつを呑みこんで、すぐに使いこなしたあの青年のことを。「あのように勇敢な助手を持ったのは、ジョン修道士以来のことだ――あれはもう五年ちかくも前のことか！　グウィセリンに留まって、鍛冶屋の娘と結婚した男だが、いまごろはもう立派な鍛冶屋になっておるだろうな。ベネットはわしに彼のことを思い出させた。何というか……何事にも当たって砕けろとばかりに挑戦するところがな」

「ニニアンでしょう」ヒューが半分うわの空で訂正した。

「そうだ、もうニニアンと呼ぶべきなのだが、つい忘れてしまう。ところでまだ話してなかったが」カドフェルはふと思い出して楽しそうに顔を輝かせた。「あれは今日の結末の中で、最高の傑作だよ。たとえ怒りと疑惑と死の恐怖のただなかであろうと、ちょっとした喜劇は悪いものではあるまい」

「それを否定する気はないけど」ヒューは軽く同意を示しながら火鉢のうえにかがみ込み、木炭を積み直してよく燃えるようにした。いつもは人がやってくれることを、自分でやってみるのも楽しいことだった。「それにしても、今日はそんな気配さえ感じなかったが、いったいどこで喜劇を見たのだろう？」

「そうさな、葬儀が終わって皆が帰り始めたころ、君はまだ墓のそばで院長と話し込んでおったから、あれを見たはずはない。わしは自由に動き回っておったし、ジェローム修道士も例によって何か手柄にできることはないかと鼻をひくつかせておったから、二人とも見たのだが。それにサナンも見た」カドフェルはその時の光景を楽しく思い浮かべながら言った。「彼女は一瞬、驚いて度を失っておったが、すぐにすべては解決したのだ。それにしても、ヒュー、あの両開きの門は何と広いことか。あの東側の……」

「わたしもあそこから入ったが、確かにね！」ヒューが辛抱づよく同意した。気苦労から解放された安心感と、火鉢の煙と、今朝の早起きとが重なって、少し眠気がさしてもいたのだ。すでに夕闇が迫り、霧も出始めていた。

「そとの門前通りに、一人の若者が馬の手綱を持って立っておったのだが、皆がぞろぞろ門を出始めるまでは、彼に目を止める者など一人もいなかった。ところがまるで牧羊犬のように群衆の間を駆けめぐりながら、皆を追い立てておったジェローム は、通りのほうをちらちら見ずにはいられなかった。どうもその青年に見覚えがあるような気がしたからだ。そして期待に胸を躍らせて、もっとよく見ようと近づいてみた――君も彼の人柄は知っておるだろう！」

「悪を暴《あば》けば手柄になるのは世のつねだが」ジェローム修道士への軽い皮肉を込めて、ヒューが言った。「馬の手綱を持っている若者では、どんな手柄が立てられるかな？」

「それが何と、その若者は我がスティーブン王への反逆者として追跡され、ラルフ・ジファードによって我が執行長官に密告されたあのベネット、いやニニアンだったのだよ。面と向かって言うのも何だが、ヒュー、君が正式に任命されたのはつい最近のことだ。ジェローム修道士にとっては、急に君の重要性が増したというわけだ！　ジェロームはすんでのところでその悪者を見つけ出すところだったのだが、残念ながら着ているものが見たことのないものだった」

「それは驚いたな」ヒューが楽しそうな明るい顔を友に向けて言った。「それがあのベネットことニニアンだったのは、確かかな？」

「それは間違いない。わしにはちゃんと分かった。それにサナンにも。彼女はジェロームの見ておるほうを見て、そこに彼がおるのを知ったのだ。それにしても、ヒュー、あの若者はどんな罠にも首を突っ込んでみるような、大胆な奴だな。非難の声が飛び交う中に、乳母の安全を確かめに飛び込んで来るとは。君がジョーダンを捕らえると高らかに宣言しなかったら、何をしでかしたか分かったものではない。彼は結局、あの晩、息を切らして教会に駆け込んだあとでなにが起こったかをまったく知らないのだ。だから彼の知識からすれば、犯人がジョーダンだということもありえたわけだ。君が獲物を追い詰めた時、彼がそれを信じたことは間違いない」

「わたしの声はメガホンみたいによく通るからね」ヒューがにやりとして言った。「わたしは院長に引き止められて話をしたあと、昼食にも誘われた。そうでなければジェロームみたいに、門を出るなりその無鉄砲な若者と鉢合わせをして、頭巾を引っぱがしてやるところだったのだが。それで結局、最後はどうなったのかな？　門前通りで騒ぎがあったとも聞いてないが」

「ああ、そんなことはなかった」カドフェルが満足そうに言った。「群衆の中にラルフ・ジファードがおったのに気付かなかったかな？　彼は門前通りのふつうの連中よりはかなり背が高いが、君はずっと人垣の真ん中におって、周囲を見回すひまもなかったからな。だが彼は来ておったのだ。そしてすべてが終わった時、自分が密告した若者を君が捕らえなかったことに安心して、とわしは思うのだが、帰って行こうとした。それからが見ものだったのだよ、ヒュー。鼻の利《き》く猟犬みたいなジェロームが新しい臭跡を嗅ぎ付けたまさにその時に、ジファードが彼の横をすり抜けたのだ――あのとおり脚の長さがちがうからな。そして若者の手から手綱を受け取るなり、何と真っ直ぐに目を見て、にっこり微笑んだものだ。すると若者はいかにも忠実な馬丁らしく、さっと鐙《あぶみ》に手を伸ばして、主人が乗るまでしっかりと押さえておった。それを見たジェロームは臭跡を失った猟犬さながらに立往生し、ほうほうの体《てい》で逃げ帰った。忠実に主人を待っていたジファードの馬丁に危うく言いがかりを付けるところだったのだから、さぞかしぞっとしたことだろう。その時だよ、サナンがこらえ切れずに身を震わせて笑い出したのは。本当は転げまわって笑いたいところだったろうが、ぐっと我慢しておったよ、あのご婦人は！　そしてジファードは門前通りを帰って行き、仮りそめの馬丁は徒歩でその後を追い、やがて見えなくなった」

「それは本当に起こったことなのか？」ヒューが尋ねた。

「そうとも。この目で見たのだから。あの光景は永久に忘れぬだろうな、遠ざかって行ったあの二人の姿は。ラルフ・ジファードは若いニニアンに一枚の銀貨を与え、ニニアンはそれを受け取ると、息もつかずにあとを追って行き、角を曲がって見えなくなった。いまも彼は、自分が誰に救われたのかを知らぬだろう」カドフェルはそう言って、夕暮れの淡い光が射し込んでいる戸口のほうへ目をやった。夕べの祈り《ヴェスパー》までにはまだ一時間ばかりある。「たった一時間足らず馬の手綱を持っていただけで、あんな割りのいい報酬をくれたのが誰だったのか、いまだに知らぬのだ。サナンが話して聞かせる時、わしも居合わせることができたらなあ！　きっとあの青年は、あのような銀貨を一生手放さぬだろう。穴を開けて、自分の首か彼女の首に下げておくだろう。あのような記念品にはめったにお目にかかれるものではないからな。一生のうちにも」カドフェルはそう言って、ちょっと微笑んだ。

「では、あの二人の男はそうやって偶然に出会って、たがいの役に立ちながら、相手が誰かをまったく知らずに別れたわけか」ヒューが楽しそうに言った。

「そうとも、まったく知らずに！　彼らは伝言を交わし合い、非常に密接な関係で、味方、敵、友人――まあ、何と呼んでもよいが――でありながら、相手がどんな顔をしておるか、まったく知らなかったのだから」カドフェルは心から満足して言った。「それまでに二人が出会ったことは一度もなかったのだから」

一九九三年七月　現代教養文庫（社会思想社）刊

解説

大津波悦子
（ミステリー評論家）

修道士カドフェル・シリーズ第十二作をお届けします。

キリスト紀元一一四一年も暮れようとする十二月一日、シュルーズベリの大修道院は慌ただしい雰囲気に包まれています。ラドルファス院長は、ヘンリー司教からウェストミンスターで開かれる公会議への出席を命じられた上、修道院のある教区の司祭の後任を決めねばならなかったのです。

この年を振り返ってみると内乱は二転、三転、世情が安定しないつくづく目まぐるしい年でした。前作『秘跡』の初めのほうで、カドフェルは八月の収穫を喜びながらも「だが、まったく危うい年だった」と「軽い驚きをおぼえながら思い返し」ています。これは二月にスティーブン王が捕虜となり、ブリストル城に幽閉されたことに端を発します。女帝モード側は一気に有利になり、スティーブンを支持していた者たちもモード支持に回ってしまいます。スティーブンの弟ウィンチェスターの司教ブロワのヘンリーまでモード支持に回る始末。へンリーは教皇の遣外《けんがい》使節でもあるので教会の支持を与えたことになります。これで、もうイングランドの支配者はモードに決まったかと思われましたが、傲慢な態度で女帝はロンドン市民を怒らせてしまい、ウェストミンスターでの戴冠式をおじゃんにしてしまいます。

ここからまた内乱の行方は混沌として、怒ったモードは軍を集め、ヘンリーのいるウィンチェスターへ向かい、ついにはスティーブン王妃の軍と戦いの火蓋が切られます。ウィンチェスターは壊滅状態になります。何と今度はモード側の重鎮、彼女の異母兄グロスター伯ロバートが王妃の軍に捕らえられてしまいます。天秤はスティーブンの側に大きく傾きます。モードにとってロバートはなくてはならず、彼を取り戻すにはスティーブンを解放せざるを得ないのです。その交換が実現し、イングランドはこの十二月を迎えました。

ラドルファス院長はヘンリー司教の公会議に呼ばれ、シュロップシャーの執行長官代理を勤めていたヒュー・ベリンガーもやや遅れてスティーブン王に呼ばれます。ヘンリーはイングランドの高位聖職者を呼び集め、再びスティーブン側につくための大義名分をつけようとしているのでした。ラドルファスは教区のアダム神父が亡くなったためその後任者を決めねばならなかったのですが、会議から戻るまでは棚上げということになりました。

やがてラドルファスはウェストミンスターから一人の司祭候補者を連れて帰ってきました。そのエイルノス神父はヘンリー司教の推薦によって、聖十字架《ホーリー・クロス》教区の司祭になるべく、家政婦のハメット夫人とその甥のベネットとともにやってきたのです。エイルノスは「あらゆる面で有能であり、学識もあって、教区司祭に抜擢《ばってき》されるにふさわしいと感じた。個人生活はきびしく質素であり、学識についてはわたしが直接に試してみた」「彼がその任にふさわしく、かつそれに値する」と、ラドルファスにいわしめています。それまで教区をみていたアダム神父は、学識には欠けるところがありました。でも、長年にわたりこの地の住民として教区民たちを温かく見守り、彼らの犯した罪の告解に辛抱強く耳を傾け、許しを与えてきました。教区民たちにとっては、まさに物分かりが良い優しい父のような存在でした。

さて実際にエイルノスが司祭になってみると、彼があらゆる美徳を持っていることは確かでしたが、そこには謙虚さと人間的な思いやりというものが欠けていることがわかりました。彼は定められた祈りを優先して、未熟児で生まれて、すぐに死にそうになった赤ん坊に洗礼を授けず、キリスト教徒ではないからと教会の外の墓地に葬らせました。また何度も改心の約束を破ったと私生児を産んだ娘を非難し、教会からも追い返してしまいました。この娘は水車池に落ちて死んでしまいました。それらについてラドルファス院長に問われると、無情に過ぎると思われるものの立派な答えを用意していました。エイルノスが去った後、院長はロバートに「謙虚さと人間的な寛容さを欠いている以外は、非の打ちどころがないのだが。わたしが門前通りに連れてきたのは、そういう男だったのだよ、ロバート。さて、これから彼をどうすればよいか?」ともらします。

一方エイルノスとシュルーズベリにきたベネットは、カドフェルの手伝いをすることになりました。彼は骨身を惜しまずよく働く青年でしたが、どうも言葉の端々に本当の自分を隠している様子が窺われます。カドフェルとはすっかり打ち解け、他の人々にみせる無知な若者といった素振りは皆無でした。いったい何者かとカドフェルの首をひねらせます。

キリスト降誕祭前夜、カドフェルがヒューの家から修道院のミサに戻る途中、怒り狂った様子のエイルノスに出会いますが、挨拶をしても気づきもせず闇の中を去って行きます。翌日、家政婦のハメット夫人は、昨夜戻らぬ主人を修道院に探しにきます。手分けして探し回った結果、水車池で死んでいるのが見つかります。彼をどうすればよいか、もう考える必要はなくなってしまいました。短時日のうちにずいぶん敵を作ったエイルノスですが、なにゆえ殺されることになったのでしょうか。

そして王のもとから戻ったヒューは晴れてシュロップシャーの執行長官に任命され、女帝のスパイが潜んでいるらしいというニュースも持ち帰りました。エイルノスの死、スパイ騒動、とクリスマスという許しの季節なのにシュルーズベリは穏やかならざる状態におかれます。果たして希望ある明るい新年を迎えることができるでしょうか。カドフェルの活躍や、如何にというところです。

本書では、教区と修道院の関係が分かりにくいかと思います。少し説明してみますが、専門家ではないので誤解している部分もあるかもしれません。そのときは是非御教示ください。まず、教会組織と修道院は本来別の組織です。この当時は宗教改革もまだで、イングランドではイギリス国教会は出現していませんでした。ですからローマカトリック教会のみだったわけです。ローマカトリック教会は聖ペテロの後継者たる教皇を頂点とし、司教、司祭が聖職者として人々を導き、伝道します。キリスト教の聖職者は、信者の男子が教皇や司教から叙階されてなるのです。ですからアダム神父に学識が欠けるという記述がありましたが、なにもきちんとした教育を受けていないと司祭になれないというものではなかったのです。貴族で司教という人も多く、人々を教え導くことより、政治的活動に重きをおいているケースも多々ありました。

修道院のほうは神と一致したいという考えから出発し、貞潔、従順、清貧の三つの誓願を神にたてた人々が共同生活を営むことになっているのです。修道士の中にも司祭である人々がおり、彼らを「修道司祭」と呼び、先に述べたような一般的な「教区司祭」と区別します。ラドルファス院長が不在の間、教区ミサを執り行なうロバート副院長も修道司祭であるわけでしょう。本文にも出てきますが、聖十字架教区の教会は修道院の聖堂です。中世では修道院の所属聖堂の多くが、教区の聖堂にもなり、ある意味では教会の職務を肩代わりしていたといいます。なお、教区とは司牧（司祭が信徒を導くこと）・伝道・行政上、地域的に作られている区分だそうです。本書の聖十字架教区とは、修道院の聖堂を教会としている門前通りから城門外のしだいに広がる郊外の区域ということになります。

ところで公会議の結果は「教会はふたたびスティーブン王に対し、心からなる忠誠を誓うことになった。……すなわち、王は教皇座の支持のもとに祝福された。女帝の支持者は、もし頑強に抵抗を続けるならば、王と教会の敵とみなす」というもので、ヘンリー司教の再度の変心は王にも認められたようです。政治的に活躍する聖職者の面目躍如ということでしょう。

本シリーズが現代教養文庫で刊行されていた当時、ファンの方からいただいたおたよりをご紹介させていただきます。静岡県の方からはカドフェルとヒュー・ベリンガーのイメージイラスト入りの楽しいお手紙です。『修道士ファルコ』（青池保子　白泉社）も読んでくださったそうです。時代背景を十二世紀にもってくることで、最近の科学捜査万能とでもいうような推理小説と一線を画している、「機械中心の捜査ではなく人間中心の捜査に変えました。それによって、より深く人間の内面を見詰めることができるようになりました」とおっしゃっています。まったくその通りですね。このシリーズの魅力は暗黒時代というイメージのあった中世がいかにおおらかで人間的な時代であったかということを認識させてくれたことと、罪を憎んで人を憎まずというようなカドフェル流の解決方法にあるのではないでしょうか。

そういえば、旧刊時の解説では、カドフェルのTVシリーズの撮影が始まるという情報を書き込んでいました。二〇〇四年現在デレク・ジャコビのカドフェルで十三作がTV化されています。DVDボックス十巻セットなどが出ていて、欲しいなあと思っています。ミステリチャンネルでも時折放送されますので、興味のある方は注意してみてください。

最後に、カドフェル・シリーズのこれまでのリストを掲げておきます。

"A Morbid Taste For Bones" (1977)『聖女の遺骨求む』(光文社文庫)
"One Corpse Too Many" (1979)『死体が多すぎる』(光文社文庫)
"Monk's-Hood" (1980)『修道士の頭巾《フード》』(光文社文庫)
"Saint Peter's Fair" (1981)『聖ペテロ祭殺人事件』(光文社文庫)
"The Leper Of Saint Giles" (1981)『死を呼ぶ婚礼』(光文社文庫)
"The Virgin In The Ice" (1982)『氷のなかの処女』(光文社文庫)
"The Sanctuary Sparrow" (1983)『聖域の雀』(光文社文庫)
"The Devil's Novice" (1983)『悪魔の見習い修道士』(光文社文庫)
"Dead Man's Ransom" (1984)『死者の身代金』(光文社文庫)
"The Pilgrim Of Hate" (1984)『憎しみの巡礼』(光文社文庫)

“An Excellent Mystery”（1985）『秘跡』（光文社文庫）
“The Raven In The Foregate”（1986）『門前通りのカラス』（本書）
“The Rose Rent”（1986）
“The Hermit Of Eyton Forest”（1987）
“The Confession Of Brother Haluin”（1988）
“A Rare Benedictine”（1988）短編集
“The Heretic’s Apprentice”（1989）
“The Potter’s Field”（1989）
“The Summer Of The Danes”（1991）
“The Holy Thief”（1992）
“Brother Cadfael’s Penance”（1994）

［訳者略歴］　北海道に生まれる。東京外国語大学英米科卒業。訳書に『世界不思議物語』『世界怪奇実話集』『世界謎物語』『ジャックは絞首台に！』『イギリス怪奇幻想集』『結婚していてもなお孤独―LTL症候群の女たち』（社会思想社）『崩壊帝国アメリカ』（徳間書店）他

光文社文庫

門前通《もんぜんどお》りのカラス　修道士《しゅうどうし》カドフェル・シリーズ ⑫

著　者　エリス・ピーターズ

訳　者　岡《おか》　達《たつ》　子《こ》

2004年11月20日　初版1刷発行
2012年 2 月25日　2刷発行

発行者　駒　井　稔
印　刷　堀　内　印　刷
製　本　ナショナル製本

発行所　株式会社　光　文　社
〒112-8011　東京都文京区音羽1-16-6
電話　(03)5395-8149　編　集　部
8113　書籍販売部
8125　業　務　部

ISBN978-4-334-76147-9　Printed in Japan

お願い　光文社文庫をお読みになって、いかがでございましたか。「読後の感想」を編集部あてに、ぜひお送りください。

このほか光文社文庫では、どんな本をお読みになりましたか。これから、どういう本をご希望ですか。

どの本も、誤植がないようつとめていますが、もしお気づきの点がございましたら、お教えください。ご職業、ご年齢などもお書きそえいただければ幸いです。当社の規定により本来の目的以外に使用せず、大切に扱わせていただきます。

光文社文庫編集部

〈光文社文庫〉エリス・ピーターズ〈修道士カドフェル〉シリーズ

❶聖女の遺骨求む
A Morbid Taste for Bones　大出 健＝訳

❷死体が多すぎる
One Corpse too Many　大出 健＝訳

❸修道士の頭巾《フード》
Monk's-Hood　岡本浜江＝訳

❹聖ペテロ祭殺人事件
Saint Peter's Fair　大出 健＝訳

❺死を呼ぶ婚礼
The Leper of Saint Giles　大出 健＝訳

❻氷のなかの処女
The Virgin in the Ice　岡本浜江＝訳

❼聖域の雀
The Sanctuary Sparrow　大出 健＝訳

❽悪魔の見習い修道士
The Devil's Novice　大出 健＝訳

❾死者の身代金
Dead Man's Ransom　岡本浜江＝訳

❿憎しみの巡礼
The Pilgrim of Hate　岡 達子＝訳

⓫秘　跡
An Excellent Mystery　大出 健＝訳

⓬門前通りのカラス
The Raven in the Foregate　岡 達子＝訳

⓭代価はバラ一輪
The Rose Rent　大出 健＝訳

⓮アイトン・フォレストの隠者
The Hermit of Eyton Forest　大出 健＝訳

⓯ハルイン修道士の告白
The Confession of Brother Haluin　岡本浜江＝訳

⓰異端の徒弟
The Heretic's Apprentice　岡 達子＝訳

⓱陶工の畑
The Potter's Field　大出 健＝訳

⓲デーン人の夏
The Summer of the Danes　岡 達子＝訳

⓳聖なる泥棒
The Holy Thief　岡本浜江＝訳

⓴背教者カドフェル
Brother Cadfael's Penance　岡 達子＝訳

㉑修道士カドフェルの出現(短編集)
A Rare Benedictine　大出、岡本、岡＝訳

★全巻完結

〈光文社文庫〉リンゼイ・デイヴィス〈密偵ファルコ〉シリーズ

❶密偵ファルコ　白《しろ》銀《がね》の誓い　The Silver Pigs　伊藤和子＝訳

❷密偵ファルコ　青銅《ブロンズ》の翳《かげ》り　Shadows in Bronze　酒井邦秀＝訳

❸密偵ファルコ　錆《さび》色《いろ》の女神《ヴィーナス》　Venus in Copper　矢沢聖子＝訳

❹密偵ファルコ　鋼鉄《はがね》の軍神《マルス》　The Iron Hand of Mars　田代泰子＝訳

❺密偵ファルコ　海神《ポセイドン》の黄金　Poseidon's Gold　矢沢聖子＝訳

❻密偵ファルコ　砂漠の守護神　Last Act in Palmyra　田代泰子＝訳

❼密偵ファルコ　新たな旅立ち　Time to Depart　矢沢聖子＝訳

❽密偵ファルコ　オリーブの真実　A Dying Light in Corduba　田代泰子＝訳

❾密偵ファルコ　水路の連続殺人　Three Hands in the Fountain　矢沢聖子＝訳

❿密偵ファルコ　獅子の目覚め　Two for the Lions　田代泰子＝訳

⓫密偵ファルコ　聖なる灯を守れ　One Virgin Too Many　矢沢聖子＝訳

⓬密偵ファルコ　亡者を哀れむ詩《うた》　Ode to a Banker　田代泰子＝訳

⓭密偵ファルコ　疑惑の王宮建設　A Body in the Bath House　矢沢聖子＝訳

⓮密偵ファルコ　娘に語る神話　The Jupiter Myth　田代泰子＝訳

⓯密偵ファルコ　一人きりの法廷　The Accusers　矢沢聖子＝訳

⓰密偵ファルコ　地中海《テイレニア》の海賊　Scandal Takes a Holiday　矢沢聖子＝訳

不滅の名探偵、完全新訳で甦る！

新訳 アーサー・コナン・ドイル

シャーロック・ホームズ全集〈全9巻〉

THE COMPLETE SHERLOCK HOLMES
Sir Arthur Conan Doyle

シャーロック・ホームズの冒険

シャーロック・ホームズの回想

緋色の研究

シャーロック・ホームズの生還

四つの署名

シャーロック・ホームズ最後の挨拶

バスカヴィル家の犬

シャーロック・ホームズの事件簿

恐怖の谷

＊

日暮雅通＝訳

光文社文庫